벨킨 이야기

벨킨 이야기

초판1쇄 발행 2010년 3월 5일 | **초판4쇄 발행** 2025년 1월 22일
역주자 조미경 | **펴낸곳** 계명대학교출판부 | **펴낸이** 신일희
출판등록 제347-1998-1호(1970. 9. 1)

주소 대구광역시 달서구 달구벌대로 1095
전화 053) 580-6233 | **Fax** 053) 580-6235

ISBN 978-89-7585-489-7 03800

• 값 10,000원
• 잘못 만들어진 책은 교환해 드립니다.

계명교양총서

52

벨킨 이야기

알렉산드르 푸쉬킨 지음
조미경 역주

계명대학교 출판부

역자서문

바이칼 호수를 찾아 러시아로 떠나는 오랜 염원을 이루기 위해 여행가방을 꾸릴 때까지만 해도 시베리아의 엄동설한의 추위를 상상하지 못했다. 봄이나 여름의 따스한 날들을 피해 굳이 영하 25~30도에 육박하는 매서운 한 겨울을 택해 바이칼 호수로 떠난 데에는 내 나름의 이유가 있었다. 이곳에 청춘과 아름다운 혼을 묻은 러시아 귀족청년 지식인들과 그들의 고귀한 희생을 노래한 푸쉬킨의 거룩한 뜻의 한 조각이나마 칼바람 속에서 느껴보고 싶었던 이유였으리라.

몽골을 거쳐 시베리아 횡단 열차를 타고 가며 창밖을 통해 바라본 바이칼 호수는 순백의 눈 속에 묻혀 태고의 꿈을 꾸고 있었다. 어느 작가의 말처럼 끝 모를 그리움을 안고 살다가 '민족의 시원을 찾아 수만 년의 역사의 숨결을 따라가는 연어떼'처럼 나 역시 한 마리 연어가 되어 쉼 없이 물길질 해 호수의 근원을 향해 헤엄쳐 갔다. 호숫가에는 하얀 살갗을 드러낸 수줍은 처녀처럼 고운 자태의 자작나무들이 숲을 이루어 끝없이 이어졌다. 우리의 옛 조상들은 시베리아와 몽골 벌판을 말을 타고 내달려 무지개 너머에 있다는 풍요로운 나라를 찾아 남쪽으로 내려왔다. 그들은 한반도의 남단에 있는 신라의 옛 도시 서라벌 벌판에 정착한 후에도 이 아름다운 자작나무의 모습을 잊지 못했다. 옛 신라인들이 하늘로 비상하는 말을 그린 '천마도'는 바로 자작나무 껍질에 그린 그림이었으며, 신라의 금관 양측 면에 구불거리는 나무 형상도 바로 이 나무의 모습이고, 찰랑거리는 작고 동그란 금붙이를 금관에 달아 둔 것은 바람이 불면 흔들리는 자작나무의 잎사귀를 형상화한 것이라 한다. 신라인들에게 자작나무는 우주목이였으며, 떠나온 그리운 고향에 대한 기억의 흔적이기도 했다.

형용할 수 없을 만치 신비로운 푸른빛으로 감싸인 바이칼 호숫가에 서 있으면 세속의 근심에 찌든 온 몸과 마음이 조용히 정화되는 듯 했다. 이 호수와 인접해 있는 러시아 도시 이르쿠츠크는 시베리아의 파리라 불릴 만큼 아름다운 도시다. 하지만 19세기 초반에만 해도 이 도시는 척박한 시베리아 벌판에 건설된 강제 수용소가 있던 곳이어서 야만의 도시로 알려져 있었다. 이곳이 지금처럼 품격 높은 문화의 도시로 탈바꿈한 데에는 유형 온 데카브리스트들의 역할이 큰 영향을 미쳤다. 1825년 수도 상트 페테르부르크에서 귀족 청년 인텔리겐치아들이 왕정주의 타파와 농노제 폐지, 사회 개혁을 부르짖으며 일으킨 봉기는 황제의 강력한 진압에 실패로 돌아가고, 반란 가담자들 대부분은 이곳 시베리아의 강제 수용소로 유형을 떠나오게 되었다. 귀족의 신분을 박탈당하고 가족과의 상봉도 불허된 그들에게 유일한 희망과 기쁨이 되어준 이들은 죽음을 각오하고 그 먼 유형 길을 따라온 아내들이었다.

지금까지도 박물관으로 잘 보존된 데카브리스트 볼콘스키의 집안을 둘러보다 문득 그의 아내 마리야의 초상화 앞에 발걸음을 멈췄다. 어린 아기를 품에 안고 있는 마리야 볼콘스카야의 처녀 때의 성은 라예프스카야였다. 러시아 조국전쟁의 영웅인 라예프스키 장군의 딸이었던 그녀는 푸쉬킨과도 특별한 인연으로 맺어진 여인이었다. 황제에게 저항하는 시를 써 남부지방으로 추방된 시인 푸쉬킨이 유형의 여정에서 만나 사랑하게 된 첫사랑의 여인이 바로 그녀였던 것이다. 비록 이루어지지 못한 사랑이었지만 그는 오래도록 마리야에 대한 그리움을 간직하고 살았다. 푸쉬킨은 데카브리스트의 아내가 되어 험난한 시베리아로 떠난 그녀의 고결한 희생을 칭송했고, 유형지로 데려갈 수 없어 두고 간 그녀의 갓난아기가 안타까운 죽음을 맞이했을 때는 손수 비문(碑文)을 지어 그녀를 위로했다. 시대의 불의(不義) 앞에서는 무릎 꿇지 않으면서도 시인 푸쉬킨은 사랑 앞에서는 겸허히 자신의 모든 것을 내어놓았다.

푸쉬킨의 시는 시대와 장소를 초월하여 아름다운 영혼들을 이어주고, 연고가 없는 머나먼 타국 땅의 사람들의 심금을 울리고 있다. 힘겨운 삶에 지친 우리들의 마음을 그는 '삶이 그대를 속일지라도, 슬퍼하거나 노여워하지 말라'하고 노래하며 조용히 어루만져준다. 아직 시가 무엇인지도 잘 모르던 유년 시절에 우연히 만난 이 시의 몇 구절이 오래도록 가슴에 남아 지워지지 않는 것은 그의 시에 녹아 있는 삶에 대한 깊은 성찰과 진정성 때문일 것이다.

백인들의 나라인 러시아에 흑인의 혈통을 타고난 푸쉬킨은 아름다운 러시아어로 풍부한 감성이 빛나는 영감 가득한 시를 창작했고, 탁월한 상상력으로 소설의 세계를 개척했다. 사랑하는 아내의 명예를 지키기 위해 벌인 결투에서 장렬한 죽음을 맞이하기까지 불꽃같은 인생을 살다간 그는 지금까지도 러시아인들에게 가장 사랑 받는 위대한 작가이다. 러시아 작가 고골은 푸쉬킨을 '200년 후에나 태어날 법한 인물'이라 했고, 도스토예프스키는 그를 '예언자'라 불렀다. 20세기 시인인 안나 아흐마토바는 '푸쉬킨은 시간도 공간도 모두 정복했다'라고 말하며, 앞으로 다가올 미래에도 여전히 푸쉬킨은 건재할 것임을 강조하기도 했다.

푸쉬킨의 『벨킨 이야기』와 『스페이드의 여왕』 속에는 오늘날 우리들이 잊고 사는 삶의 소중한 교훈들과 가치들이 숨겨져 있다. 혈기 넘치는 젊음을 주체할 수 없어 한번쯤은 저질렀을 법한 실수담은 낡은 일기장의 한 페이지처럼 읽히기도 하고, 아련한 젊은 날의 소중한 사랑의 기억들이 그리움 되어 밀려오기도 한다. 도박이나 결투처럼 벼랑 끝에서 자신을 실험하며 삶의 정점에 올랐다가 떨어지기도 하고, 삶과 죽음의 경계에서 냉혹한 현실세계와 맞닥뜨리게도 된다. 작가는 신분과 계급이 낮은 사람들에게도 따뜻한 시선을 던지며 그들의 삶에 연민과 애정을 드러낸다. 또한 이 작품들 속에는 흥미로운 이야기와 더불어 러시아의 문화와 풍습들이 다채롭게 소개되어 있어 작품을 읽는 재미를 한층 더해 준다. 이 두 작품은 독자들의 풍부한 인문학적 소양을 길러줌과 동시에 문학적 상상력을 키우고 스스로 작품을 창작할 수 있도록 독려해 주는 양서로서 손색이 없는 작품들이다.

대학이라는 새로운 사회에서 자신의 정체성을 찾고, 우리 시대의 초상화를 완성해 가는 과정에서 이 작품이 독자들의 정신적 성장에 작은 보탬이 되어주길 바란다. 삶의 갈림길에서 냉철한 선택을 해야 하는 순간에 지혜롭고 현명한 판단의 밑바닥에 이 한 권의 책이 놓여있길 겸손하게 바래본다.

푸쉬킨은 비록 '삶이 그대를 속일지라도'라고 노래했지만, '삶'은 결코 우리를 속이지 않으며, 스스로 자신을 속이는 것은 '바로 우리들 자신임'을 깨닫는 순간, '모든 것은 한 순간에 지나가고, 지나간 것은 또 다시 그리워지리라'는 시 구절의 의미를 알게 될 것이다.

2010년 1월

역주자 조 미 경

목차

벨킨 이야기

프로스타코바 부인:

이봐요, 그 앤 어릴 적부터 이야기를 무척 좋아했다고요.

스코티닌:

미트로판이 저를 닮아 그런 게지요.

-「미성년」[1)]

1) 러시아 작가 폰비진(1745-1792)의 희곡「미성년」에서 인용한 대목.

벨킨 이야기

발행인 서문

작금에 이르러 독자 대중들 앞에 선보일 I.P. 벨킨 이야기의 출판에 즈음하여, 우리는 간략하게나마 고인이 된 작가의 전기를 이곳에 실어둠으로써 우리나라 문학 애호가들이 몹시 궁금해 할 사항들에 대해 어느 정도 답할 수 있기를 소망했다. 이런 연유로 우리는 이반 페트로비치 벨킨[2]의 가장 가까운 친척이자 상속녀인 마리야 알렉세예브나 트라필리나에게 연락을 취했다. 그러나 유감스럽게도 그녀는 고인이 살아 있을 때 그와 일면식도 없었던 터라 우리들에게 아무런 이야기도 들려주지 못했다. 대신 그녀는 그런 일이라면 이반 페트로비치의 옛 친구인 존경할 만한 한 신사분이 더 잘 알고 있을 테니 그에게 도움을 청해 보라고 귀띔해 주었다. 우리는 그녀가 알려준 곳으로 서한을 발송했고, 얼마 후 다음과 같은 만족할 만한 답신을 받았다. 이에 우리는 이 신사분의 고매한 생각과 감동 어린 우정의 소중한 기록으로써, 그리고 동시에 벨긴의 선기에 대한 자료로써노 충분한 가치가 있는 이 서한을 수정이나 주석을 일체

---

2) '이반 페트로비치 벨킨'에서 이반은 벨킨의 이름이며, 페트로비치는 부칭, 그리고 벨킨은 그의 성이다. 러시아인들은 다른 나라에는 없는 부칭을 이름과 성 사이에 넣어 부르는데, 이는 '누구의 아들 혹은 딸'이라는 의미를 가지고 있다. 예를 들어, 이반 벨킨의 부칭인 페트로비치는 '표트르의 아들 이반'이라는 뜻이다. 보통 예의를 갖춰 어른의 성함을 부를 때는 그의 이름과 부칭을 함께 부른다.

가미하지 않고 여기에 싣고자 한다.

친애하는 **** 귀하!

귀하께서 이 달 15일 자에 보내주신 고귀한 서한을 저는 23일자에 받아보는 영광을 누렸습니다. 서한에서 귀하께서는 저의 충실한 벗이자 이웃이었던 고 이반 페트로비치 벨킨의 출생과 사망 일자, 군복무, 집안 내력, 평소에 즐겨 하던 일과 성품에 대해 소상히 알려 주셨으면 하는 소망을 피력하셨더군요. 기쁜 마음으로 귀하의 청에 부응하고자 이제부터 고인과 둘이 나눈 대화뿐만 아니라 제가 이 두 눈으로 똑똑히 관찰하고, 또 기억하고 있는 일이라면 무엇이든 알려드리고자 합니다.

이반 페트로비치 벨킨은 1789년 고류히노 마을에서 명망 높은 가문의 고상한 양친의 자제로 태어났습니다. 돌아가신 그의 부친 표트르 이바노비치 벨킨 대위는 트라필린 가문의 처녀 펠라게야 가브릴로브나와 결혼했습니다. 그는 부유한 지주는 아니었지만 진중하고 소신 있는 사람이었고, 살림 경영에는 꽤 유능한 편이었지요. 그분의 아들은 시골 교회지기에게서 처음으로 글을 배웠습니다. 그가 독서와 러시아 문학에 열의를 가지게 된 것은 아마도 이 훌륭한 스승 덕분이 아닌가 합니다. 그는 1815년에 경기 보병 연대(연대 번호는 기억나지 않습니다만)에 입대하여 1823년까지 복무했습니다. 그러나 두 분 양친께서 거의 같은 시기에 돌아가시는 바람에 그는 부득이하게 퇴역해서 세습 영지가 있는 고류히노 마을로 돌아와야만 했습니다.

이반 페트로비치는 무턱대고 영지 경영에 뛰어들었지만 그런 일에 경험이 없는데다 성격까지 유순한 탓에 얼마 못 가서 경영을 소홀히 하더니, 결국 고인이 되신 부친이 힘들게 이뤄놓은 엄격한 질서를 망쳐놓고 말았지요. 그는 농부들이 불만스러워 했던 (그들은 원래 불만투성이지요) 민첩하고 꼼꼼한 촌장을 해고해 버리고는 촌락 경영권을 이야기 잘하는 재주 하나로 그의 환심을 산 창고지기 노파에게 넘겨줘 버렸답니다. 이 어리석은 노파는 25루블짜리 지폐를 50루블짜리 지폐와 구분할 줄도 모르는 한심한 여자였지요. 게다가 그녀는 모든 농부들의 대모였기 때문에 아무도 이 노파를 두려워하지 않았어요. 농부들이 뽑은 촌장은 그들의 잘못을 너그러이 눈감아주기까지 했지요. 그렇게 한 통속이 되어 주인을 속이고 못 살게 굴어서, 결국 이반 페트로비치는 부역노동을 폐지하고 아주 헐값의 소작료를 제정해 줄 수밖에 없는 처지가 되었습니다.[3] 하지만 거기서 그치지 않고 농부들은 그의 심약한 성품을 이용하여 첫 해에는 고의로 납세를 면제해 줄 것을 요구했고, 다음 해에는 소작료의 3분의 2이상을 호두나 월귤나무 열매 같은 것으로 대신 지불했답니다.[4] 게다가 그것마저 내지 않은 체납자들도 있었다고 하더군요.

이반 페트로비치의 선친과 막역한 사이였던 저는 그분의 아들에게 충고를 해 주는 것이 마땅히 제가 할 도리라고 여겼고, 그래서 그가 망쳐놓은 예전의 질서를 되찾도록 도와주려고 자진해서 나섰던 적이 있습니다. 그리하여 어느 날, 그를 직접 찾아가서 살림 장부를 보여 달라고 하고, 저 교활한 사기꾼 촌장을 데려다 놓고는 이반 페트로비치가 보는 앞에서 장부를 샅샅이 살펴봤습니다. 젊은 주인은 처음에는 정신을 바짝 차려 제 말을 성심 성의껏 경청하는 것 같더군요. 하지만 최근 2년 간 농부의 숫자는 2배로 늘었는데, 가금류와 가축들의 수는 현저하게 줄어들었다는

3) 19세기 러시아 농촌에서는 농민들이 지주의 농지에서 부역을 해 주는 것이 의무였다. 부역을 하면 수확의 7~8할은 지주가 가져가고 농민들은 2~3할의 적은 수확량을 자신의 몫으로 가져갔다. 상대적으로 소작료는 정해진 금액이나 곡물을 매년 지정한 시기에 내는 것이므로 농민들은 이 제도를 더 선호했다.

4) 보통 소작료는 화폐나 곡물로 지불해야 하나 벨킨의 농부들은 그보다는 급이 낮은 과실 등으로 소작료를 대신 지불했다.

계산이 나오자 이반 페트로비치는 이 첫 보고에 상당히 만족해하더니 더 이상 제 말을 듣지 않는 눈치였어요. 제가 영악한 촌장에게 엄중히 잘못을 따져 심문하고 책임을 묻자 그 노파가 극도로 당황해서 어쩔 줄 모르고 벌벌 떨고 있던 바로 그 순간, 이반 페트로비치가 의자에 앉은 채로 코를 심하게 골아대는 게 아니겠습니까? 그 때 얼마나 화가 치밀어 오르던지요. 그 이후로 저는 그가 살림 경영을 어떻게 하던지 간에 전혀 간섭하지 않았고, 모든 일을 (그 자신이 그러한 것처럼) 전능하신 신의 손에 맡겨버렸습니다.

하지만 이런 일로 우리의 우정에 금이 간 건 아닙니다. 왜냐하면 제가 그의 유약한 심성이나 우리나라 귀족 청년들에게는 고질적인 병이라 할 수 있는 저 유해한 게으름에 어느 정도 동정을 느끼면서 진심으로 이반 페트로비치를 사랑했기 때문입니다. 그토록 온화하고 정직한 젊은이를 어떻게 사랑하지 않을 수 있겠습니까? 이반 페트로비치도 저의 경륜에 존경을 표했고 마음을 다해 진심으로 저를 따랐지요. 비록 우리는 습관이나 사고방식, 기질을 따지고 봤을 때는 서로 완전히 다른 부류의 사람들이었지만 그는 나와 허물없이 나누는 소박한 얘기들을 소중히 여겼고, 그래서 마지막 숨을 거두던 그 날까지 거의 매일 저와 만났습니다.

이반 페트로비치는 아주 절도 있는 생활을 하면서 방탕한 일에 빠지는 법이 없었지요. 저는 그가 술에 흥청망청 취해있는 모습을 한 번도 보지 못했습니다. (우리나라에서 이런 일은 전례가 없는 기적 같은 일이지요) 여성 편력이 좀 심한 편이긴 했지만, 그는 정말이지 처녀처럼 수줍음이 많은 사내였습니다.[5)]

귀하께서 편지에서 언급하신 단편 소설 외에도 이반 페트로비치는 많

---

5) 여기서 한 가지 에피소드가 나오는데 우리는 그것이 불필요하다고 판단하여 싣지 않기로 했다. 그러나 내용 중에 이반 페트로비치 벨킨의 인품에 흠집을 남길 만한 건 전혀 없었다는 것을 독자들에게 알리는 바이다 - 발행인의 주.

은 초고를 남겼습니다. 그 중 일부는 제가 소장하고 있고, 일부는 그의 창고지기 노파가 집안일에 여기저기 사용한 것으로 알고 있습니다. 이를테면 그 노파는 작년 겨울에 그가 아직 끝내지도 않은 장편 소설 제 1부의 원고로 행랑채의 창문이란 창문은 죄다 발라버렸지요. 지난번 편지에서 언급하신 단편소설들은 제가 보기엔 초기 작품들인 듯 합니다. 이반 페트로비치의 말에 따르면, 그 단편소설들은 대부분 실화에 근거를 두고 있고 몇몇 특정인으로부터 들어서 알게 된 이야기라고 합니다.[6] 그러나 등장인물들의 이름은 거의 그가 지어낸 것이고 촌락과 마을 지명들은 우리 고장에서 차용해 온 것들이라, 그 때문에 제가 사는 시골 마을 이름도 어딘가에서 언급되고 있을 겁니다. 이것은 어떤 악의가 있어서라기보다 순전히 상상력이 부족했던 탓이지요.

이반 페트로비치는 1828년 가을에 열감기로 앓아누웠는데 운이 없게도 그것이 열병으로 도지는 바람에 우리 지방 의사의 극진한 간호에도 불구하고 결국 숨을 거두었습니다. 이 의사는 티눈이나 그 밖의 각종 만성병 치료에 일가견이 있는 사람이었습니다. 이반 페트로비치는 30살 되던 해에 제 품에 안겨 숨을 거두었고, 고류히노 마을 교회 묘지의 돌아가신 그의 부모님 무덤 근처에 묻혔습니다.

이반 페트로비치는 중간 키에 눈은 회색이고 아마색 머리카락에 코는 곧은 편이었으며, 뺨은 약간 여위고 얼굴은 희고 갸름했습니다.

존경하는 귀하, 이것이 고인이 된 제 이웃이자 친구였던 한 사람의 생활방식과 직업, 성품, 외모에 관해 제가 기억하고 있는 전부입니다. 한 가지 당부 드리고 싶은 말은 이 편지에서 부득이하게 어떤 부분을 사용하셔야

---

6) 실제로 벨킨의 원고에는 각각의 단편소설들마다 윗부분에 작가가 친필로 '이 이야기는 어떤 특정인 (관등 혹은 신분과 이름, 성씨의 첫 글자를 표기)으로부터 들은 것이다'라는 문구가 적혀있다. 호기심 많은 탐색가들을 위해 적어두자면, 「역참지기」는 9등 문관인 A.G.N., 「결투」는 퇴역장교 I.L.P, 「장의사」는 점원 B.V., 「눈보라」와 「말괄량이 귀족 아가씨」는 K.I.T.라는 처녀가 그에게 들려준 것이다 - 발행인의 주.

한다면 부디 제 이름은 밝히지 말아주시길 바랍니다. 왜냐하면 저는 작가들을 존경하고 좋아하긴 하지만, 제가 이런 이름을 얻게 되는 건 너무 과분한 일이고 이 나이에는 좀 외람된 일이라고 여겨지기 때문입니다.

진심으로 존경을 표하며.

1830년 11월 16일
네나라도보 마을에서

우리 작가의 존경할만한 친구분의 뜻을 존중하는 것이 의무라 생각하는 우리는 귀중한 정보를 전해주신 데 대하여 진심으로 감사의 마음을 표하며, 독자 여러분들께서도 그 분의 진심과 관용을 높이 평가해 주시길 바라는 바이다.

A.P.

결투

우리는 서로를 향해 총을 쏘았다.
- 바라트인스키[7]

나는 결투의 규칙에 따라 그를 사살하리라 맹세했다.
(나에게는 그를 쏠 총알 한 발이 아직 남아 있었다)
-「야영지의 밤」[8]

I

우리 군부대는 ***라는 작은 마을에 주둔해 있었다. 군대 장교 생활은 누구나 알고 있는 그대로다. 아침에는 교련과 승마 훈련, 정오에는 연대장 숙소나 유대인의 선술집에서 점심식사를 하고 저녁때는 펀치 술을 마시면서 카드 게임을 한다. 이 ***마을에는 가볼 만한 술집도 없었고 젊은 아가씨도 찾아보기 힘들었다. 그래서 우리는 똑같은 군복 외에 아무 것도 볼 수 없는 서로의 숙소에 모여들곤 했다.

우리들 중 유일하게 한 사람이 군인의 신분이 아닌데도 장교들의 모임에 섞여 있었다. 그는 나이가 서른다섯 정도 되었는데 이 때문에 우리는

---

7) 바라트인스키(1800-1844)의 시「무도회」에서 인용한 구절.

8) 베스투제프 마르린스키(1797-1837)의 단편 소설「야영지의 밤」에서 인용한 구절.

그를 연장자로 대우했다. 산전수전을 다 겪어 본 그는 인생 경험에 있어서는 젊은 우리들보다 월등히 우위에 있었고 게다가 그의 늘 침울한 표정과 완강한 고집, 독설을 거침없이 퍼부어대는 말버릇은 우리들의 뇌리에 아주 강렬한 인상을 남겼다. 묘한 신비감이 그의 운명을 둘러싸고 있었다. 그는 러시아인인 것 같은데도 외국인의 이름을 썼다. 한 때 경기병으로 근무한 적도 있었는데 그 때가 자신의 전성기였다고 했다. 그런데 그가 무슨 연유로 군대에서 퇴역하게 되었는지, 그리고 이렇게 초라한 마을에 흘러 들어와 가난한데도 돈을 흥청망청 써대며 살고 있는 이유가 무엇인지 아무도 몰랐다.

그는 낡고 해진 검정 프록코트를 입고 늘 걸어 다녔지만, 우리 연대의 모든 장교들을 위해서 만찬을 준비해놓곤 했다. 사실 차린 식사라고 해봐야 퇴역 군인 요리사가 만든 두어 가지 요리가 전부였지만 샴페인만큼은 강물 흐르듯이 철철 흘러 넘쳤다. 아무도 그의 재산이나 수입이 얼마나 되는지 알지 못했고, 그런 것에 관해 감히 물어볼 엄두도 내지 못했다. 그는 많은 책을 소장하고 있었는데 대부분이 군사 서적이나 소설책이었다. 그는 책을 흔쾌히 빌려주면서도 돌려 달라고 하는 법이 없었다. 그 대신 자신이 빌린 책도 주인에게 절대 돌려주지 않았다.

그가 가장 심혈을 기울여 열중한 일은 바로 권총 사격이었다. 그의 방 벽면은 온통 총알에 뚫린 구멍투성이로 뒤덮여 마치 벌집 같아 보였다. 값비싼 권총 수집품들만이 그가 살고 있는 초라한 토담집의 유일한 사치품이었다. 그가 그때까지 익힌 사격 솜씨는 신기에 가까울 정도로 정말 대단한 실력이었다. 하물며 그가 군모 위에 배를 얹어놓고 총을 쏘아 맞춰보겠노라 제안하면 자신의 머리를 군모에 대주는 걸 망설일 사람이 우리 연대에는 아무도 없었을 정도였으니 말이다. 그런데도 실비오는(그를 이렇게 부르도록 하겠다) 우리들이 가끔 결투에 대해 얘기를 할 때 절대 얘기에 끼어들지 않았다. 결투를 해본 적 있느냐는 질문에 대해서는 그렇다는 대답을 내뱉고는 자세한 얘긴 하지 않았는데 눈치로 봐서 그런 질문을 몹시 달가워하지 않는 것 같았다. 그래서 우리는 그의 두려운 총 솜씨에 희생당한 불행한 누군가가 그의 양심 밑바닥에 있을 거라고 추측했다. 하지만 그런 그의 마음속에 두려움 비슷한 무엇인가가 도사리고 있으리라는 의혹은 우리들 중 어느 누구의 머리에도 떠오른 적이 없었다. 세상에는 외모 하나만으로도 그런 의심을 단박에 날려버리게 하는 사람들이 있는 법이다. 그런데 우연히 일어난 한 사건이 우리 모두를 깜짝 놀라게 만들었다.

그 날도 장교 열 명 정도가 실비오의 집에서 식사를 했다. 여느 때처럼 술을 마셨는데, 그 날도 아주 많이 마셨다. 식사 후에 우리는 주인인 실비오에게 카드놀이의 물주가 되어 달라고 부탁했다. 그는 카드를 다뤄 본 적이 별로 없다고 말하며 한동안 계속 사양하더니, 결국에는 카드를 내오라고 했다. 50여 개의 금화를 탁자에 확 흩어놓고는 그는 자리에 앉아 패를 돌리기 시작했다. 우리는 그를 빙 둘러쌌고 마침내 카드 게임이 시작되었다. 실비오는 게임을 할 때는 절대 말을 하지 않는 습관이 있었다. 그는 논쟁을 하거나 가타부타 해명하는 법이 없었다. 간혹 내기에 돈을 건 사람이 계산을 잘못했을 때, 그는 즉시 차액을 지불하거나 잔액을 기록해 두곤 했다. 우리는 이 점에 대해 이미 잘 알고 있었고 그의 방식대로 물주 노릇을 하도록 내버려두었다. 그러나 그 자리에 최근에 연대로 전속해온 장교 한 명이 있었다. 그는 게임을 하면서 마음이 몹시 심란했던지 쓸데없이 자꾸 카드의 귀퉁이를 접었다.[9] 실비오는 분필을 들고는 늘 하던 대로 계산을 정정했다. 이를 본 장교는 실비오가 실수했다고 생각하고 해명을 하려 들었다. 실비오는 아무 말 없이 계속 패를 돌렸다. 인내심을 잃은 장교는 지우개를 들더니 제 생각에 잘못 계산된 금액을 지워버렸다. 실비오는 분필로 다시 금액을 기록했다. 포도주와 카드 게임과 동료들의 비웃음에 부아가 치밀어 오른 장교는 자신이 무자비하게

---

9) 카드 게임에서 카드의 귀퉁이를 접는 것은 판돈을 두 배로 걸겠다는 뜻임.

모욕당했다는 생각에 광분하여 탁자에서 청동 촛대를 집어 들더니 실비오를 향해 던졌다. 실비오는 아슬아슬하게 일격을 피했다. 우리는 순식간에 일어난 일에 당혹해하며 이 상황을 관망하고 있었다. 분노로 창백해진 실비오는 자리에서 벌떡 일어나더니 눈을 희번덕거리며 말했다.

"장교 나리, 당장 여기서 나가시오. 그리고 이런 일이 내 집에서 일어난 걸 신께 감사해야 할 거요."

우리는 곧 벌어지게 될 사건의 결말에 대해 추호도 의심하지 않았고, 새로 온 동료는 이미 죽은 목숨이나 진배없다고 여겼다. 장교는 물주 나리가 원하는 방식으로 모욕의 대가를 치를 각오가 되어있노라고 말하고는 밖으로 뛰쳐나갔다. 카드 게임은 몇 분 더 계속되긴 했지만 우리는 주인이 카드를 할 기분이 아니라는 걸 눈치 채고 하나 둘씩 자리를 떴고, 곧 있게 될 결원에 대해 수군대며 각자 숙소로 뿔뿔이 흩어졌다.

이튿날 승마 훈련장에서 저 불쌍한 중위가 아직 살아있는지 여부를 서로에게 묻고 있을 때, 그는 제 발로 우리 앞에 모습을 드러냈다. 우리는 그에게 같은 질문을 했다. 그는 실비오에게서 아직 아무런 전갈도 받지 않았다고 말했다. 그건 매우 놀라운 일이었다. 그 길로 우리는 실비오를 찾아갔다. 그는 마당에서 대문에 붙여놓은 에이스 카드를 향해 연달아 총알을 쏘아대고 있었다. 여느 때처럼 그는 우리를 맞았고 어제 밤의 사건에 대해서는 한 마디도 입을 떼지 않았다. 사흘이 지났는데도 중위는 아직 멀쩡히 살아 있었다. 우리는 놀라워하면서 수군거렸다. 과연 실비오는 결투를 신청하지 않을 것인가? 결국 실비오는 결투를 하지 않았다. 그는 간단히 해명한 것에 만족하고는 중위와 화해했던 것이다.

이 일로 인해 그는 젊은이들 사이에서 완전히 체면을 잃고 말았다. 용기를 인간의 최고의 덕목으로 여겨 추앙하는 그들이기에 용기로 인해 저질러진 어떤 잘못이라도 쉽게 용서할 수 있었지만 용기 없는 겁쟁이는 절대 용서할 수 없었던 것이다. 그러나 모든 일은 시간이 지나자 잊혀져 갔고, 실비오는 다시 예전의 영향력을 되찾았다.

유독 나만이 그에게 가까이 다가갈 수가 없었다. 타고난 천성이 낭만적인 공상에 빠지길 좋아하던 나는 그 누구보다도 강렬하게 이 사나이에게 끌렸었다. 알 수 없는 수수께끼로 휩싸인 듯한 그의 인생, 그래서 그가 어떤 비밀스런 소설의 주인공처럼 여겨졌었다. 그도 나를 좋아했다. 적어도 나와 단둘이 남아 있을 때는 여느 때처럼 신랄하게 퍼붓던 독설도 접어두고 솔직하게 여러 가지 일들에 대해 털어놓으면서 유난히 기분이 좋아 보였다. 그러나 불미스런 일이 있었던 그 날 밤 이후에 든 한 가지 생각, 즉 자신의 잘못으로 인해 그의 명예는 더럽혀졌다는 생각이 머리 속을 계속 맴돌아 예전처럼 그와 가까이 지낼 수가 없었다. 나는 그를 쳐다보는 것조차도 부끄러웠다. 너무도 영리하고 경험도 많은 실비오가 이런 나의 속마음을 눈치 채지 못하거나 내가 이러는 이유를 짐작하지 못할 리가 없었다. 그도 이 일로 곤혹스러워하는 것 같았다. 적어도 한두 번 정도 그가 나에게 뭔가를 해명하고 싶어 한다는 걸 눈치 챘다. 그러나 나는 그와의 대면을 일부러 피했고, 결국 실비오와 나는 서먹서먹한 사이가 되고 말았다. 그 이후로 나는 동료들과 어울리는 자리에서만 그를 보았고, 예전에 우리 사이에 오고 가던 솔직한 대화들은 더 이상 나눌 수 없었다.

대도시의 번잡한 수도에 사는 거주자들은 시골이나 소도시에 사는 사람들에게는 너무나 친숙하고 정겨운 일상의 감흥들이 있다는 걸 잘 모를 것이다. 예를 들어 우편물이 도착하는 날의 기대감 같은 것 말이다. 화요일과 금요일만 되면 우리 연대 사무실은 돈이나 편지, 신문 등을 기다리는 장교들로 붐비곤 했다. 봉함(封緘) 편지[10]를 바로 그 자리에서 뜯어보는 이들도 있고, 새 소식을 큰 소리로 알려주는 이도 있어서 사무실은 금방 활기로 가득 찼다. 실비오는 우리 연대를 수신지로 편지를 받고 있었기 때문에 우편물이 도착하는 날이면 늘 이곳에 나타났다.

---

10) 편지지를 봉투에 넣어 봉인(封印)을 찍어 보내는 편지.

그러던 어느 날, 그에게 봉함 편지 한 통이 도착했다. 편지를 받아 든 그의 얼굴에는 초조한 빛이 역력했다. 그는 떨리는 손으로 편지의 봉인을 뗐다. 편지를 읽어 내려가는 그의 눈동자가 무섭게 번득이고 있었다. 장교들은 자신들의 편지에 정신이 팔려있어 아무것도 보지 못했다.

"여러분!"

실비오가 소리쳤다.

"제가 사정이 생겨 가능한 빨리 이곳을 떠나야 합니다. 오늘 밤에 당장 떠날 예정입니다. 마지막으로 여러분 모두를 저녁 식사에 초대하고자 합니다."

그리고 나를 향해 고개를 돌리더니 이렇게 말했다.

"당신도 꼭 와 주시오. 기다리겠소."

이 말을 남기고 그는 급히 그 곳을 나갔다. 우리는 실비오의 집에서 만나기로 약속하고 각자 제 갈 길로 흩어졌다.

내가 약속 시간에 맞춰 실비오의 집에 도착해서 보니 거의 연대 전체가 그의 집에 와 있었다. 짐은 이미 다 꾸려져 있었고 남은 것이라곤 총탄에 뚫려 속이 훤히 드러난 흙벽뿐이었다. 우리는 식탁에 앉았다. 주인은 기분이 더 할 나위 없이 좋아 보였고 곧 그의 기분은 모든 사람들에게 전염되었다. 샴페인 마개가 여기저기서 펑펑 터지고, 술잔에는 거품이 넘쳐 흐르면서 쉴 새 없이 쉬쉬거리는 소리가 났다. 우리는 목청을 돋우어 떠나는 이의 안전한 여행을 위해 건배를 외쳐댔고, 그에게 모든 행운이 함께 하길 기원했다.

밤이 늦어서야 모두들 자리에서 일어났다. 각자 자기 모자를 집어 들고 나갈 때, 실비오는 한 사람 한 사람에게 작별 인사를 했다. 내가 막 나가려고 하자 그는 내 손을 잡아끌어 멈춰 세웠다.

"당신한테 할 얘기가 있소."

그는 조용히 말했다. 나는 그곳에 남았다.

손님들은 모두 떠나고 우리 둘만이 남았다. 우리는 서로 마주보고 앉아 말없이 파이프 담배를 피웠다. 실비오의 얼굴에는 근심이 서려 있었다. 어딘가 어색해 보이던 명랑한 표정은 흔적도 없이 사라졌다. 음산하고 창백할 정도로 싸늘한 얼굴, 번득이는 눈동자와 입에서 뿜어져 나오는 진한 담배 연기가 그를 진짜 악마처럼 보이게 했다. 몇 분이 지나고 나자 실비오가 침묵을 깼다.

"어쩌면 우리는 다시는 못 보게 될 지도 모르겠소."

그가 나에게 말했다.

"헤어지기 전에 당신에게 해명하고 싶은 게 있소. 당신도 이미 눈치 챘겠지만 나는 다른 사람의 생각을 별로 존중하지 않는 사람이오. 하지만 당신은 내 마음에 들었소. 그래서 당신 마음에 부당한 인상을 남겨놓고 떠난다는 게 몹시 고통스러웠소."

그는 잠시 말을 멈추고는 다 태운 파이프 담배를 채워 넣기 시작했다. 나는 시선을 내리깔고 침묵을 지키고 있었다.

"당신은 의아하게 생각했을 거요."

그는 계속 말을 이어갔다.

"내가 저 술 취한 미치광이 R***에게 결투를 신청하지 않은 일 말이오. 무기를 선택할 권한이 나에게 있었고 그의 목숨도 내 손아귀에 있는 반면, 내 목숨은 그다지 위험하지 않았다는 걸 당신도 알고 있었을 거요. 내가 지극히 관대해서 너그럽게 그를 용서해 준거라고 변명할 수도 있지만, 지금 당신에게 그런 거짓말을 하고 싶진 않구려. 만약 나 자신이 털끝만치도 다치지 않고 R***을 벌할 수 있었다면, 아마 나는 그를 용서하지 않았을 것이오."

이 말을 듣고 나는 깜짝 놀라 그를 바라보았다. 그의 고백은 내 머리를 혼란스럽게 만들었다. 실비오는 계속해서 말을 했다.

"그렇소. 나는 내 목숨을 죽음의 위험에 처하게 할 권한이 없소. 6년 전 나는 따귀를 맞았고, 그 원수가 아직 시퍼렇게 두 눈을 뜨고 살아있기 때문이오."

그제서야 나는 호기심이 격렬하게 일어났다.

"그와 결투를 하지 않았단 말입니까? 피치 못할 사정이 당신들을 헤어지게 한 건가요?"

내가 물었다.

"나는 그와 결투를 했었소."

실비오가 대답했다.

"여기 우리 결투의 기념품이 있소."

실비오는 자리에서 일어나 두꺼운 종이 상자에서 금술과 가느다란 끈이 달린 붉은 모자(프랑스인들이 소위 경찰모[11]라고 부르는 모자)를 꺼냈다. 그는 모자를 써 보았다. 모자는 이마에서 1베르쇼크[12]쯤 위에 총알에 뚫린 자국이 선명하게 남아 있었다.

"당신도 아시겠지만,"

실비오가 계속 말을 이었다.

"나는 ***경기병 연대에서 복무했던 적이 있소. 내 성격은 당신도 잘 알 거요. 나는 최고의 자리를 고수하는 데 익숙한 사람이오. 이 버릇은 젊은 시절부터 내 안에 자리 잡은 정열 같은 것이었소. 우리 때는 난폭하고 거칠게 구는 게 유행이었고 나는 군대에서 제일가는 난폭꾼이었소. 우리는 과음하는 걸 자랑으로 여겼고 시인 데니스 다브이도프[13]가 칭송한 저 유명한 부르초프[14]보다 더 많이 마셔댔소. 결투는 우리 연대에서 흔히 일어나는 일이어서 나는 결투가 있을 때마다 직접 결투 당사자가 되거나 입회인 자격으로 참가했지요. 동료들은 나를 열렬히 숭배했고 자주 교체

---

11) 프랑스어 원문으로는 'bonnet de police'.

12) 1베르쇼크는 약 4.5cm의 길이.

13) 데니스 다브이도프는 푸쉬킨 당대의 러시아 시인으로 경기병의 생활을 주제로 한 시를 많이 썼다.

14) 부르초프는 음주와 싸움으로 유명했던 경기병 장교.

되는 연대 사령관들은 나를 필요악 정도로 여겼소.

나는 태연하게 (아니 태연하지 않았는지도 모르지만) 내 명성을 즐기고 있었소. 한 부유하고 명성이 자자한 귀족 가문의 젊은이가 (그의 이름을 말하고 싶진 않소만) 우리 연대에 귀속해 오기 전까지는 말이오. 나는 태어나서 그토록 눈부신 행운아를 본 적이 없었소! 젊은 혈기, 명석한 두뇌, 잘 생긴 외모, 호탕하고 유쾌한 성격, 무모할 정도의 용기, 지체 높은 가문, 게다가 셀 수도 없이 많은 돈은 써도 써도 끝이 없을 정도였소. 그러니 그자가 우리에게 어떤 영향을 미치게 되었을지 생각해 보시오. 내가 고수해 오던 우두머리의 자리가 흔들리기 시작했소. 나의 명성에 현혹된 그자가 나와 터놓고 지내길 원했지만, 난 그를 냉담하게 대했지요. 그자는 아쉬운 기색 하나 없이 내게서 멀어졌소.

나는 그자를 끔찍이도 증오하기 시작했소. 연대의 젊은 장교들과 살롱의 여성들 사이에서 거둔 그의 승리는 나를 완전히 절망으로 몰아넣고 말았기 때문이오. 나는 그와 분쟁거리를 찾기 시작했소. 내가 풍자시를 지어 보내면 그는 기대 이상으로 예리하고 재치가 넘치는, 게다가 내 것과는 비교도 안 될 정도로 유쾌한 풍자시로 답했소. 그는 농담을 했지만 나는 악의로 맞받아쳤지요.

마침내 폴란드 지주의 집에서 열린 무도회에서 사건이 터지고 말았소. 그자는 무도회의 모든 여자들의 관심의 대상이었고, 특히 예전에 나와 은밀한 관계가 있었던 주인 여자의 관심을 독차지하고 있었소. 그걸 보고 나는 그자에게 다가가 귀에 대고 몇 마디 천박하고 무례한 말을 지껄여 주었소. 그러자 그자는 모욕감에 얼굴을 붉히더니 내 따귀를 철썩 때렸지요. 우리는 바로 군도를 집어 들었소. 여인들은 소리를 지르며 기절을 했고 사람들이 우리들을 뜯어 말렸소. 바로 그 날 밤 우리는 결투를 하러 갔소.

그 때는 새벽이었소. 나는 세 명의 입회인들을 대동하여 약속 장소로 갔소. 상대를 기다리는 내내 형언할 수 없는 초조함이 가슴을 옥죄어 오더군요. 봄의 태양이 떠오르자 더운 열기가 느껴졌지요. 나는 멀리서 걸어오는 그자를 보았소. 단 한 명의 입회인을 대동하고 제복에다 군도를 차고 걸어오고 있었소. 우리는 그를 맞으러 갔소. 그자는 버찌가 가득 든 챙이 큰 모자를 손에 들고 있더군요. 입회인들이 열 두 걸음의 거리를 재어 주었소. 내게 먼저 쏠 수 있는 권한이 있었소. 하지만 악감정이 북받친 탓에 흥분으로 손이 떨리고 있었고 냉정을 되찾기 위해서는 시간을 벌어야 했소. 그래서 첫 발을 그에게 양보했지요. 하지만 상대는 내 제안에 동의하지 않았소. 결국 제비를 뽑아서 정하기로 했소. 선취권은 영원한 행운아인 그에게 넘어갔소.

그자가 조준을 해서 쏘자 총알이 바로 이 군모를 뚫고 지나갔던 거요. 다음은 내 차례였소. 마침내 그자의 목숨이 내 손아귀에 들어온 거지요. 나는 그를 집요하게 노려보면서 일말의 불안한 기색이라도 찾아보려 했소만……. 그자는 총구를 앞에 두고도 모자에서 잘 익은 버찌를 골라 먹고 있는 게 아니겠소. 게다가 버찌씨를 내뱉었는데 그것이 내 발치까지 날아와 떨어졌소. 무심한 그자의 태도가 나를 머리끝까지 분노케 만들었

실비오와 백작의 첫 번째 결투
"바로 그날 밤 우리는 결투를 하러 갔소."

소. 하지만 그 순간 이런 생각이 들더군요. 제 목숨을 별로 중하게도 여기지 않는 놈한테서 목숨을 빼앗은들 내게 무슨 이득이 있겠는가? 악의적인 생각 하나가 내 머리를 스치고 지나갔지요. 나는 권총을 내렸소. 그리고 그자에게 이렇게 말했소.

'당신은 지금 죽을 준비가 되지 않은 것 같소. 아침 식사를 하고 계신 모양인데, 방해하고 싶진 않소…….'

'전혀 방해가 되진 않으니 쏘시고 싶으면 쏘시오.'

라고 그자가 대답했소.

'나를 쏠 당신의 총알 한 방이 아직 남아 있소. 저는 항상 당신 뜻에 따를 준비가 되어 있소.'

그자의 대답을 듣고 나는 입회인들에게 몸을 돌려 지금은 쏠 마음이 없다는 의사를 밝혔소. 그걸로 그날의 결투는 끝이 났지요.

그 후 경기병 연대를 퇴역하고 이 작은 마을로 오게 된 거요. 그 날 이후로 나는 단 하루도 복수를 생각하지 않은 날이 없소. 이제 바로 그 때가 온 거요……."

실비오는 주머니에서 아침에 받은 봉함 편지를 꺼내 읽어보라고 나에게 주었다. (그의 업무 대리인인 듯한) 어떤 사람이 모스크바에서 보낸 편지에는 '요주의 인물'이 젊고 아름다운 아가씨와 곧 혼인을 하게 될 거라는 소식이 적혀 있었다.

"이제 짐작을 하시겠지요?"

실비오가 말했다.

"그 요주의 인물이 누구인지 말이오. 나는 모스크바로 떠날 거요. 그자가 결혼을 앞두고도 언젠가 버찌를 먹으면서 그랬던 것처럼 그토록 무심하게 죽음을 받아들일 수 있는지 이 두 눈으로 똑똑히 확인할 거요!"

이 말을 끝내고 실비오는 자리에서 벌떡 일어났다. 그는 모자를 바닥에 던져 놓고는 방 안을 왔다 갔다 했는데, 그 모습이 마치 사자가 우리 안에서 어슬렁거리는 모습 같았다. 나는 꼼짝하지 않고 그의 얘기를 듣고만 있었다. 뒤얽히고 갈피를 잡을 수 없는 묘한 감정들이 나를 흥분시키고 있었다.

그 때 하인이 들어와 마차가 준비되었다고 알렸다. 실비오는 내 손을 꽉 붙잡았다. 우리는 서로에게 작별의 키스를 했다. 그는 마차에 올라탔다. 마차에 실린 여행용 짐 가방 두 개 중 하나에는 권총들이 들어있었고 다른 하나에는 가재도구들이 들어있었다. 우리가 다시 한 번 작별 인사를 나누자 말은 세차게 달려 나갔다.

II

그 후로 몇 년이 지나, 나는 집안 사정으로 N***현의 가난한 시골 마을에서 살게 되었다. 영지 경영에 힘을 쏟으면서도 나는 늘 예전의 그 호기롭고 태평스러웠던 시절이 그리워 조용히 한숨짓곤 했다. 제일 견디기 힘든 일은 가을과 겨울 저녁 시간을 완전히 고립되어 홀로 보내야 하는 데에 익숙해지는 것이었다. 점심때까지는 촌장과 얘기를 나누거나 논밭을 다녀보기도 하고 새로 지은 시설물들을 둘러보면서 어떻게든 시간을 때울 수 있었다. 그러나 곧 날이 저물기 시작하면 나는 어찌해야 할 바를 몰랐다. 서재나 헛간에서 찾아낸 몇 권 안 되는 책들은 하도 여러 번 읽어서 거의 다 암기할 정도였다. 창고지기 노파 키릴로브나만이 기억하는 옛날이야기들은 벌써 귀에 못이 박히도록 들었고, 농부 아낙네들의 노래는 내 마음에 우울한 상념을 불러일으킬 뿐이었다. 그리 달지 않은 과실주를 마셔보곤 했지만 머리만 아팠다. 솔직하게 말해 내가 술을 멀리 하는 건, '너무 괴로운' 나머지 술독에 빠져 살거나, 심지어는 '지독할 정도로' 심각한 알코올 중독자가 되는 게 내심 두려웠기 때문이다. 나는 그런 술꾼들을 우리 읍에서 익히 많이 봐 왔다. 대화 도중에 딸꾹질을 하거나 한숨을 내쉬는 두 세 명 정도의 '지독한 술꾼들'을 제외하고는 우리 영지 부근에 사는 이웃이라곤 없었다. 차라리 고독하게 혼자 지내는 편이 나았다.[15)]

우리 집에서 약 4베르스타[16)] 정도 떨어진 곳에 B***백작부인의 부유한 영지가 있었다. 하지만 그곳에는 관리인만 살고 있었다. 백작부인은 결혼한 첫 해에 자신의 영지를 딱 한 번 방문한 적이 있다고 한다. 하지만 한 달도 채 머무르지 않고 떠나고는 이후로 다시는 오지 않았다. 그런데 내 은둔 생활이 두 번째로 접어드는 해 봄에 백작부인이 남편과 함께 여름에 시골로 내려온다는 소문이 돌았다. 실제로 그들은 6월 초순에 그곳에 왔다.

부유한 이웃의 방문은 시골에 사는 사람들에겐 아주 큰 화젯거리다. 지주들과 그들의 하인들은 그런 일을 두고 두 달 전부터 얘기하기 시작해서 3년이 넘도록 얘기할 정도다. 나는 솔직히 젊고 아름다운 부인이 이웃에 온다는 소식에 온통 마음을 쏟고 있었다. 그녀를 만나고 싶어서 안달이 날 지경이었고, 그래서 그녀가 도착한 후 첫째 주 일요일에 점심 식사를 마치자마자 ***마을로 출발했다. 나는 백작 부부에게 가까운 이웃이자 충직한 종으로 자신을 소개하고자 했다.

하인은 나를 백작의 서재로 데려다 놓고 나의 방문을 알리러 나갔다. 넓은 서재는 온갖 진기하고 사치스러운 물건들로 장식되어 있었다. 벽면에는 장서들이 빼곡히 꽂힌 책장이 있었고 꼭대기에는 청동 조각상들이

---

15) 원문에는 다음과 같은 글이 적혀 있다. "결국 나는 가능한 저녁에 일찍 잠자리에 들고, 아침에 최대한 늦게 일어나기로 결심했다. 이런 식으로 저녁 시간을 줄이고 낮 시간을 좀 더 길게 늘여보고자 한 것이다. 노력하는 자에게 행운이 있는 법이다." (원주)

16) 러시아의 거리 측정 단위로 1베르스타는 약 1.067 킬로미터.

진열되어 있었다. 대리석 벽난로 위에 커다란 거울이 걸려 있고 녹색 나사 천을 깔아 놓은 바닥에는 고급 양탄자가 덮여 있었다. 가난한 시골 벽지에 살며 사치와는 동떨어진 채 살아온 나는 오래 전부터 타인의 부유한 삶을 보지 못했다. 그래서 잔뜩 주눅이 든 채 마치 시골에서 올라온 청원자가 장관이 납시기를 기다릴 때처럼 불안하고 초조한 심정으로 백작을 기다리고 있었다.

문이 활짝 열리고 한 서른두어 살 되어 보이는 잘 생기고 풍채가 좋은 남자가 들어왔다. 백작은 솔직하고 다정한 모습으로 내게 다가왔다. 나는 용기를 내어 자신을 소개해 보려 했지만 그가 나를 앞질렀다. 우리는 자리에 앉았다. 그가 자유분방하고 상냥하게 말을 걸어와 나는 금세 남 앞에 나서기를 꺼리는 수줍음을 없애 버릴 수 있었다. 나는 마음이 편해져 예전처럼 술술 얘기를 풀어가고 있었다. 그런데 바로 그 때 백작부인이 들어왔고, 나는 조금 전보다 더 심하게 당황하여 어쩔 줄을 몰랐다. 그녀는 정말 대단한 미인이었던 것이다. 백작이 나를 소개해줘서 거리낌 없이 그녀를 대해보려 했지만 태연한 척 하면 할수록 더 어색하게만 되어 갔다. 백작 내외는 내가 빨리 평상심을 되찾고 새로운 분위기에 익숙해질 여유를 주기 위해 둘이서 얘기를 나누었다. 그들은 나를 좋은 이웃을 대하듯 격의 없이 대해 주었다.

그러는 동안 나는 책들과 그림을 구경하면서 방안을 왔다 갔다 했다. 나는 그림에 조예가 깊은 편은 아니었지만 한 폭의 그림에서 눈을 뗄 수가 없었다. 그 그림은 스위스 어느 지방을 그린 풍경화였다. 하지만 나를 몹시 놀라게 한 것은 그림 자체가 아니라 그림 위에 선명하게 남은 두 발의 총알 자국이었다. 그것은 총알 한 방이 다른 총알 위에 겹쳐져 박혀 있었다.

"정말 대단한 사격 솜씨입니다."

백작을 향해 고개를 돌리며 내가 말했다.

"그렇소. 대단한 솜씨지요."

백작이 대답하고는 이렇게 물었다.

"당신도 총을 잘 쏘는 편입니까?"

"제법 쏘는 편이지요."

나는 마침내 관심 있는 화젯거리를 찾은 걸 반기며 대답했다.

"30보 떨어진 곳에 카드를 세워놓고 쏘아서 맞추는 걸 실패해 본 적이 없지요. 물론 제 손에 익숙한 권총일 경우에 말입니다."

"정말이세요?"

백작부인이 큰 관심을 보이며 물었다.

"여보, 당신도 30보나 떨어진 곳에서 카드를 맞추실 수 있으세요?"

"나도 한 때는 꽤 잘 쏘았지요. 언제 한 번 겨뤄봅시다. 그런데 나는 거의 4년 동안 총을 잡아보지 못했소."

백작이 대답했다

"오, 그러시다면, 내기를 걸어도 좋습니다. 각하께서는 20보 거리에서도 못 맞추실 겁니다."

내가 아는 척을 하며 말했다.

"사격은 매일 연습을 해야 하니까요. 이건 제 경험으로 아는 겁니다. 우리 연대에서 저는 최고의 사격수들 중에 한 명으로 꼽혔지요. 그런데 한번은 한 달 내내 사격 연습을 안 한 적이 있었어요. 내 권총을 수리하는 곳에 맡겨야 했거든요. 과연 한 달 후에 어떤 일이 벌어졌을 것 같습니까, 각하? 세상에 맙소사, 25보 거리에 놓인 병을 네 번이나 차례로 맞추지 못하다니, 정말 믿기지 않더군요. 우리 연대에는 풍자가이고 익살스럽고 재치가 넘치는 기병 대위 한 사람이 있었어요. 마침 그가 거기에 서 있다가 제게 이렇게 말하더군요. '여보게, 자네는 병을 쏠 생각이 전혀 없는 모양이군.'

각하, 사격 연습을 절대 소홀히 하시면 안 됩니다. 그러면 금방 감각이 없어져 버리죠. 제가 만났던 최고의 명사수는 매일, 적어도 식사 전에 하루 세 번 연습을 했습니다. 그에게는 사격 연습이 식전에 보드카를 한 잔 마시는 버릇 같은 것이었지요."

백작과 백작부인은 내 말문이 터진 것을 기뻐했다.

"그의 사격 솜씨는 어느 정도였소?"

백작이 나에게 물었다.

"어느 정도였나 하면요, 각하. 파리 한 마리가 벽에 앉은 걸 그가 보았다 치죠. 아이고, 백작부인께서 웃으시는군요. 하지만 이건 정말 사실이에요. 파리를 보자마자 그가 '쿠지카, 총 가져와!' 하고 소리치면 쿠지카가 그에게 장정된 권총을 가져옵니다. 총소리가 탕 나면, 그 즉시 파리는 벽에 눌러 붙어버리지요."

"그것 참 대단하구려! 그런데 그는 대체 누구요?"

백작이 말했다.

"실비오라고 합니다, 각하"

"뭐라고? 실비오!"

자리에서 벌떡 일어나며 백작이 소리를 질렀다.

"당신이 실비오를 안단 말이오?"

"알다마다요, 각하. 그와 저는 잘 알고 지내는 사이였습니다. 우리 연대에서 그는 동료 장교 대우를 받았지요. 그러고 보니 그의 소식을 듣지 못한 지 벌써 5년이 되었군요. 그런데 각하께서도 그를 안단 말씀입니까?"

"그렇소, 아주 잘 아는 사이였지요. 혹시 그가 당신에게 무슨 얘기를 하진 않았소……? 설마 그럴 리는 없겠지만. 아주 이상한 사건에 대해 그가 당신에게 혹시 얘기하지 않았소?"

"따귀 맞은 일을 말씀하시는 건가요, 각하? 그가 무도회에서 어떤 건달한테 따귀를 맞았다고 했던 것 같습니다."

"그가 당신에게 그 건달의 이름을 말해 주지 않던가요?"

"아닙니다, 각하. 이름을 말하진 않았는데……. 그런데, 앗! 각하."

나는 사태의 진상을 파악하고는 다급하게 말을 이었다.

"죄송합니다…… 제가 잘 모르고 그만……. 혹시 각하께서 그……?"

"맞소. 그 사람이 바로 나요."

백작은 상심이 가득한 표정으로 대답했다.

"저기 구멍 뚫린 그림이 우리의 마지막 만남을 증명하는 기념품이지요……."

"아아, 여보."

백작부인이 말했다.

"제발, 그 얘긴 하지 마세요. 생각만 해도 두렵고 무서워요."

"아니오, 전부 말해야겠소."

백작은 부인의 말을 가로막았다.

"이 분은 내가 자신의 친구를 어떻게 모욕했는지 이미 알고 있소. 그러니 실비오가 나에게 어떻게 복수했는지 이 분도 알아야 되지 않겠소?"

백작은 내게 의자를 권했고, 나는 강렬한 호기심에 차서 그의 이야기를 경청했다.

"5년 전에 난 결혼을 했소. 신혼의 첫 달을 바로 여기, 이 시골 영지에서 보내게 되었지요. 내 인생의 최고의 순간과 또 가장 끔찍한 순간의 기억이 바로 이 집에 고스란히 남아 있소.

어느 날 저녁에 우리는 함께 승마를 하고 있었는데 아내의 말이 웬일인지 자꾸 고집을 부리더군요. 아내는 당황해서 내게 고삐를 넘겨주고 걸어서 집으로 돌아갔습니다. 나는 말을 타고 먼저 집에 도착했지요. 그때 마당에 여행 마차가 와있는 걸 보았소. 하인이 내게 서재에 어떤 사람이 와서 기다리는데, 자신의 이름을 밝히길 원치 않고 나에게 볼 일이 있다는 간단한 말만 하더라고 전하더군요. 방으로 들어가 보니 먼지를 뒤집어쓰고 수염을 덥수룩하게 기른 한 사내가 어둠 속에 서 있는 게 보였소. 그는 바로 여기, 이 벽난로 옆에 서 있었지요. 나는 그를 기억해 내려고 노력하면서 그에게로 다가갔습니다.

'나를 알아보겠나, 백작?'

하고 그는 떨리는 목소리로 말했습니다.

'실비오!'

솔직히 저는 갑자기 머리카락이 곤두서는 걸 느끼면서 소리를 질렀습니다.

'바로 맞혔군.'

그자가 계속해서 말했습니다.

'쏘지 않은 한 발이 아직 내게 남아 있지. 이제 그걸 쏘려고 왔네. 자네도 준비되었는가?'

권총은 그자의 허리에 찬 주머니에 삐죽이 솟아 있었소. 나는 열 두 걸음을 재고 저쪽 구석에 가서 섰습니다. 그리고 아내가 돌아오기 전에 빨리 쏘라고 그에게 부탁했지요. 그자는 시간을 끌려고 하는 건지 불을 달라고 하더군요. 하인들이 그에게 촛불을 가져다주었지요. 나는 문을 잠그고 아무도 방에 들어오지 못하게 한 뒤 그에게 쏘라고 말했소. 그자는 권총을 꺼내 조준을 했지요……. 나는 1초 1초를 세면서…… 아내에 대해 생각했습니다……. 두려운 1분이 지나갔습니다! 실비오는 손을 내리더니,

'이거 유감인걸.'

하고 말하더군요.

'권총이 버찌씨로 장전된 게 아니라서 말야……. 총알은 꽤 무겁지. 그런데 어쩐지 이건 결투가 아니고 살인 행위 같아 보이는군. 무기를 가지지 않은 자를 조준하는 데 익숙하지 않아서 말이야. 다시 시작하는 게 어때? 제비를 뽑아서 누가 먼저 쏠지를 정하자구.'

머리가 핑핑 도는 것 같았소. 아마 나는 동의하지 않았던 것 같소만……. 결국 우리는 권총을 하나 더 장전했지요. 두 개의 제비를 말더니 그자는 언젠가 제가 구멍을 뚫었던 군모에 그걸 담더군요. 나는 또 다시 1번 제비를 뽑았습니다.

'백작, 자네는 지독히도 운이 좋은 놈이군.'

그자가 냉소를 띠며 내뱉던 그 말을 저는 평생 잊지 못할 겁니다. 지금 생각해도 제가 왜 그랬는지, 어떻게 그가 나를 그렇게 하도록 만들었는

지 도무지 이해 할 수 없지만…… 어쨌든 나는 방아쇠를 당겼고 총알은 바로 이 그림에 맞았습니다."

(백작은 구멍이 난 그림을 손가락으로 가리켰다. 그의 얼굴은 온통 벌겋게 달아올랐다. 나는 얼떨결에 탄성을 내질렀다.)

망연자실해진 그가 이야기를 계속 이어갔다.

"나는 총을 쏘았고, 다행히 총알은 빗나갔소. 그 때 실비오는…… (그 순간의 그의 얼굴은 정말 몸서리치게 무서웠습니다) 실비오는 저를 향해 총을 겨누었습니다. 바로 그 때 갑자기 문이 열렸고 마샤가 뛰어 들어와 외마디 소리를 지르며 내 목을 끌어안았지요. 아내의 등장이 제게 기운을 되찾게 해주었습니다.

'여보.'

나는 그녀에게 이렇게 말했습니다.

'마샤, 우리는 지금 농담 삼아 이러는 거요. 뭘 그리 놀란 표정을 짓고 있소! 저리로 가서 물 한 잔 마시고 우리한테 오구려. 내가 이 오랜 친구이자 동료를 당신한테 소개시켜 주리다.'

실비오와 백작의 두 번째 결투
"실비오는 저를 향해 총을 겨누었습니다."

마샤는 도저히 믿기지 않는다는 듯 그곳에 서 있더군요.

'제 남편이 말하는 게 정말 사실인가요?'

아내가 무시무시한 실비오를 향해 말했습니다.

'정말 두 분이 농담 삼아 이러시는 거예요?'

'저 친구는 항상 농담을 하지요, 백작부인.'

하고 실비오가 그녀에게 대답했습니다.

'한번은 나에게 농담으로 빰을 때렸고, 또 농담으로 내 모자에 총을 쏘더니, 방금 농담으로 총알을 빗나가게 했어요. 이제는 제가 농담을 좀 해 볼까 합니다…….'

이 말을 하고 난 후 그는 나를 향해 총구를 돌렸습니다……. 아내가 보는 앞에서 말입니다! 갑자기 마샤가 그의 발치에 몸을 던졌어요.

'일어나요, 마샤, 부끄럽지도 않소!'

나는 미친 듯이 소리를 질렀어요.

'자네, 이제 이 불쌍한 여인을 조롱하는 짓은 그만 두지 않겠나? 자, 쏠 건가, 말건가?'

'쏘지 않을 걸세.'

실비오가 대답했습니다.

'자네가 당황해서 겁을 잔뜩 집어먹은 모습을 보았으니 이제 만족하네. 그리고 자네가 나를 쏘게 했으니 그걸로 만족해. 자네는 나를 평생토록 기억하게 될 테지. 자네 양심에 자네를 맡기겠네.'

말을 마치고 그는 밖으로 나갔습니다. 그런데 문가에 갑자기 멈춰 서더니 내가 총을 쏜 그림을 쳐다보더군요. 그리고 거의 조준도 하지 않고 총을 쏘고는 그대로 사라져버렸어요. 총소리가 나자 아내는 기절했고, 하인들은 두려워 그자를 잡을 생각도 못하고 멍하니 보고만 있었지요. 그는 현관으로 나가더니 마부를 소리쳐 불렀소. 그리고 내가 정신을 차리기도 전에 떠나버렸습니다."

그 말을 끝으로 백작은 입을 다물었다.

이렇게 해서 나는 언젠가 나를 그토록 흥분시켰던 이야기의 결말을 알게 되었다. 이 이야기의 주인공과 나는 더 이상 만나지 못했다. 들리는 바에 의하면, 실비오는 알렉산드르 입실란티[17]가 반란을 일으켰을 때 가담하여 헤타리스트 결사대를 지휘하다가 스쿨랴니[18] 전투에서 전사했다고 한다.

---

17) 알렉산드르 입실란티는 터키의 지배를 받고 있던 그리스를 해방시키기 위해 비밀 결사대인 헤타리스트를 조직하고 지휘한 사람으로, 한때 러시아 군의 장군으로 복무했다.

18) 스쿨랴니는 몰다비아에 있는 도시이다. 이곳에서 1821년 6월에 터키 군과 그리스의 헤타리스트 사이에 전투가 벌어졌는데, 이 전투에서 그리스 군이 크게 패했다.

눈보라

폭설을 헤치며 언덕을
질주하는 말발굽 소리 들리더니
저기, 저 외딴 곳에
교회 한 채 보이네.
....
불현듯 눈보라 휘몰아치고
굵은 눈발이 쏟아져 쌓이네.
검은 갈가마귀 날갯짓하며
썰매 위를 맴돌고
예언의 목소리가 슬픔을 예고하네!
박차를 가하는 말들
갈기를 휘날리며
저 멀리 어둠을 뚫어지게 쳐다보는데…….
- 쥬코프스키[19]

우리 시대를 살았던 사람이라면 누구나 기억할 법한 1811년 말엽[20]에 마음씨 좋은 가브릴라 가브릴로비치 R**이라는 지주가 네나라도보 마

19) 쥬코프스키(1783-1852)의 발라드 시「스베틀라나」에서 인용한 구절.

20) 이 해는 러시아 군대가 프랑스의 나폴레옹이 이끄는 군대를 상대로 전쟁을 벌였던 해로, 다음해인 1812년에 러시아 군은 이 전쟁에서 프랑스 군을 무찌르고 대승을 거두었다.

을의 자신의 영지에 살고 있었다. 그는 손님 접대가 후하고 사람 좋기로 그 지방에 소문이 자자한 사람이었다. 이웃들은 식사에 초대받고 한잔하러 오거나 그의 아내와 5코페이카[21)]를 걸고 보스턴 게임[22)]을 하려고 그의 집을 수시로 드나들었다. 그들 중에는 이 부부의 열일곱 살 난 딸 마리야 가브릴로브나를 보러 오는 이들도 있었다. 날씬한 몸매에 창백한 얼굴의 마리야는 부유한 집안의 신붓감으로 여겨졌고, 많은 남자들이 자신의 신부로 혹은 며느릿감으로 마음에 두고 있었다.

프랑스 소설을 즐겨 읽으며 자라난 마리야 가브릴로브나는 그 때문에 쉽게 사랑에 빠졌다. 그녀의 연애 상대는 고향에 휴가를 보내러 온 가난한 소위보(少尉補) 군인 블라디미르였다. 물론 그 젊은이도 똑같은 사랑의 열정을 불태우고 있었다. 그러나 부모님들은 이 두 사람이 서로 사랑하는 사이라는 걸 눈치 채고는 딸에게 그에 대해서는 생각도 하지 말라고 엄포를 놓았고, 청년을 만나면 퇴직한 지방 의원보다도 더 냉랭하게 대했다.

우리의 연인들은 편지를 주고받으며 매일같이 소나무 숲이나 오래된 교회당에서 단둘이 만났다. 거기서 그들은 영원한 사랑을 맹세했다. 그리고는 자신들의 운명을 한탄하며 이 상황을 헤쳐 갈 온갖 방법들을 궁리해 보았다. 그런 식으로 서로 편지를 주고받고 대화를 나누다가 두 사람은 (아주 자연스러운 일이지만) 이런 결론에 이르게 되었다. 우리는 서로 떨어져서는 도저히 살 수가 없는데 잔인한 부모님들의 의지가 우리의 행복을 방해한다면 그 분들의 뜻을 거스를 수밖에 없지 않을까? 젊은이의 머릿속에 먼저 떠오른 이 행복한 생각이 낭만적 상상력으로 가득한 마리야 가브릴로브나의 마음을 완전히 사로잡아버린 건 더 말할 것도 없었다.

겨울이 다가오자 그들은 자주 만날 수는 없었지만 편지로 서로의 마

---

21) 코페이카는 러시아의 화폐 단위. 100코페이카는 1루블.

22) 카드 게임의 일종.

음을 더 생생하게 전했다. 블라디미르 니콜라예비치는 편지를 보낼 때마다 마리야에게 자신의 신부가 되어 비밀리에 혼례를 올리자고 간곡히 부탁했다. 당분간 숨어 살다가 시간이 어느 정도 지난 후에 부모님의 발치에 쓰러지면 그분들은 결국 연인들의 한결같이 굳은 사랑과 불행한 생활에 감동받아, 그 즉시 '얘들아! 우리 품으로 와서 안기렴'하고 말씀하시게 될 거라고 썼다. 마리야 가브릴로브나는 오랫동안 망설였다. 그녀는 도주 계획을 여러 차례 거절했다. 그러다가 결국 그의 제안을 수락하게 되었다.

약속한 날 저녁에 그녀는 저녁을 먹지 않고 머리가 아프다는 핑계를 대고 자신의 방으로 물러가기로 했다. 그녀의 몸종도 이미 한 패가 되어 있었다. 두 사람은 함께 뒷문을 통해 뜰로 나와 그곳에 준비되어 있는 썰매를 타야 했다. 그 썰매로 네나라도보에서 5베르스타 정도 떨어진 곳에 있는 자드리노라는 마을에 가서 교회로 곧장 찾아가면, 바로 그곳에서 블라디미르가 그들을 기다리기로 약속이 되어 있었던 것이다.

도주 전날 밤에 마리야 가브릴로브나는 밤새 한 숨도 잠을 이루지 못했다. 그녀는 속옷과 옷가지를 챙겨 짐을 꾸렸다. 그리고는 정들었던 여자친구와 부모님께 드리는 장문의 편지를 써 내려갔다. 그녀는 몹시 감동적인 표현들로 그들에게 작별을 고하면서 억누를 수 없는 열정으로 인해 자신이 저지른 잘못을 용서해 달라고 청하고, 세상에서 가장 소중한 부모님의 발아래 엎드려 그들의 사랑을 허락 받는 그날이 그녀의 인생에서 가장 축복된 시간이 될 거라고 쓰고는 글을 마무리 지었다. 그녀는 두 개의 불타는 하트와 고상한 문구가 새겨진 툴라[23]산 봉인으로 편지를 봉한 후, 거의 새벽 여명이 밝아올 무렵이 되어서야 살짝 잠이 들었다.

그러나 마리야는 무서운 꿈에 시달리다가 번번이 잠을 깼다. 혼례식을 올리러 가기 위해 썰매 마차를 타는 바로 그 순간, 아버지가 그녀를 가

---

23) 모스크바 남쪽에 위치한 도시로 세공 및 은장식 산업으로 유명한 곳이다.

로막고는 마차에서 끌어내 끔찍할 정도로 빠른 속도로 그녀를 눈 위에 질질 끌고 가더니 끝이 보이지 않는 어두컴컴한 지하실에 내동댕이치는 꿈이었다……. 그녀는 심장이 터질 것 같은 고통을 느끼며 나락으로 떨어졌다. 또 다른 꿈이 그녀를 괴롭혔다. 얼굴이 새하얗게 질린 블라디미르가 피투성이가 된 채 풀밭에 널브러져 있는 모습을 본 것이다. 죽어가면서도 그는 찢어지는 목소리로 빨리 혼례를 서두르자고 애원하며 매달렸다……. 추악하고 무모할 정도로 두려운 장면들이 끝없이 그녀의 눈앞을 스쳐 지나갔다.

마침내 그녀는 자리에서 일어났다. 얼굴은 평소 때보다 한층 더 창백했고 꾀병이 아니라 실제로 두통이 나서 머리가 깨질 것 같았다. 아버지와 어머니는 그녀의 불안을 눈치 챘다. 부모님들이 정성껏 보살펴 주시면서 계속해서 물었다.

"무슨 일이 있는 게냐? 어디 아픈 건 아니니, 마샤[24]?"

그 때마다 그녀는 심장이 찢어질 듯 아파왔다. 그녀는 부모님들을 안심시켜 드리려고 명랑한 표정을 지어 보이려 했지만 그럴 수가 없었다. 저녁이 되었다. 이것이 가족들과 함께 보내는 마지막 날이라고 생각하니 슬픔이 밀려와 그녀의 가슴이 미어지는 것 같았다. 온 몸에서 기운이 빠져 가까스로 버티고 있었다. 그녀는 마음속으로 사랑하는 가족들 한 사람 한 사람에게, 그리고 자신을 둘러싼 모든 사물들에게 조용히 작별을 고했다.

저녁 식사가 나오자, 그녀의 심장은 심하게 고동쳤나. 그녀는 떨리는 목소리로 저녁 생각이 없다고 말하며 아버지와 어머니에게 저녁인사를 했다. 부모님들은 그녀에게 키스했고 여느 때처럼 성호를 그어 축복해 주었다. 그 순간 그녀는 하마터면 울음을 터트릴 뻔했다. 자신의 방으로 돌아와서 소파에 몸을 던지고서야 눈물을 펑펑 쏟았다. 몸종이 그녀를

---

24) 마리야의 애칭.

진정시키고 기운을 차리게 도와주었다.

떠날 채비는 다 되었다. 삼십 분 후면 마샤는 부모님의 집과 자신의 방과 평화로웠던 처녀 시절의 생활도 영원히 버리고 떠나가야만 했다……. 바깥에는 눈보라가 휘몰아치고 있었다. 바람은 사납게 울부짖었고 덧문이 덜컹거리며 흔들리고 있었다. 그녀에게는 이 모든 것이 두렵고 불길한 전조처럼 느껴졌다. 곧 집안은 조용해졌고 모두들 잠이 들었다. 마샤는 숄을 덮어 쓰고 따뜻한 외투를 걸쳐 입고는 소중한 패물함을 한 손에 들고 뒷문으로 빠져나갔다. 몸종은 보따리 두 개를 챙겨 들고 그 뒤를 따랐다. 그들은 뒤뜰로 내려갔다. 눈보라의 기세는 조금도 수그러들지 않았다. 죄 지은 젊은 여자의 앞길을 막아서기라도 하듯 맞은편에서 바람이 매섭게 불어왔다. 두 사람은 간신히 뜰이 끝나는 곳까지 걸어갔다.

길 가에는 썰매가 그들을 기다리고 있었다. 추위에 언 말들은 제 자리에 가만있지 못하고 몸부림을 쳐댔다. 블라디미르가 보낸 마부는 펄쩍펄쩍 날뛰는 말들의 고삐를 꽉 움켜쥐고 썰매채 앞을 분주히 왔다 갔다 하고 있었다. 그는 아가씨와 몸종을 도와 썰매에 태우고 보따리와 패물함을 실었다. 그가 고삐를 잡자 말들은 쏜살같이 달려 나갔다. 자, 그럼 우리 아가씨의 일은 운명의 여신과 말을 잘 다루는 테레쉬카 마부의 손에 맡겨놓고 우리는 그녀의 젊은 애인에게 눈을 돌려보자.

블라디미르는 하루 종일 사방팔방으로 쫓아다녔다. 아침에는 자드리노 마을 교회의 사제를 찾아가 오랜 설득 끝에 겨우 혼례 예배 승낙을 얻어냈다. 다음은 혼례식 증인이 되어 줄 사람을 찾기 위해 이웃 지주들 집을 들락거렸다. 제일 먼저 찾아간 사람은 마흔 살 가량의 퇴역 기병 소위 드라빈이라는 사람이었는데, 그는 흔쾌히 동의해 주었다. 그는 이 모험이 왕년의 경기병 시절의 짓궂은 장난을 연상시킨다고 단언했다. 그는 블라디미르에게 나머지 두 사람의 증인을 찾는 일도 그리 힘든 일은 아닐 거라고 장담하면서 자기 집에서 식사나 하고 가라고 다짜고짜 붙

들었다. 실제로 식사가 끝날 때쯤 콧수염을 기르고 박차가 달린 장화를 신은 측량기사 쉬미트와 얼마 전에 창기병 연대에 입대한 군 경찰서장의 아들인 열여섯 살 난 소년이 그의 집에 왔다. 이 두 사람은 블라디미르의 제의를 수락했을 뿐만 아니라 그를 위해서라면 목숨이라도 바치겠다고 맹세했다. 블라디미르는 감격에 겨워 그들을 포옹했고 준비를 서두르기 위해 집으로 떠났다.

날은 벌써 꽤 어두워졌다. 그는 믿음직한 마부 테레쉬카에게 트로이카[25]를 내어주며 상세하게 상황을 설명하고 신중할 것을 지시하고는 마리야가 있는 네나라도보 마을로 먼저 보냈다. 그리고 자신을 위해서는 한 필의 말이 끄는 작은 썰매 마차를 준비하라고 일렀다. 두 시간 후에 블라디미르는 마리야 가브릴로브나가 도착하기로 되어 있는 자드리노로 마부도 없이 혼자서 썰매를 몰고 떠났다. 그리로 가는 길은 훤히 잘 알고 있었고, 게다가 20분 정도면 가닿을 수 있는 아주 가까운 거리였다.

그러나 블라디미르가 마을을 벗어나 들판에 들어서자마자 폭풍이 일기 시작했다. 매서운 바람이 불어 닥치더니 눈보라가 휘몰아치고 삽시간에 한 치 앞도 내다볼 수 없게 되었다. 길은 순식간에 눈 속에 파묻혀 온데간데없고, 사방천지가 컴컴하고 누르스름한 흙먼지의 암흑 속으로 사라지고 공중에는 허연 눈송이가 미친 듯이 날아다녔다. 하늘과 땅이 맞붙어 있었다. 블라디미르는 정신을 차려 보니 들판에서 길을 잃고 서 있었다. 다시 길로 들어서 보려고 했지만 허사였다. 놀란 말은 갈피를 못 잡고 날뛰더니 계속해서 눈 더미에 올라가다가 구덩이에 처박히곤 했다. 그 바람에 썰매는 자꾸 뒤집어졌다.

블라디미르는 지금 가고 있는 방향만이라도 잃지 않으려고 애를 썼다. 그러나 벌써 30분이 더 지난 것 같은데 그는 아직 자드리노 숲 근방에도 가 닿지 못하고 있었다. 한 10분 정도가 더 흘러갔지만 숲은 전혀 보이

---

25) 말 세 마리가 끄는 삼두마차.

지 않았다. 블라디미르는 꽤 깊은 골짜기들이 교차하는 지점에 있는 들판을 따라 달려가고 있었다. 눈보라는 멎을 기미가 보이지 않았고 하늘에는 먹구름이 잔뜩 끼어 있었다. 말은 지치기 시작했다. 블라디미르는 거의 허리까지 눈이 차오르는 곳에 계속 있었는데도 얼굴에서 구슬 같은 땀을 흘렸다.

눈보라로 길을 잃고 방황하는 블라디미르
블라디미르는 정신을 차려보니
들판에서 길을 잃고 서 있었다.

결국 그는 길을 잘못 가고 있다는 걸 깨달았다. 블라디미르는 말을 멈춰 세웠다. 예전의 기억을 되살려 보려고 생각을 가다듬어 보니 오른쪽으로 가야 한다는 확신이 생겼다. 그래서 오른쪽으로 방향을 급히 틀다가 하마터면 말발굽에 밟힐 뻔했다. 그러고도 한 시간은 더 길을 헤매 다녔다. 자드리노 마을은 틀림없이 멀지 않은 곳에 있었다. 그러나 그는 계속해서 달려갔지만 들판은 끝나지 않았다. 사방에는 눈 더미로 뒤덮인 계곡뿐이었다. 계속해서 썰매는 뒤집혔고 그때마다 썰매를 바로 세워야 했다. 시간은 계속 흘러갔다. 블라디미르에게 두려움이 엄습해 오기 시작했다.

그 때 마침 먼발치에서 뭔가 흐릿하게 어른거리는 것이 있었다. 블라디미르는 그곳으로 방향을 돌렸다. 가까이 다가가보니 숲이었다. 다행히 마을에 가까워지는 듯 했다. 이제 익숙한 길에 들어섰거나 자드리노가 인접한 숲 주변을 돌아가고 있기를 바라면서 숲 가까이로 달려갔다. 곧 그는 길을 찾았고, 겨울의 앙상한 가지를 드러낸 나무들이 빽빽하게 들어선 어두운 숲으로 들어갔다. 그곳에서는 바람도 더 이상 세차게 불어대지 않았다. 길은 평탄했고, 말도 어느 정도 기운을 되찾게 되자 블라디미르는 그제서야 좀 안심이 되었다.

그러나 아무리 가도 자드리노는 나오지 않고 숲은 끝없이 이어졌다. 블라디미르는 자신이 전혀 모르는 숲으로 들어섰다는 것을 알고 놀랐다. 또 다시 절망이 그를 덮쳤다. 그는 말에게 채찍을 가했다. 불쌍한 짐승은 갈기를 휘날리며 달리다가 곧 속도를 늦추었다. 불행한 블라디미르가 있는 힘껏 때려댔지만 15분 정도가 지나자 발을 절뚝거리며 걸어가고 있었다.

나무들이 드문드문 보일 때쯤 블라디미르는 숲에서 빠져 나왔지만 여전히 자드리노는 보이지 않았다. 시간은 거의 한밤중이었다. 그의 눈에서 갑자기 눈물이 쏟아졌다. 그는 아무 곳으로나 달려갔다. 바람은 잠잠해졌고 구름은 흩어져 그의 눈앞에는 하얀 파도 물결 같은 융단이 끝없이 펼쳐진 눈의 평원이 나타났다. 투명할 정도로 맑은 밤하늘이었다. 그곳에서 멀지 않은 곳에 네댓 채 정도의 인가가 있는 작은 마을이 보였다. 블라디미르는 그곳으로 달려갔다. 첫 번째 농가에서 말을 세우고 썰매에서 뛰어 내려가 창문을 두드리기 시작했다. 몇 분 후에 나무 창문이 올려지더니 한 노인이 허연 수염을 쑥 내밀었다.

"무슨 일이슈?"

"자드리노가 여기서 멉니까?"

"자드리노가 머냐굽쇼?"

"그래, 그렇소! 여기서 얼마나 먼 거요?"

"그리 멀지는 않습죠. 한 10베르스타 정도 가면 됩지요."

이 말을 듣고 블라디미르는 마치 사형선고를 받은 사람처럼 머리카락을 움켜진 채 그 자리에 굳어버렸다.

"그런데 댁은 어디서 왔슈?"

노인이 계속해서 말을 했다. 블라디미르는 그 질문에 대답할 여력도 없었다.

"노인장, 자드리노까지 갈 수 있는 말 좀 빌려줄 수 있겠소?"

그가 말했다.

"제 처지에 말이 있을라구요?"

노인이 대답했다.

"그럼, 길 안내해 줄 만한 사람이라도 찾을 수 있겠소? 품삯은 달라는 대로 주겠소."

"잠깐 기다려 보슈."

노인은 덧문을 내리며 말했다.

"그럼, 아들 놈을 보내 드립죠. 그 애가 길을 가르쳐 줄거요."

블라디미르는 밖에서 기다렸다. 몇 분이 흐른 뒤 그는 다시 문을 두드렸다. 덧창문이 올라갔고 수염이 보였다.

"무슨 일이슈?"

"아들을 보내준다더니 대체 뭘 하는 게요?"

"지금 나가고 있소. 신발을 신고 있는 중이라오. 보아하니 댁은 바짝 얼었구려. 안으로 들어와서 몸이라도 좀 녹이고 가시구려."

"고맙긴 하지만, 어서 아들이나 내보내 주시오."

대문이 삐거덕하고 열리더니 곤봉을 든 청년이 나와서 앞장을 섰다. 그는 길을 손가락으로 가리키기도 하고 눈 더미 속에 덮여버린 길을 찾아내기도 했다.

"지금 몇 시쯤 됐소?"

블라디미르가 물었다.

"곧 동이 틀 거요."

젊은 청년이 대답했다. 블라디미르는 더 이상 한 마디도 하지 않았다.

수탉이 울었고, 그들이 자드리노에 다다랐을 때는 이미 날이 밝아 있었다. 교회 문은 굳게 닫혀 있었다. 블라디미르는 길 안내자에게 돈을 지불하고 사제가 있는 마당으로 달려갔다. 그가 보낸 트로이카는 교회 마당에 없었다. 대체 어떤 소식이 그를 기다리고 있었던 것일까!

그러나 이쯤에서 우리는 네나라도보의 선량한 지주들에게 돌아가서 그 집에 무슨 일이 일어났는지 알아보도록 하자.

그런데 거기선 아무 일도 일어나지 않았다.

노부부는 잠자리에서 일어나 거실로 나왔다. 가브릴라 가브릴로비치는 실내모를 쓰고 융으로 지은 가운을 걸치고 있었고, 프라스코비야 페트로브나는 솜을 넣은 헐렁한 평상복을 입고 있었다. 사모바르[26)]가 준비되자 가브릴라 가브릴로비치는 마리야 가브릴로브나의 상태는 어떤지, 잠은 잘 잤는지 알아보려고 여자 아이를 딸의 방으로 보냈다. 그 아이는 돌아와서 아가씨가 밤새 잠은 거의 못 잤지만 몸은 많이 나아졌고 잠시 후 거실로 나올 거라는 말을 전했다. 실제로 문이 열리더니 마리야 가브릴로브나는 엄마 아빠께 아침 문안 인사를 하러 다가왔다.

"머리 아픈 건 좀 어떠니, 마샤?"

가브릴라 가브릴로비치가 물었다.

"좀 나아졌어요, 아빠"

마샤가 대답했다.

"마샤, 너 어제는 열이 많이 난 모양이더구나."

프라스코비야 페트로브나가 말했다.

"아마 그랬나 봐요, 엄마"

마샤가 대답했다.

낮은 무사히 지나갔지만 밤이 되자 결국 마샤는 앓아누웠다. 읍내로 의사를 부르러 사람을 보냈다. 의사는 저녁 무렵에야 도착했고 환자는 사경을 헤매고 있었다. 심한 고열에 시달리면서 불쌍한 환자는 거의 2주 동안이나 생사를 넘나드는 위험한 고비를 몇 차례나 넘겼다.

집에서는 아무도 야반도주에 대해 알지 못했다. 그 전날 그녀가 쓴 편지들은 이미 불태워졌고, 그녀의 몸종은 주인의 노여움이 두려워 그 일에 대해서는 한 마디도 꺼내지 않았다. 사제와 퇴역 기병 소위, 수염 기른 측

---

26) 가운데 숯불을 넣어 물을 데우는 러시아 주전자.

량기사도 저마다 이유가 있어 입을 다물었다. 테레쉬카 마부는 홍청망청 술에 취했을 때조차도 쓸데없이 그 일을 발설하진 않았다. 이런 식으로 비밀은 반 다스의 음모자들이 가담했는데도 불구하고 철저하게 지켜졌다. 그러나 열병을 앓고 있던 마리야 가브릴로브나가 자기 입으로 잠꼬대를 해대며 비밀을 폭로하고 말았다. 하지만 병상에 있는 딸 곁에서 한시도 떠나지 않던 어머니는 그 두서없는 잠꼬대를 듣고 딸이 블라디미르 니콜라예비치를 죽을 만큼 사랑하고 있고, 결국 사랑 때문에 병이 난 거라고 생각했을 뿐이었다. 그녀는 남편과 이웃 몇 사람을 불러 딸의 문제를 두고 상의를 했다. 마침내 모두들 이구동성으로 마리야 가브릴로브나가 팔자를 그렇게 타고 났나 보다, 사람은 제 운명의 말을 타지 않을 수 없는 법이다, 가난은 죄가 아니다, 재물과 사는 것보다야 사람과 사는 게 낫다는 등등의 결론을 내렸다. 도덕적인 속담은 우리가 스스로의 판단을 합리화시킬 구실을 찾기 몹시 힘든 경우에 놀라울 정도의 효력을 발휘한다.

그러는 사이 아가씨는 건강을 조금씩 회복해갔다. 블라디미르는 오래 전부터 가브릴라 가브릴로비치의 집에는 얼씬도 하지 않았다. 평소에 받았던 냉대가 두려웠던 것이다. 마리야의 부모님들은 그에게 사람을 보내 예상치 않은 희소식, 즉 결혼 승낙 소식을 전하게 했다. 그런데 그를 사윗감으로 받아들이겠다는 그들의 제의에 대한 답변으로 돌아온 것은 온통 반미치광이의 헛소리로 가득한 편지였으니, 그걸 본 네나라도보의 지주 내외는 얼마나 놀란 가슴을 쓸어내려야 했을까? 그는 자신의 발로 그들의 집에 가는 일은 앞으로 절대 없을 것이며, 자기처럼 불행한 인간은 이제 잊어버리라고, 이제 죽는 것만이 유일한 희망이라는 등의 내용을 적어 보냈던 것이다. 며칠이 지난 후 그들 내외는 블라디미르가 군에 입대했다는 소식을 듣게 되었다. 이것은 1812년에 일어난 일이었다.

사람들은 이런 소식을 건강을 조금씩 회복해 가는 마샤에게 당분간 비밀로 했다. 그녀도 블라디미르에 대해 한 마디도 언급하지 않았다. 몇 개월이 지난 어느 날, 그녀는 보로지노[27] 전투에서 공을 세우고 중상을 입은 병사들의 명단에서 그의 이름을 발견하고는 기절했고, 가족들은 그녀의 열병이 또 도질까봐 마음을 졸였다. 그러나 천만 다행히도 다시 기절하는 일은 벌어지지 않았다.

그러던 중 또 다른 슬픔이 그녀를 덮쳤다. 아버지 가브릴라 가브릴로비치가 전 재산을 딸에게 상속하고 숨을 거두었다. 유산은 그녀의 마음을 위로해주지 못했다. 그녀는 과부가 된 불쌍한 어머니 프라스코비야 페트로브나의 고통을 진심으로 함께 나누었으며 절대 어머니와 헤어지지 않겠노라고 맹세했다. 두 사람은 슬픈 기억들만 고스란히 남은 네나라도보 마을을 떠나 ***영지로 이사를 갔다.

이곳에서도 부유하고 아름다운 신붓감 주위에 구혼자들이 들끓었다. 하지만 그녀는 아무에게도 마음을 주지 않았고, 일말의 희망도 던져주지 않았다. 어머니는 딸에게 남자친구를 골라보라고 설득해 보았지만 마리야 가브릴로브나는 고개를 젓고는 깊은 생각에 잠기곤 했다. 블라디미르는 이제 더 이상 이 세상 사람이 아니었다. 그는 프랑스 군대가 모스크바를 침공해 들어오기 전날 밤에 그곳에서 전사했다. 마샤에게 그에 대한 기억은 신성한 것이었다. 적어도 그녀는 한 때 그가 읽어준 책들과 그림들, 그녀를 위해 손수 베껴준 악보들과 시구절 등을 소중하게 간직하고 있었다. 이런 사실을 알게 된 이웃들은 그녀의 한결같은 마음에 놀라워하며, 이 순결한 아르테미시아[28]의 가슴 아픈 정절에 마침내 승리를 고할 수 있는 주인공이 나타나기를 호기심을 가지고 기다렸다.

---

27) 이곳에서 1812년 9월에 벌어진 전투에서 러시아 군대는 프랑스 나폴레옹 군대에 패했다. 나폴레옹 군대는 그 여세를 몰아 모스크바까지 진격했다.

28) 기원전 4세기경 소아시아 할리카르나소스 국의 마우솔로스 왕의 왕비였던 아르테미시아는 죽은 남편을 기리기 위해 세계 7대 불가사의 중 하나인 거대한 무덤을 만들게 했다. 그녀는 정절의 상징으로 여겨진다.

그러는 사이 러시아 군대가 영광스러운 승리를 거두며 전쟁은 끝났다. 군대가 외국에서 돌아오자 백성들은 승리한 그들을 맞으러 거리로 뛰쳐나갔다. 군악대는 '앙리 4세 폐하 만세'[29]와 '티롤 왈츠', '조콩드'[30]의 아리아 등 전리품이 된 적국의 노래를 신나게 연주해댔다. 아직 풋내기 소년이었을 때 입대했던 장교들은 전쟁터의 공기를 마시고 어른이 되어 십자가 훈장을 온 몸에 휘감고 돌아왔다. 병사들은 거침없이 독일어와 프랑스어를 섞어가며 저희들끼리 농담을 주고받았다.

아, 잊지 못할 영광의 순간이여! 가슴 벅찬 환희의 순간이여! '조국'이라는 말만 들어도 러시아인들의 심장은 얼마나 감격스러웠던가! 상봉의 순간에 흘린 눈물은 또 얼마나 달콤했던가! 러시아 민족의 드높은 자긍심과 황제에 대한 사랑이 우리를 한 마음으로 똘똘 뭉치게 하지 않았던가! 황제 폐하께도 이 순간이 얼마나 영예로운 순간이었겠는가!

여인들, 러시아의 여인들은 비할 데 없이 아름다운 모습으로 그들을 맞이했다. 평소의 냉정함은 온데간데없이 사라졌다. 승리를 거두고 돌아오는 군대를 향해 '만세'를 외치며,

하늘 높이 머리 수건을 던져 올렸을 때[31]

그녀들은 진정으로 환희에 들떠 있었다.

그 당시의 장교들 중에서 러시아 여인이야말로 자신들에게 가장 훌륭하고 소중한 포상이라고 느끼지 않았을 이가 누가 있었겠는가……?

이 찬란한 시기에 마리야 가브릴로브나는 어머니와 함께 ***현에 살고

---

29) 프랑스어로는 'Vive Henri-Quatre', 1774년 샤를 콜레가 쓴 프랑스 희극에 나오는 노래 구절.

30) 프랑스어로는 'Joconde', 프랑스인 니콜로 이수아르가 작곡한 곡.

31) 러시아 극작가 그리보예도프의 희곡 「지혜의 슬픔」에서 인용한 대목.

있었기 때문에 두 곳의 수도[32]에서 금의환향하는 군대를 맞이하는 감격스런 광경을 지켜보진 못했다. 그러나 읍이나 시골 마을 주민들의 열광은 더 하면 더 했지 덜하진 않았다. 그런 곳에 장교가 한 사람이라도 나타나는 날이면 온 마을이 축제처럼 떠들썩했고, 그런 남자 곁에 있으면 연미복을 잘 차려 입은 신사도 초라해 보일 정도였다.

이미 말한 바와 같이, 마리야 가브릴로브나가 아무리 차갑게 대해도 많은 구혼자들이 여전히 그녀 곁을 둘러싸고 있었다. 그러나 그들도 그녀의 아성에 부르민이라는 부상당한 경기병 육군 대령이 입성했을 때는 어쩔 수 없이 양보하지 않을 수 없었다. 그는 군복 단추에 자랑스럽게 게오르기 훈장[33]을 달고 있었고, 시골 아가씨들의 말을 빌리자면 '묘하게 끌리는 창백한 얼굴'을 하고 있었다. 스물여섯 살 정도 되어 보이는 그는 마리야 가브릴로브나의 마을에서 인접한 자신의 영지에 휴가를 보내려 도착했다. 마리야 가브릴로브나는 부르민에게 각별히 마음을 썼다. 그가 곁에 있을 때는 평소 상심에 젖어있던 그녀의 얼굴도 몰라보게 생기가 가득 차 환하게 빛났다. 그렇다고 그녀가 그에게 교태를 부렸던 건 아니다. 하지만 시인이라면 한결 달라진 그녀의 모습을 보고 이렇게 읊었을 것이다.

> 이것이 사랑이 아니라면 대체 무어란 말인가?[34]

사실 부르민은 너무도 사랑스런 젊은이였다. 여인들의 마음을 단번에 사로잡을 수 있을 만큼 그는 매력적인 사내였다. 세심하게 배려하는 매

---

32) 모스크바와 상트 페테르부르크를 뜻함.

33) 전투에서 공적을 세운 장교에게 주는 러시아 국가 훈장.

34) 이탈리아어 원문은 'Se amor nonè, che dunque?' 이 시는 이탈리아 시인 페트라르카의 소네트에서 인용한 대목임.

너를 갖춘 데다 소탈하면서도 뛰어난 유머감각까지 겸비한 그는 항상 여자들의 관심의 대상이었다. 그런 그가 마리야 가브릴로브나를 대하는 모습은 참으로 순수하고 자유분방해 보였다. 그러나 그녀가 뭐라고 말을 하거나 어떤 행동을 하면 그의 마음과 눈길은 온통 그녀에게 쏠려 그 모습을 쫓고 있었다. 조용하고 겸손한 성품을 지닌 것처럼 보이는 그가 소문에 의하면 한 때는 정말 대단한 난봉꾼이었다고 한다. 하지만 그 정도의 허물이 마리야 가브릴로브나의 머리 속에서 그에 대한 좋은 인상을 망치게 하지 않았다. 그녀는 (젊은 여인들이 대체로 그러하듯) 한 때의 무모한 용기와 열정이 저지른 장난을 관대하게 용서해 주었다.

그러나 무엇보다도…… (그의 다정한 눈길이나 기분 좋은 대화, 묘하게 끌리는 창백한 얼굴이나 붕대를 칭칭 감은 부상당한 손보다도 더) 그녀의 호기심을 자극하고 상상력을 부추긴 건 젊은 경기병의 오랜 침묵이었다. 그가 자신을 좋아한다는 걸 그녀는 느끼지 않을 수 없었다. 틀림없이, 그 역시 자신의 능력과 경험으로 미뤄보아, 그녀가 그를 각별하게 여기고 있다는 것을 이미 눈치 챘을 것이다. 그런데 대체 무슨 연유로 그는 아직까지도 그녀의 발치에 무릎을 꿇고 사랑을 고백하지 않는 걸까? 무엇이 그를 망설이게 하는 것일까? 사랑에 빠진 남자가 어쩔 수 없이 갖게 되는 소심함일까, 혹여 자존심 때문일까, 그도 아니면 영악한 바람둥이의 변덕일까? 이것이 그녀에게는 도무지 알 수 없는 수수께끼였다. 고심한 끝에 그녀는 부르민이 소심함 때문에 고백하지 못하는 거라고 혼자서 단정 짓고는, 그의 용기를 북돋아주기 위해 더 많이 관심을 기울이고 상황에 따라서는 더 다정하고 친밀하게 대해 주려고 노력했다. 그녀는 전혀 예기치 않게 찾아올 대단원의 순간, 바로 낭만적이고 황홀한 사랑 고백을 들을 순간을 내심 초조하게 기다리고 있었다.

비밀이란 어떤 종류의 것이건 항상 여인의 가슴에 고통을 주는 법이다. 그녀의 전략은 어느 정도 바라던 성공을 거두게 되었다. 적어도 부르민은 깊은 상심에 빠져 고민하는 게 역력했고 애절하게 타오르는 검은 눈동자로 마리야 가브릴로브나의 얼굴을 바라보는 일이 잦아졌다. 결정적인 순간이 바로 눈앞에 임박해 온 듯 했다. 이웃들은 혼인이 거의 성사된 거나 마찬가지라고 쑥덕거렸고, 선량한 프라스코비야 페트로브나는 자기 딸이 마침내 훌륭한 신랑감을 찾아낸 게 너무나 기뻤다.

하루는 노부인이 혼자 거실에 앉아 카드를 펼쳐놓고 있었다. 그 때 갑자기 부르민이 집 안으로 들어와서는 마리야 가브릴로브나가 어디 있느냐고 물었다.

"그 애는 지금 정원에 있다네."

노부인이 대답했다

"그 애한테 가보게. 난 여기서 기다리고 있을 테니."

부르민이 밖으로 나가자 부인은 가슴에 성호를 그으며 속으로 생각했다.

'옳거니, 오늘은 일이 성사되겠구먼.'

부르민은 연못가에서 버드나무 아래 앉아 있는 마리야 가브릴로브나를 발견했다. 손에 책을 들고 하얀 드레스를 입고 있는 그녀는 정말 소설 속의 여주인공처럼 보였다. 처음 몇 마디를 주고받은 후 마리야 가브릴로브나는 고의로 그와 나누던 대화를 끊어버리곤 했는데, 그로 인해 분위기가 몹시 어색해지고 있었다. 이 상황을 빠져나갈 수 있는 유일한 방법은 돌발적이고 결정적인 사랑 고백을 하는 것 외엔 딴 방법이 없었다. 결국 일은 그렇게 되어갔다. 상황이 몹시 난처해진 부르민은 그녀에게 오래 전부터 솔직하게 고백하고 싶은 말이 있었노라고 말을 꺼냈다. 그리고 잠시 자신의 얘기를 들어달라고 청했다. 마리야 가브릴로브나는 책을 덮고는 동의의 표시로 조용히 고개를 숙였다.

"저는 당신을 사랑합니다."

부르민이 고백했다.

"제 온 열정을 다해 당신을 사랑합니다……."

(마리야 가브릴로브나는 얼굴을 붉히더니 더 낮게 고개를 숙였다.)

"하지만 저는 신중하지 못했습니다. 매일 당신을 만나고, 당신의 목소리를 들을 수 있는 기쁨에 취하다 보니……. (이 대목에서 마리야 가브릴로브나는 생프뤼[35]의 첫 번째 편지를 떠올렸다.)

이제 더 이상 제 운명을 거스르기엔 너무 늦은 듯 합니다. 당신에 대한 추억, 당신의 사랑스러운 모습, 그 비할 데 없이 아름다운 모습은 이제 내 인생의 고통이거나 기쁨이거나 둘 중 하나가 될 것입니다. 하지만 견딜 수 없이 고통스러운 일이지만 반드시 해야 할 일이 제게 남아 있습니다. 저에게는 당신께 반드시 밝혀야 할 두려운 비밀이 하나 있습니다. 어쩌면 우리 사이에 넘을 수 없는 큰 벽이 될 지도 모르는 비밀이……."

마리야 가브릴로브나는 밝은 표정으로 그의 말에 이렇게 대꾸했다.

"그 벽은 항상 있어 왔어요. 저도 결코 당신의 아내가 될 수 없는 처지인지라……."

"저도 압니다."

그가 조용히 대답했다.

"언젠가 당신이 사랑에 빠진 적이 있고, 그 사람의 죽음으로 인해 3년이나 슬픔에서 헤어나지 못했다는 것을……. 착하고 사랑스런 마리야 가브릴로브나! 제발 제게서 마지막 위안마저 앗아가진 마십시오. 당신이 저와 행복한 삶을 누리길 원하실 거라는 제 생각만은, 부디…… 아무 말도 하지 마세요. 제발, 아무 말도…… 당신 생각만 하면 제 가슴은 찢어질 것만 같습니다. 네, 전 압니다, 당신께서 제 아내가 되고 싶어 하신다는 것을. 전 그걸 느끼고 있어요. 하지만, 저는, 이 불쌍한 인간은…… 이미 결혼한 몸입니다!"

마리야 가브릴로브나는 놀라서 그를 쳐다보았다.

"전 이미 결혼했습니다."

부르민은 계속 말을 이어갔다.

---

35) 루소의 소설 『신 엘로이즈』에 등장하는 남자 주인공.

"하지만 결혼한 지 벌써 4년이 지났지만, 제 아내가 누구이고, 그녀가 어디에 사는지, 또 그녀와 이 생에서 만날 수나 있는지 조차도 모르고 있답니다!"

"대체 무슨 말씀을 하시는 건가요?"

마리야 가브릴로브나가 놀라서 소리를 질렀다.

"어떻게 그런 일이! 얘길 계속해 보세요. 제 얘긴 나중에 할 테니…… 제발, 어서요."

"1812년 초에 저는 우리 연대가 주둔해 있는 빌리누로 급히 가던 중이었습니다."

부르민이 얘기를 시작했다.

"하루는 밤늦게 역참에 도착해서 급히 말을 갈아 달라고 일러둔 뒤였습니다. 그 때 갑자기 무서운 눈보라가 일어났고 역참지기와 마부는 좀 기다렸다 가라고 나에게 충고했지요. 그래서 그들의 충고를 따라 기다렸다 가기로 했습니다. 그런데 이상하게 알 수 없는 불안이 저를 사로잡았습니다. 마치 누군가 나를 자꾸 떠미는 것만 같더군요. 시간이 지나도 눈보라는 좀처럼 가라앉지 않았습니다. 참고 있다가 나는 다시 말을 매라고 명령했고, 폭설이 제일 심할 때 그곳을 떠났습니다. 마부는 3베르스타 정도 길을 단축할 수 있다고 생각했던지 강을 따라 가기 시작했지요. 그러나 강변길은 눈에 덮여 막혀 있었던 터라 마부는 그 길을 실수로 지나쳐 버리고 말았습니다. 그러다 정신을 차려 보니 우리는 낯선 지방에 들어서 있었습니다. 폭풍우는 여전히 세차게 불어댔고 나는 불빛을 발견하고는 그곳으로 말을 몰라고 명령했지요. 우리는 겨우 마을에 도착했는데, 목조로 지은 교회에서 불빛이 흘러나오고 있더군요. 교회 문은 열려 있었고 담벼락에는 썰매 마차 몇 대가 서 있었습니다. 교회 입구에 몇 사람이 들락날락하고 있더군요.

'이리로 오게! 이리로!'

하고 소리를 질러대는 몇 사람의 목소리가 들려왔소. 나는 마부에게 가까이 가보자고 말했습니다.

'아니, 자네 어디서 헤매 다니다가 이제야 온 겐가?'

누군가가 나에게 그렇게 말하더군요.

'새색시는 기절하려고 하고, 신부님도 어찌해야 할지 몰라 당황하고 계시네. 우리도 이제 막 집으로 돌아가려던 참이었네. 얼른 안으로 들어가게.'

저는 아무 대꾸도 하지 않고 어리둥절한 채로 썰매에서 내려 교회 안으로 들어갔습니다. 두세 자루 초의 희미한 불빛이 교회 안을 비추고 있더군요. 교회 안의 어둡고 구석진 자리에 한 아가씨가 앉아있었습니다. 또 다른 한 아가씨는 그 아가씨의 관자놀이를 주물러주고 있었지요.

'천만다행이에요.'

저를 보더니 두 번째 아가씨가 이렇게 말했습니다.

'간신히 도착하셨군요. 아가씨께서 나리를 기다리다 초주검이 되었다고요.'

늙은 사제는 나에게 다가와,

'시작해도 되겠습니까?'

하고 물었고, 나는

'시작하세요, 시작하세요, 신부님.'

하고 별 생각 없이 대답했습니다. 사람들이 아가씨를 일으켜 세우더군요. 그녀는 상당히 미인인 듯 했어요……. 돌이켜보면 도무지 이해할 수도 없고, 용서받을 수도 없는 경솔한 짓이었지만…… 저는 제단 앞으로 가 그녀 옆에 섰습니다. 사제는 서둘러 예식을 시작했소. 세 명의 남자와 하녀는 신부를 부축하는 데에만 온통 정신이 팔려 있었어요. 그렇게 해서 우리는 혼례식을 올렸습니다.

'서로 입맞추십시오.'

사제가 우리에게 말하자 나의 아내는 내 쪽을 향해 창백한 얼굴을 돌렸습니다. 내가 그녀의 입술에 입맞추려 했을 때…… 바로 그 순간 그녀가 비명을 질러댔소.

‘맙소사, 이 사람이 아니에요! 이 사람이 아니에요!’

그리고 신부는 정신을 잃고 쓰러졌어요. 증인들은 놀란 눈으로 나를 뚫어지게 쳐다봤소. 나는 몸을 홱 돌려서 아무런 제지도 받지 않고 교회를 빠져 나와, 썰매에 올라타고는 ‘가자’하고 소리를 쳤지요.”

“세상에!”

마리야 가브릴로브나는 소리를 질렀다.

“당신은 그 불쌍한 당신의 아내에게 무슨 짓을 했는지 모르겠어요?”

“잘 모르겠소.”

부르민이 대답했다.

“내가 결혼식을 올린 그 마을이 무슨 마을인지, 어느 역참에서 출발했는지 전혀 기억이 나지 않아요. 그런 못된 장난을 하고도 그 당시에는 별로 대수롭지 않게 생각했소. 교회를 빠져 나와서 떠난 후에는 곧 잠이 들었고, 다음 날 아침에 일어나보니 벌써 세 번째 역참에 와 있더군요. 그때 저와 함께 있었던 종복은 전쟁터에서 죽었습니다. 그래서 이제 그토록 잔인하게 내가 장난을 친 그 아가씨를 찾을 수 있는 희망은 완전히 없어졌소. 그래서 이제 그녀가 나에게 이토록 잔인하게 복수하는가 보오.”

“오 하느님, 오 하느님!”

마리야 가브릴로브나가 그의 손을 잡더니 말했다.

“그 사람이 바로 당신이었군요! 그래, 당신은 저를 못 알아보시겠어요?”

부르민의 얼굴이 순식간에 창백해졌다……. 그리고 그는 그녀의 발아래 무릎을 꿇었다.

장의사

> 우리는 매일 관을 보고 있는 건 아닐까,
> 노쇠해 가는 우주의 백발을?
> – 데르좌빈[36]

장의사 아드리안 프로호로프는 마지막으로 남은 살림도구들을 장의차에 실었다. 마부 바스만나야가 이끄는 여윈 말 두 마리가 니키츠카야 거리에 있는 장의사의 새 집으로 네 번째 짐을 실어 나르고 있었다. 아드리안 프로호로프는 상점 문을 굳게 닫아걸고 대문에다 '매매 혹은 임대 가능'이라는 광고 문구를 써 붙여 놓고 걸어서 새 집으로 향했다. 오래 전부터 벼르다가 마침내 적절한 가격으로 흥정해 사들인 누런색 집으로 다가가면서 늙은 장의사는 자신의 마음이 그다지 기쁘지 않다는 사실에 새삼 놀랐다. 낯선 집의 문지방을 넘어 들어가 보니 새 살림집은 정신없이 어질러져 있었다. 그는 지난 18년 동안 모든 것이 아주 엄격하게 질서가 잡혀있었던 낡은 옛 오두막집을 떠올리며 한숨을 내쉬었다. 그리고는 두 딸과 하녀에게 일을 너무 꾸물거린다고 한바탕 욕을 퍼붓고는 손수 이삿짐 정리를 돕기 시작했다. 어느 정도 집이 정돈이 되어갔다. 성상을 모셔둔 성상갑[37]과 그릇 찬장, 탁자, 소파, 침대 등은 뒷방 구석진 자리로 옮겨 놓았다. 부엌과 거실에는 주인이 만든 장의용품이 자리를 잡았

---

36) 데르좌빈(1743-1816)의 송시 「폭포」에서 인용한 구절.

37) 러시아 정교도인들이 성상과 성화를 모셔다 놓는 작은 함.

다. 갖가지 색상에 크기도 다른 관들과 장례 모자들, 망토, 횃불을 보관해둔 찬장도 있었다. 대문에는 살이 통통한 아무르[38]가 손에 횃불을 거꾸로 들고 있는 그림이 그려진 간판을 걸어두었는데, 거기엔 '무색 관이나 도색 관 판매 혹은 임대. 오래된 관 수리'라는 글귀가 적혀있었다. 두 딸이 자신들의 방으로 가버리자 아드리안은 천천히 새 집을 둘러보았다. 그런 후 작은 창가에 앉아서 하녀에게 사모바르를 올려놓으라고 일렀다.

식견이 있는 독자라면 셰익스피어와 월터 스콧이 무덤 파는 사람들을 아주 유쾌하고 농담 잘 하는 사람들로 묘사하는 식으로 직업과는 상반된 그들의 기질을 보여줌으로써 우리 독자들의 상상력을 더 강하게 자극하려 했다는 것을 알고 있을 것이다. 진실을 존중해야 하는 까닭에 선례를 선불리 따라 할 수 없는 노릇이고 해서 우리 장의사의 기질은 그의 음울한 직업과 꼭 들어맞는다는 말을 미리 해둬야 할 것 같다. 아드리안 프로호로프는 평소에는 음산한 표정을 짓고는 말없이 상념에 잠겨 있을 때가 많았다. 그가 침묵을 깨는 경우는 딸들이 할 일 없이 창문으로 지나가는 행인들을 멍하니 쳐다보는 걸 발견하면 잔소리를 퍼부어 댈 때나, 혹은 그의 작품을 필요로 하는 불행한 일(간혹 오히려 좋아하는 이도 있지만)을 당한 사람들에게 물건을 높은 가격에 흥정할 때뿐이었다.

그날도 아드리안은 창문 밑에 앉아서 차를 일곱 잔째 마시며, 여느 때와 같이 쓸쓸한 상념에 잠겨 있었다. 그는 하루 전에 고인이 된 퇴역 준장을 실은 장례 행렬이 시내 관문을 막 지나칠 때쯤 갑자기 큰 비가 쏟아졌던 일을 되새겨 보고 있었다. 그 일로 인하여 비를 맞은 장례망토 여러 벌이 크기가 줄어들고 모자들도 쪼그라들었으며 게다가 오래된 장례 의상 재고도 형편없이 망가져 버린 상태라서 불가피하게 지출을 하지 않을 수 없었다. 손해를 만회할 방법이 한 가지 있긴 했다. 거의 1년 째 죽

---

38) 그리스 신화에 나오는 사랑의 신.

음의 침상에 누워서 사경을 헤매는 부유한 여자상인 트류히나의 장례식을 치르게 되면 어느 정도 해소가 될 것이었다. 그러나 트류히나가 라즈굴랴이 거리에서 죽어가고 있다는 게 마음에 걸렸다. 프로호로프는 그녀의 상속인들에게 미리 통보를 해 두긴 했지만, 아주 멀리로 이사 와 버린 그에게 찾아오는 게 귀찮아서 그 집 가까이에 있는 형편없는 상인들과 흥정을 하지는 않을까 몹시 걱정이 됐다.

이런 생각에 몰두하고 있을 때 갑자기 누군가 프리메이슨[39]식으로 세 번 문을 두드리는 소리에 생각은 달아나버렸다.

"거기 누구요?"

장의사가 물었다. 문이 열리자 한 눈에 봐도 독일 기술공인 듯한 사람이 방으로 들어왔고 밝은 표정으로 장의사에게 다가왔다.

"죄송합니다, 친애하는 이웃 양반."

그는 오늘날에도 우리가 웃지 않고는 도저히 그냥 들을 수 없는 어눌한 러시아어로 말했다.

"방해 되었다면 죄송합니다만……. 전 가능한 당신과 빨리 인사 나누고 싶었소. 전 제화공이고 이름은 고트리프 슐츠라 하오. 당신 집에서 한 블록 더 가서 맞은 편 저 집에 살고 있지요. 내일 저희 부부 은혼식을 기념하려 하는데, 당신과 당신 따님들을 저희 집 저녁식사에 초대했으면 합니다."

아드리안은 초대를 흔쾌히 수락했다. 그는 제화공에게 자리를 권하고는 차 한 잔을 대접했는데, 고트리프 슐츠의 활달한 성격 덕분에 그들은 금방 다정하게 얘기를 나누는 사이가 되었다.

"장사는 좀 어떠신지요?"

---

39) 프리메이슨은 중세의 석공 길드에서 비롯된 단체로, 계몽주의 사상을 바탕으로 자유주의, 개인주의, 합리주의를 지향했으나 가톨릭을 옹호하는 정부로부터 탄압을 받으면서 비밀결사단체의 성격을 띠었다.

아드리안이 묻자 슐츠가 대답했다.

"어 흐흠, 그저 그렇죠 뭐. 그렇다 해서 푸념만 늘어놓고 있을 수도 없고. 물론, 제가 파는 물건이 당신 것과는 좀 다르지만서도. 살아 있는 자는 신발 없이 살 수 있지만, 죽은 자는 관 없이 살 수 없지 않겠소?"

"지당한 말씀이지요."

아드리안이 이어서 말했다.

"하지만, 산자가 신발 살 돈이 전혀 없으면, 그 때는 좀 안된 일이긴 하지만 그냥 맨발로 다니면 되지요. 하지만 거지가 죽게 되면 그저 공짜로 관을 얻게 되는 법이지요."

그들 사이에 이런 대화는 몇 시간 더 이어졌고, 마침내 제화공이 장의사에게 작별을 고하면서 저녁 식사 초대에 대해 거듭 상기시켜 주었다.

다음 날 정각 12시에 장의사와 그의 딸들은 새로 이사 온 집의 쪽문으로 나와 이웃집으로 향했다. 여기서는 작금의 낭만주의 작가들이 흔히 그러는 것처럼, 아드리안 프로호로프가 입고 간 러시아식 카프탄[40]이나 아쿨리나와 다리야의 유럽풍 의상에 대해서 미주알고주알 상세한 설명을 하지는 않겠다. 하지만 별로 실례가 안 된다면, 두 처녀가 명절 때나 쓰는 노란 모자와 빨간 장화를 신었다는 것 정도는 말해 두도록 하겠다.

제화공의 좁은 아파트는 이미 손님들로 가득 차 있었고, 대부분 독일 기술공들이 아내와 견습공들을 데리고 왔다. 러시아 관리로는 유르코라는 핀란드인 순경 한 사람뿐이었는데, 그는 별 볼일 없는 직위에도 불구하고 이 집주인에게 각별한 대우를 받고 있었다. 포그렐스키의 소설에 나오는 집배원[41]처럼 그도 거의 25년 동안 순경 업무에 신뢰와 정의

---

40) 러시아 전통 의상으로 셔츠를 뜻함.

41) 러시아 작가 포그렐스키의 단편 소설에 나오는 등장인물 중의 한 사람.

감을 가지고 근속했다. 1812년에 발생한 대화재[42]는 옛 수도를 불태워버린 후, 그의 노란색 초소도 집어삼켜 버렸다. 그러나 적군이 퇴각하고 난 후 바로 그 자리에 하얀색 도리아식 원주와 함께 회색 초소가 세워졌고, 유르코는 다시 그 부근에서 '나사 천으로 지은 갑옷을 입고 도끼를 손에 들고' 보초를 서게 되었다. 그는 니키트키 관문 근방에 살고 있는 대부분의 독일인들과 잘 알고 지냈고, 그들 중 몇몇은 유르코의 집에서 일요일에서 월요일까지 묵어가는 이들도 간혹 있었다. 아드리안은 제화공의 집에서 처음 그를 알게 되었고, 인간적인 친분을 쌓아두면 언젠가 도움을 받을 일이 있을지도 모른다고 생각해서 손님들이 식탁으로 갔을 때 그의 옆 자리에 가서 앉았다. 슐츠 부부와 그들의 17살 난 딸 로트헨은 손님들과 식사를 같이 하면서 음식을 날라다 주기도 하고 여자 요리사의 일도 거들어 주었다. 맥주가 잔에 흘러 넘쳤다. 유르코는 4인분의 식사를 먹어 치웠는데, 아드리안도 그에 뒤지지 않았다. 그의 딸들은 지나치게 격식을 차려가며 식사를 했다. 독일어로 나누는 대화 소리가 점점 더 소란해지고 있었다. 그 때 갑자기 주인이 건배를 제의하면서 샴페인 병마개를 따고는 러시아어로 크게 소리쳤다.

"내 사랑 루이자의 건강을 위하여!"

샴페인 잔에서 거품이 부글부글 끓어올랐다. 주인은 마흔 살 가량 된 아내의 생기 띤 얼굴에 부드럽게 키스했고, 손님들은 마음씨 좋은 루이자의 건강을 위해 시끌벅적하게 건배를 했다.

"친애하는 내 손님들의 건강을 위하여!"

주인이 두 번째 샴페인 병을 따면서 크게 외쳤고, 손님들은 또 다시 잔을 비우면서 그에게 감사했다. 그때부터 사람들마다 차례대로 건강을 기원하는 건배가 이어졌다. 손님들 한 사람 한 사람의 건강을 위해 특별히

---

42) 프랑스 나폴레옹 군대가 모스크바를 진격해 들어오자 러시아 군은 이 도시에 불을 질러 적군을 무찔렀다.

잔을 들더니 이번에는 모스크바와 한 다스나 되는 독일의 모든 도시들의 발전을 기원하면서 마셨다. 온갖 종류의 직업들을 위해서, 특별히 각자의 직장이 건재하기를 바라며 마셨고, 또 기술공들과 견습공들의 건강을 위해서도 마셨다. 아드리안도 자신이 어떤 우스꽝스러운 건배를 하기 전까지는 즐기면서 열심히 마셔대고 있었다. 갑자기 손님들 중의 한 사람인 뚱뚱한 제빵공이 잔을 들고 외쳤다.

"우리의 모든 고객들을 위해 건배합시다. 우리의 고객들을[43] 위하여!"

이 건배 역시 모든 이들이 기뻐하며 한 마음으로 받아들였다. 손님들은 서로 서로에게 인사를 하기 시작했다. 재봉사는 제화공에게, 제화공은 재봉사에게, 제빵공은 그들 두 사람에게, 그리고 모든 이들이 제화공에게 등등. 유르코는 사람들이 서로에게 인사하는 장면을 지켜보다가 대뜸 아드리안을 향해 이렇게 소리 쳤다.

"어떻소, 형씨? 당신 고객인 망자들의 건강을 위해 한 잔 하는 거 말이오."

이 말을 듣고 모두들 웃음을 터트렸고, 장의사는 모욕을 당한 것 같아 몹시 기분이 상했다. 그가 인상을 찌푸린 채 울적해 있는 걸 아무도 눈치 채지 못했다. 손님들은 계속해서 마셔댔고, 저녁 예배 시간을 알리는 종이 막 울릴 무렵에야 식탁에서 일어났다.

손님들은 기분이 좋을 정도로 취해 있었고 느지막한 시간이 되어서야 헤어졌다. 뚱뚱한 제빵공과 마치 얼굴이 '붉은 염소 가죽을 엮어놓은 듯' 시뻘겋게 달아오른 제본공이 유르코를 부축해서 초소로 데리고 갔다. 이런 모습은 '인정도 품앗이라'는 러시아 속담을 생각나게 했다.

장의사는 잔뜩 술이 취하고 화가 난 채로 집으로 돌아왔다.

"대체 이게 뭐야? 정말, 내 일이 다른 사람들의 일에 비해 불명예스럽기라도 하단 말이야?"

---

43) 독일어 원문으로는 'unserer Kundleute'이다.

그는 혼자 중얼거리고 있었다.

"뭐 장의사가 사형 집행인의 형제라도 된다는 거야? 이교도 놈들이 뭘 보고 날 비웃어? 장의사가 크리스마스 어릿광대이기라도 해? 저들을 집들이에 초대해서 실컷 배불리 먹여주려고 했는데……. 칫, 이젠 그러고 싶은 마음이 싹 달아나 버렸네! 차라리 내 고객들인 정교도 망자들을 집으로 불러서 대접하는 게 낫겠군."

"뭐라고 하셨어요, 나리?"

막 그의 신발을 벗기려던 하녀가 말했다.

"대체 무슨 헛소리를 하시는 거예요? 성호를 그으세요! 집들이에 죽은 사람을 초대한다고요? 아이고, 망측해라!"

"그들을 부른다고 해서 뭐 어떨려고?"

아드리안이 계속해서 말했다.

"바로 내일 저녁에 오라고 해야지. 내 친애하는 고객 여러분, 부디 내일 저녁에 저희 집 잔치에 와 주십시오. 신께서 주신 것으로 정성껏 대접하겠습니다."

이 말을 하고는 장의사는 침대로 가 쓰러지더니 곧 코를 골기 시작했다.

사람들이 잠든 아드리안을 깨웠을 때 아직 밖은 어두컴컴했다. 장사꾼 트류히나가 바로 그날 저녁에 죽었다는 소식을 그녀의 집사가 보낸 심부름꾼이 말을 타고와 알려주었던 것이다. 장의사는 심부름꾼에게 보드카를 사 마시라고 10코페이카 은화 한 닢을 건네주고는 재빨리 옷을 갈아입고 마차를 잡아타고 라즈굴랴이 거리로 향했다. 망자의 집 대문 앞에는 경찰이 와 있었고, 상인들이 송장 냄새를 맡은 까마귀 떼처럼 모여들어 있었다. 망자는 밀랍처럼 누렇게 떠서 탁자 위에 누워 있었는데 아직 부패한 기미는 보이지 않았다. 그 주위에는 친척들과 이웃들과 가족들이 빼곡히 서 있었다. 창문들은 전부 열려있었다. 촛불이 타 들어갔고 사제들이 기도문을 읊고 있었다. 아드리안은 최근 유행하는 코트를 입은 고인의 젊은 조카 상인에게 다가가 관과 양초, 관포와 그 밖에 필요한 모든 장의용품들이 빨리 준비되는 대로 이리로 가져오겠노라고 말했다. 상속자는 그에게 건성으로 고맙다는 말을 하고는 가격은 깍지 않을 테니 모든 일을 그의 양심껏 해 주길 바란다는 말만 했다. 장의사는 평소 하던 대로 필요 이상은 절대 요구하지 않을 거라고 대답했다. 그는 집사와 의미심장한 눈짓으로 인사를 나누고는 서둘러 일에 착수했다.

그는 하루 종일 라즈굴랴이 거리와 니키트스키 거리를 수차례 오가야 했다. 저녁 무렵이 되어서야 모든 일을 마무리 짓고 마차를 돌려보내고는 걸어서 집으로 돌아왔다. 휘영청 달이 떠 있는 밤이었다. 장의사는 무사히 니키트스키 관문까지 도착했다.

예수 승천 교회 부근을 지나칠 때, 우리의 유르코가 장의사를 알아보고는 소리를 쳐서 불러 세우고는 그에게 저녁 인사를 했다. 벌써 꽤 늦은 시각이었다. 장의사가 집에 거의 다다랐을 때, 갑자기 누군가 그의 대문으로 다가가 쪽문을 열고는 집안으로 사라지는 걸 본 것 같았다.

'대체 이게 무슨 일이지?'

아드리안은 이상하다고 생각했다.

'대체 누가 이 시각에 볼일이 있어 나를 찾아온 걸까? 혹시 집에 도둑이 든 거 아냐? 멍청한 딸년들이 애인을 끌어들인 건가? 설마 그럴 리가!'

장의사는 친구인 유르코에게 도움을 청하려고 막 소리를 지르려던 참이었다. 그런데 바로 그때 누군가 또 쪽문으로 다가와서 안으로 들어가려다가 달려가고 있는 주인을 보고는 멈춰 서서 삼각모를 벗었다. 아드리안은 그의 얼굴이 어딘가 낯익은 것 같았지만 너무 서두르느라 제대로 살펴보지 못했다.

"혹시 저한테 볼 일이 있어서 오셨는지요?"

숨을 헐떡거리며 아드리안이 말했다.

"어서 들어가시지요."

"여보게, 그렇게 격식 차릴 건 없네."

그 사람이 음침하게 대답했다.

"앞장서게나. 손님들에게 길을 안내해 줘야지!"

아드리안은 격식을 차리고 어쩌고 할 겨를이 없었다. 쪽문은 열려있었고 그가 먼저 계단을 올라가자 손님은 뒤따라 왔다. 자기 방에 다가갔을 때 아드리안은 그 안에서 누군가 돌아다니고 있는 기미를 눈치 챘다.

'이 무슨 악마의 짓이란 말인가!'

그런 생각을 하면서 급히 안으로 들어가려다가…… 너무 놀라서 하마터면 뒤로 나자빠질 뻔 했다. 방안에는 망자들이 가득 들어차 있었던 것이다. 창문으로 새어 들어온 달빛이 그들의 누렇고 푸르스름한 얼굴과 움푹 패어진 입, 반쯤 감긴 눈, 툭 튀어나온 코를 비춰주고 있었다……. 아드리안은 그들이 자기가 정성껏 장사 지내준 망자들이며, 그와 함께 방으로 들어온 손님은 억수 같은 비가 내리던 날 장례를 치른 바로 그 준장이라는 사실을 알아차리곤 공포에 떨었다. 그들은 모두 여자와 남자 할 것 없이 장의사를 에워싸고 허리를 숙여 인사를 했는데, 초라한 차림의 한 사람만이 그에게 다가오지 않고 구석에 가만히 서 있었다. 그는 최근에 공짜로 장사 지내 준 거지였는데 양심의 가책을 느끼고 있거나 남루한 옷차림이 부끄러워 사람들에게서 떨어져 있는 것 같았다. 다른 망자들은 모두 잘 차려 입고 있었다. 여자들은 두건을 쓰고 예쁘게 리본을 달았고, 살아생전에 관리였던 사람들은 비록 수염을 깎진 않았지만 제복을 점잖게 차려 입었으며 장사꾼들은 명절 때나 입는 카프탄을 단정하게 입고 있었다.

"여보게, 프로호로프"

이들 망자들의 명예로운 이름을 대신하여 준장이 말했다.

"우리 모두는 자네의 초대를 받고 무덤에서 일어나 왔다네. 여기 오지 못하고 집에 남은 이들은 일어날 기력이 없거나 형편없이 망가진 이들, 혹은 살점이 다 문드러져 썩고 뼈만 남은 이들뿐이라네. 하지만 그런 자들 중에 유독 한 사람이, 도저히 참을 수 없다고 하면서 우리의 만류에도 불구하고 고집을 피워 여기까지 따라온 사람이 있다네……."

이 때 자그마한 해골이 덜거덕거리며 군중들 사이를 파고들더니 안간힘을 써 아드리안 가까이로 다가왔다. 해골이 장의사에게 싱긋 웃어 보였다. 해골에는 연녹색에 붉은 색이 섞인 너덜너덜해진 양복지와 아마포 천 조각이 막대기에 걸려 있듯 대롱대롱 매달려 있었다. 다리 뼈는 절구 속의 절굿공이처럼 커다란 기병 장화 속에서 딸가닥거리는 소리를 냈다.

"나를 알아보겠나, 프로호로프?"

해골이 말했다.

"퇴역 근위 중사 표트르 페트로비치 쿠릴킨을 기억 못하겠나? 1799년에 자네가 나에게 최초로 만든 관을 팔았지. 그런데 소나무 관을 참나무 관으로 속여서 비싼 값에 팔아먹었지, 그렇지 않은가?"

아드리안 프로호로프의 꿈
"나를 알아보겠나, 프로호로프?"
해골이 말했다.

망자는 말을 하면서 장의사를 안으려고 뼈만 앙상한 팔을 불쑥불쑥 내밀었다. 두려움에 질린 아드리안은 비명을 질러대며 그를 밀쳐냈고, 그 바람에 표트르 페트로비치는 비틀대다가 넘어져 뼈가 산산이 부서졌다. 망자들 사이에서 분노가 섞인 불평들이 쏟아졌다. 모두들 자기 동료의 명예를 위해 일어났고, 아드리안에게 욕설을 퍼부으며 위협했다. 그들의 악다구니에 귀가 멍해진 불쌍한 주인은 숨통이 막혀 숨을 쉴 수가 없었고, 결국 근위 중사의 바스러진 뼈 위에 쓰러져 정신을 잃고 말았다.

아침 햇살이 벌써 오래 전부터 장의사가 누워 있는 침대를 비추고 있었다. 마침내 그는 눈을 떴다. 하녀가 사모바르에 불을 지피고 있는 모습이 얼핏 눈에 들어왔다. 아드리안은 두려움에 몸서리치며 어제 일어난 사건을 차근차근 떠올려 보았다. 트류히나와 준장, 근위 중사 쿠릴킨의 모습이 그의 머릿속을 온통 어지럽혔다. 그는 하녀가 말을 걸어주기를 잠자코 기다렸고, 그녀가 지난밤에 일어난 사건들의 결말을 소상히 얘기해 주길 기대했다.

"잘 주무셨어요, 아드리안 프로호로프 나리?"

악시니야가 그에게 가운을 건네주면서 물었다.

"그 사이 이웃 재봉사가 다녀갔어요. 그리고 동네 경관이 오늘 자기 명명축일[44]이라고 알리러 왔더군요. 하지만 나리가 잠이 깊이 드신 것 같아서 깨우지 않았답니다."

"그럼, 망자 트류히나 집에서 찾아온 사람은 없었나?"

"망자라고요? 그러면 정말 그 여자가 죽었단 말인가요?"

"무슨 헛소리를 하는 게야! 어제 그 여자의 장례식 채비하는 걸 도와줘 놓고 그런 소리를 해?"

---

44) 러시아에서는 아이가 태어나면 정교회 풍습에 따라 아이의 이름을 훌륭한 성자의 이름을 따서 짓고, 교회력에 있는 그 성자의 기념일을 명명축일로 삼아 생일 이상으로 성대하게 축하한다.

"대체 무슨 말씀이세요, 나리? 지금 제 정신으로 하시는 말씀이세요? 혹시 어제 저녁에 드신 술이 아직도 안 깬 건가요? 어제 무슨 장례식이 있었다고 그러세요? 나리께선 하루 종일 독일사람 집에서 술을 퍼마셨다고요. 잔뜩 취해서 돌아와서는 침대에서 곯아떨어지더니 아침 예배 종소리가 울리는 바로 이 시각까지 주무시고 계셨잖아요."

"오호, 그래!"

장의사는 기분이 좋아져서 말했다.

"당연히 그렇고 말고요."

하녀가 대답했다.

"그래, 그렇다면 빨리 차를 준비하고, 딸아이들을 불러 오게나."

역참지기

14관등 관리가
역참에서는 상전이라네.
- 뱌젬스키 공작[45]

역참지기[46]를 상대해 본 사람 중에 그들을 저주하지 않는 이가 누가 있을 것이며, 말싸움을 해 보지 않은 이는 또 누가 있겠는가? 그들의 횡포와 무지와 태만에 화가 치밀어 오르는 순간 쓸데없는 하소연을 적기 위해 운명의 장부[47]를 내놓으라고 요구하지 않은 사람이 있겠는가? 역참지기를 비열하고 파렴치했던 옛 관청 서기나 적어도 무롬 지방의 도적떼 정도로 여겨 보지 않은 사람이 있겠는가? 하지만 감정을 누그러뜨리고 좀 공정하게 생각해 보도록 하자. 우리가 실제로 그들의 입장이 되어 본다면 훨씬 더 관대하게 평가를 내릴 수 있을지도 모른다.

---

45) 뱌젬스키(1792-1878) 공작의 시「역참」에서 인용한 구절.

46) 역참은 말이 주요 교통수단이었던 제정 러시아 시대에 각 지방에 설치된 교통·통신기관이었다. 이곳은 중앙과 지방 사이의 명령을 전달하는 역할과 관리의 사행 및 운수를 뒷받침하는 기관이며, 일반 여행객들에게는 교통수단을 제공해 주는 기능을 담당했다. 이곳에서 근무하는 관리인 역참지기는 제정 러시아에서는 14관등의 낮은 직급을 부여 받았다.

47) 이것은 역참에 비치되어 있던 장부로 민원을 제기하거나 시정할 사항을 적어두는 책자이다. 정부는 이 장부를 각종 기관의 관리 감독 자료로 활용했다.

대체 역참지기란 어떤 사람인가? 그는 열네 번째 관등에 속해 온갖 수난을 감내하면서 그나마 관등 덕분에 겨우 구타 정도는 모면하고 사는 관리지만, 그것도 항상 피할 수 있는 일은 아니다.(이 점은 독자 여러분들의 양심에 맡기는 바이다) 뱌젬스키 공작이 농담 삼아 상전이라고 부른 역참지기의 임무란 대체 어떤 것인가? 그야말로 징역살이나 다름없지 않은가? 낮이고 밤이고 마음 편히 보내는 날이 없다. 여행자는 지루한 여행 내내 쌓인 피로와 짜증을 역참지기한테 분풀이한다. 날씨가 나쁜 것도, 길이 험하고 마부가 고집 센 것도, 말들이 제대로 달리지 않은 것도 모두 역참지기 탓이다. 궁색한 그의 숙소로 들어선 여행자는 그를 마치 원수 대하듯 한다. 이 불청객을 빨리 떠나보낼 수만 있다면 그나마 다행스러운 일이다. 하지만 만일 갈아 줄 말이 더 이상 없다면……? 오, 맙소사! 욕설과 협박이 그의 머리 위로 쏟아질 것이다! 그는 비가 와 엉망진창이 된 마당을 뛰어다니며 말을 구하러 다녀야 한다. 눈보라가 치는 엄동설한에도 화가 난 숙박인이 소리를 질러대고 주먹질을 해댈 때는 몸을 피하기 위해 현관 밖으로 뛰쳐나와야 할 때도 있다. 역참에 장군의 마차가 도착할 때는 또 어떤가? 역참지기는 벌벌 떨며 파발꾼을 위해 비상용으로 남겨둔 트로이카[48]까지 포함하여 마지막 남은 마차 두 대를 넘겨준다. 하지만 장군은 고맙다는 말 한 마디도 없이 곧 떠나 버린다. 그리고 5분이 지나자, 종이 울린다……! 관청 파발꾼이 뛰어 들어와 책상 위에 통행권을 던진다……!

이 모든 걸 유심히 들여다본다면 우리의 심장은 분노 대신 진심 어린 동정심으로 가득 찰 것이다. 몇 마디 여담을 더 늘어놓는다면, 나는 지난 20여 년 동안 러시아 방방곡곡을 샅샅이 돌아다녔다. 그래서 거의 모든 역마로를 다녀봤고 마부들도 몇 세대에 걸쳐 알고 있을 정도다. 내가 얼굴을 모르거나 거래를 해 보지 않은 역참지기는 거의 없다. 나는 조만간

48) 말 세 마리가 끄는 마차.

여행하면서 목격한 일들 중에 흥미로운 이야기들을 간추려서 출판할 계획이다. 하지만 지금은 역참지기 계층이 일반인들에게 아주 잘못 인식되어 있다는 말만 해 두고 싶다. 여러분들이 그토록 경멸해 마지않았던 역참지기들도 인간적으로 보면 대체로 본성이 온화하고 근면하며 함께 어울리는 것도 좋아하는 사람들이다. 스스럼없이 존경심을 가지고 대하면 그들도 아주 겸손한 태도를 보일 테고, 지나치게 탐욕스럽지도 않다는 것도 알게 될 것이다. 그들이 하는 얘기에 귀 기울이다 보면 (여행자들이 이런 걸 무시한다는 건 아쉬운 일이 아닐 수 없다) 꽤 흥미롭고 교훈적인 이야기도 얻을 수 있다. 나로 말할 것 같으면, 솔직히 말해서, 공무(公務)로 여행하는 무슨 6등급 관리와 얘기하는 것보다 그들과 허심탄회하게 나누는 대화를 더 좋아하는 편이다.

이 존경할 만한 역참지기들 중에 내 친구들이 있다는 것을 쉽게 짐작할 수 있을 것이다. 실제로 나는 그들 중 한 역참지기에 대해 잊을 수 없는 소중한 추억을 가지고 있다. 과거 한 때 상황이 우리 둘을 가까워지게 했다. 그럼, 이제부터 친애하는 독자 여러분들에게 그에 대해 얘기를 해 주고자 한다.

1816년 5월, 나는 지금은 사라지고 없는 역마로를 따라 여행하던 중 ***현을 통과해서 갈 일이 있었다. 그 당시 나는 별 볼일 없는 관등에 속해 있었고, 역마차를 타고 다닐 때도 말 두 필에 대한 마차 삯만 지불했다. 이 때문에 역참지기들은 나에게 예의를 차리지 않아서 번번이 나는 내 권리라고 생각되는 것을 싸우고 우겨서 겨우 얻어내야 했다. 젊고 성미가 급했던 나는 마땅히 내 마차에 매어줘야 할 트로이카를 귀족 관료의 마차에 매 주는 걸 볼 때마다 역참지기의 저열함과 소심함에 격분하지 않을 수 없었다. 도지사 댁에서 열린 잔치에서 눈치 빠른 하인이 나를 쏙 빼놓고 음식 그릇을 나르는 걸 참는데 익숙해지는 데도 상당히 오랜 시간이 걸렸었다. 하지만 지금은 그런 일도 별로 대수롭지 않게 여기고 있는 편이다. 사실 만약에 모두에게 편리한 '관등 순'에 따라 일을 처리

하는 법칙 대신에 다른, 이를테면 '지혜로운 사람 순'에 따르는 법칙이 생긴다면 과연 어떤 일이 벌어질까? 아마 엄청난 싸움이 벌어질 것이다! 그리고 하인들은 대체 누구한테 먼저 음식을 날라야 할까? 하지만 이쯤에서 내 이야기로 돌아가야 할 것 같다.

몹시 무더운 날이었다. ***역참에서 3베르스타 정도 떨어진 곳에서 빗방울이 떨어지기 시작하더니, 곧 억수 같은 비가 쏟아져 속옷의 마지막 한 올까지 다 젖어 버렸다. 역참에 도착했을 때 제일 먼저 해야 할 일은 빨리 옷을 갈아입고, 두 번째로 차를 주문하는 것이었다.

"얘, 두냐야!"

역참지기가 소리쳤다.

"사모바르 준비해 놓고 크림 사 가지고 오너라."

이 말이 끝나자 칸막이 뒤에서 열네 살 정도 되어 보이는 여자아이 하나가 나오더니 현관으로 달려갔다. 그 여자아이의 아름다운 미모에 나는 한 순간 넋을 잃었다.

"저 애가 당신 딸이오?"

나는 역참지기에게 물었다.

"네, 제 여식입니다요."

그는 자부심이 가득한 얼굴로 대답했다.

"영리하고 민첩한 것이 제 죽은 어미를 꼭 닮았읍죠."

그런 뒤 그는 내 통행증을 베껴 쓰고 있었고, 나는 그의 궁색하지만 그래도 정돈이 잘 된 집을 장식한 그림들을 구경했다. 그것은 돌아온 탕자의 이야기를 묘사한 그림들이었다. 첫 번째 그림에는 둥근 모자를 쓰고 실내복을 입은 점잖은 노인이 불안해하는 한 젊은이를 떠나보내고 있었고, 노인의 축복을 받자마자 젊은이는 돈 자루를 잽싸게 받아 들었다. 두 번째 그림에는 젊은이의 방탕한 생활이 선명한 화필로 묘사되어 있었다. 그는 거짓 친구들과 수치심을 모르는 여자들에게 빙 둘러싸여 식탁에 앉아 있었다. 세 번째 그림에서는 돈을 다 탕진해 버린 젊은이가 누더기 옷에 삼각모를 쓰고 돼지들을 치면서 돼지 먹이를 주워 먹고 있었다. 그의 얼굴에는 수심이 깊게 서려 있고 후회하는 빛이 역력했다. 마지막에는 젊은이가 아버지에게로 돌아오는 장면이 그려져 있었다. 선량한 노인은 예전처럼 둥근 모자와 실내복을 입고 그를 맞으러 뛰어나오고, 돌아온 탕자는 무릎을 꿇고 있었다. 그림 배경에는 요리사가 살찐 새끼 송아지를 잡고, 큰 아들이 하인들을 불러 아버지가 크게 기뻐하는 이유를 묻는 장면이 그려져 있었다. 각각의 그림 아래에는 장면들을 설명하는 훌륭한 독일 시가 적혀 있었다. 이 모든 것은 봉선화 꽃이 피어 있던 화분과 알록달록한 무늬의 커튼이 내려진 침대, 그리고 주변의 사물들의 모습과 함께 지금까지도 내 기억 속에 고스란히 남아 있다. 쉰 살 정도 되어 보이던 주인장의 건강하고 활기찬 모습과 빛이 바랜 리본에 세 개의 메달이 달린 그의 긴 녹색 프록코트가 지금도 내 눈에 선하다.

내가 늙은 마부에게 삯을 다 치르기도 전에 두냐는 그새 사모바르를 들고 돌아왔다. 이 작은 요부는 나와 두 번째 시선이 마주치자 자기가 불러일으킨 인상을 어느 정도 눈치 챘는지 크고 아름다운 푸른 눈을 살포시 내리 깔았다. 나는 그녀와 얘기를 나누었고 그녀는 세상 맛을 다 아는 아가씨처럼 내 말에 아주 스스럼없이 대답했다. 나는 그녀의 아버지에게 펀치 술을 권하고 그녀에게는 차를 대접했다. 우리 세 사람은 마치 오래 전부터 알고 지낸 사람들처럼 화기애애한 분위기에서 얘기를 나누었다.

말들은 이미 오래 전에 준비되었지만, 나는 역참지기와 그의 딸 두냐와 헤어지는 게 몹시 서운했다. 하지만 나는 그들에게 작별을 고해야 했다. 역참지기는 내게 무사히 여행을 마치길 빌어 주었고 딸은 마차까지 배웅나와 주었다. 현관에서 나는 멈춰 서서 그녀에게 키스해도 되냐고 물었다. 두냐는 그래도 좋다고 했다…….

첫 키스를 한 그날 이후로

지금까지 나는 많은 키스를 해 보았지만, 그녀와의 키스만큼 내게 그토록 오랫동안 달콤한 추억을 남겨준 키스는 더 이상 없었다.

그로부터 몇 년이 지나서 나는 어떤 사정이 생겨 또다시 그 역마로를 따라 가다가 그 장소에 이르게 되었다. 나는 늙은 역참지기의 딸을 기억해 내고는 그녀를 다시 볼 수 있다는 생각에 무척 기뻤다. 그러나 어쩌면 늙은 역참지기는 다른 곳으로 자리를 옮겼을 수도 있고, 또 두냐도 시집을 가고 없을 지도 모른다는 생각이 들었다. 두 사람 중 한 사람이 이미 세상을 떠났을 지도 모른다는 생각이 언뜻 뇌리를 스쳐 지나갔다. 그래서 나는 슬픈 예감을 가지고 ***역참으로 다가갔다.

말들이 역참 앞에 멈춰 섰다. 방문을 열고 들어서자마자 나는 돌아온 탕자의 이야기 그림들을 알아보았다. 식탁과 침대는 옛날 그 자리에 여전히 놓여 있었다. 그러나 창문에는 꽃이 없었고 주위의 모든 것이 낡고 형편없는 모습으로 널브러져 있었다. 역참지기는 털외투를 덮어 쓰고 자고 있었다. 내가 들어오는 소리에 그는 잠을 깨고 자리에서 일어났다……. 바로 그 삼손 브이린이었다. 그러나 못 본 사이 그는 얼마나 늙어버렸던지! 그가 내 통행증을 베껴 쓰는 동안 나는 백발이 성성한 그의 머리와 꽤 오랫동안 면도하지 않은 얼굴에 패인 깊은 주름과 구부정한 등을 바라보았다. 그렇게 건장하던 사내가 3, 4년 만에 저렇게 병약한 노인으로 바뀔 수 있다는 사실에 놀라지 않을 수 없었다.

"나를 알아보시겠소?"

나는 그에게 물었다.

"몇 년 전에 나와 한 잔 하지 않았소?"

"아마 그랬겠지요."

그가 음울하게 대답했다.

"길도 넓고 해서 저희 숙소에 머물다 가는 여행자 분들이 워낙 많다

보니."

"딸 두냐는 잘 지내고 있소?"

내가 계속해서 묻자, 노인은 눈살을 찌푸렸다.

"하나님께서나 아실 일이지요."

그가 통명스럽게 대답했다.

"아마도 시집을 간 모양이구려!"

내가 말했다. 노인은 내 질문을 못 들은 척하며 소리 내어 통행증을 계속 읽어나갔다. 나는 질문을 그만두고 차를 준비해 달라고 했다. 하지만 호기심은 나를 못 견디게 했고, 그래서 펀치 술이 오랜 친구의 혀를 풀어주기만을 고대했다.

내 예상은 빗나가지 않았다. 노인은 내가 권하는 술잔을 거절하지 않았다. 럼주가 그의 우울한 기분을 순식간에 바꿔놓았다. 두 번째 잔을 들이키더니 그는 말이 많아지기 시작했다. 얼핏 나를 기억하는 것 같기도 하고 그냥 아는 체 하는 것 같기도 했다. 그렇게 해서 나는 당시 내 마음을 온통 사로잡았던 감동적인 이야기를 역참지기로부터 듣게 되었다.

"그러니까 우리 두냐를 아신다는 말씀이지요?"

그가 말을 시작했다.

"그 아이를 모르는 사람이 어디 있었겠습니까요? 아아, 두냐, 두냐! 참 착한 애였지요! 여길 다녀간 모든 분들이 입이 닳도록 그 애를 칭찬했을 정도니까요. 욕하는 사람은 단 한 사람도 없었지요. 마님들은 두냐한테 손수건이나 귀걸이를 선뜻 선물했답니다. 나리들은 일부러 시간을 끌면서 점심을 주문하고 또 저녁까지 드셨는데, 사실 그 아이를 조금이라도 더 볼 심산이었던 게지요. 아주 화가 머리끝까지 난 어떤 나리는 두냐를 보더니 언제 그랬느냐는 듯이 순해져서 저한테 다정하게 말까지 걸더군요. 급속 우편을 가져 온 파발꾼들이나 연락병들이 30분씩이나 그 애와 수다를 떨었다고 하면, 나리, 믿으시겠습니까요? 살림도 얼마나 알뜰하게 잘 살았다고요! 청소하고 음식 만들고 하면서 무슨 일이든 척척 잘 했지요. 그래서 이 바보 같은 늙은이는 그 애만 보고 있어도 좋아서 어쩔 줄을 몰랐지요. 그런데 이런 내가 내 딸 두냐를 사랑하지 않았겠어요? 내가 내 자식을 귀여워하지 않았겠어요? 이 생활이 그애한테 고달프기라도 했단 말입니까? 아니지요, 재난은 피해갈 수 없는 법이지요. 이미 정해져 버린 운명을 벗어날 순 없지요."

그렇게 시작된 대화로 나는 그에게서 다음과 같은 슬픈 사연을 듣게 되었다.

3년 전 어느 겨울 저녁, 역참지기는 새 장부에 줄을 긋고 있었고, 그의 딸은 칸막이 뒤에서 옷을 바느질하고 있었다. 트로이카 한 대가 도착하더니 체르케스 모자에 군복 외투를 입고 목도리를 걸친 한 여행객이 말을 내달라고 청하며 집 안으로 들어왔다. 마침 말을 다 빌려준 터라 내어줄 말이 없었다. 이 말을 들은 여행객은 언성을 높이더니 손에 가죽 채찍을 꺼내 들었다. 바로 그 순간 그런 상황에 익숙한 두냐가 칸막이 뒤에서 뛰쳐나와 상냥하게 여행객에게 뭘 좀 드시는 게 좋지 않겠느냐고 물었다. 두냐의 출연은 여느 때와 같은 효과를 불러왔다. 여행객은 분노를 가라앉히고 말을 기다리겠노라 말하고는 저녁 식사를 주문했다. 젖은 털모자를 벗고 목도리를 풀고 외투를 벗고 나니 여행객은 탄탄한 몸매에 검은 콧수염을 기른 젊은 경기병이었다. 그는 역참지기 옆 자리에 앉더니 노인과 그의 딸과 기분 좋게 얘기를 나누기 시작했다.

저녁 식사가 나왔다. 그 사이 말들이 도착했고 역참지기는 말에게 먹이를 주지 말고 즉시 여행객의 썰매 마차에 매놓으라고 일러두었다. 그런데 그가 방에 돌아와 보니 젊은 경기병은 거의 의식을 잃은 채 소파에 쓰러져 있었다. 몸살기가 있는데다 두통이 심해 당장 떠날 수가 없다고 했다……. 그러니 어쩌겠는가! 역참지기는 자기 침대를 그에게 양보하고 병세에 차도가 없으면 다음 날 아침에 S***현으로 의사를 부르러 사람을 보내야겠다고 생각했다.

다음날 경기병의 상태는 더 나빠졌다. 그의 하인이 의사를 데려오기 위해 읍내로 말을 타고 떠났다. 두냐는 식초에 적신 수건을 그의 머리에 대주고, 바느질감을 가져와 침대 머리맡에 앉았다. 병자는 역참지기가 있을 때는 신음소리를 내며 거의 한 마디도 하지 않았지만 커피를 두 잔이나 연거푸 마시고 한숨을 내쉬며 식사를 주문하기도 했다. 두냐는 그의 곁을 떠나지 않았다. 그는 여러 차례 마실 걸 달라고 했고, 두냐는 자신이 손수 만든 레몬수를 가져다주었다. 병자는 입술을 축이고 잔을 돌려줄 때마다 매번 힘없는 손으로 두냐의 손을 어루만지며 고마움을 표시했다.

점심 무렵에 독일인 의사가 도착했다. 그는 병자의 맥박을 짚어본 뒤 그와 독일어로 몇 마디 나누더니, 역참지기에게는 러시아어로 그가 지금 안정을 취해야 하며 이틀 후면 길을 떠날 수 있을 거라고 말했다. 경기병은 그에게 왕진료로 25루블을 지불하고 점심식사를 같이 하자고 제안했다. 의사는 흔쾌히 동의했다. 두 사람 모두 왕성한 식욕을 보이며 식사를 하고는 포도주 한 병을 다 비우더니 서로 아주 만족해하면서 헤어졌다.

하루가 지나자 경기병은 거의 다 나았다. 그는 지나치게 명랑해졌고 쉴 새 없이 두냐와 역참지기에게 농담을 걸었다. 휘파람으로 노래를 부르기도 하고 여행객들과 수다를 떨거나 그들의 통행증을 역참 장부에 기재해 주기도 했다. 착한 역참지기는 그런 그가 마음에 쏙 들어 3일 째 되는 날 아침에는 이 다정한 숙박인

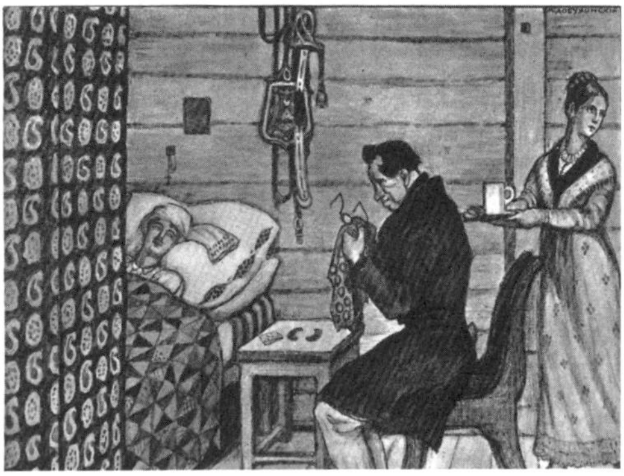

민스키를 간호하는 두냐
두냐는 민스키의 곁을 떠나지 않았다.

과 헤어지는 게 아쉬울 정도였다.

그 날은 일요일이었다. 두냐는 아침 예배에 갈 준비를 서두르고 있었다. 경기병의 썰매마차가 준비되어 있었다. 그는 역참지기에게 숙박료와 식대를 두둑하게 지불하고는 작별인사를 했다. 그리고 두냐와도 인사를 나누며 그녀를 마을 끝에 있는 교회까지 데려다 주겠다고 했다. 두냐는 망설이고 서 있었다…….

"뭘 그리 무서워하느냐?"

아버지가 그녀에게 말했다.

"이 고상한 나리께서 늑대도 아닌데 너를 잡아먹기라도 하겠느냐? 교회까지 타고 가거라."

두냐는 썰매에 올라타서 경기병 곁에 앉았다. 하인이 마부석으로 막 뛰어오르는 걸 본 마부가 휘파람을 불어대자 말들이 달리기 시작했다.

불쌍한 역참지기는 자신이 두냐를 왜 경기병과 함께 가도록 내 버려뒀는지, 그 한 순간 왜 그리도 눈이 멀었는지, 그 때 대체 제 정신이기나 했는지 도무지 이해할 수가 없었다. 30분도 지나지 않아 심장은 쿡쿡 쑤셔오기 시작했고 불안이 온통 그를 사로잡아 참을 수 없을 정도가 되자 그는 직접 교회당으로 갔다. 교회에 가까이 갔을 때 사람들이 예배를 마치고 나와 흩어지고 있었다. 그러나 두냐는 교회 마당에도 입구에도 없었다. 그는 황급히 교회 안으로 뛰어 들어갔다. 사제가 제대 뒤에서 나오고 있었고 교회지기가 촛불을 끄고 있었다. 두 명의 노파만이 구석에서 아직 기도를 하고 있었다. 그러나 두냐는 교회 안에도 없었다. 교회지기는 두냐가 예배에 오지 않았다고 말했다. 역참지기는 망연자실해져 집으로 향했다. 한 가지 희망은 아직 남아있었다. 두냐는 자신의 행동이 어린 나이에 저지른 실수라는 것을 깨닫고 그녀의 대모가 살고 있는 다음 역에서 내렸을지도 모르는 일이었다. 고통스러운 흥분 속에서 그는 딸을 태워 보낸 트로이카가 돌아오길 기다렸다. 하지만 마부는 좀처럼 돌아오지 않았다. 마침내 저녁 무렵이 되어서야 그는 잔뜩 취한 채 혼자서 돌아와 청천벽력 같은 소식을 전했다.

"두냐는 다음 역에서 경기병과 함께 멀리 떠났소."

노인은 자신의 불행을 감당하지 못한 채 지난밤에 젊은 사기꾼이 누웠던 그 침대에 몸져눕고 말았다. 그제서야 역참지기는 모든 상황을 돌이켜 보고는, 그의 병이 꾀병이었다는 사실을 알아차렸다. 불쌍한 노인이 고열에 시달리고 앓아눕자 이웃 사람들이 그를 S***시로 실어갔다. 당분간 그의 자리에는 다른 사람이 배치되었다. 경기병에게 왔던 바로 그 독일인 의사가 그를 치료했다. 의사는 젊은이는 아주 건강했으며, 자기는 그자의 못된 계획을 이미 눈치 채긴 했지만 그의 가죽 채찍이 두려워 잠자코 있었노라고 말했다. 이 의사가 진실을 얘기하고자 한 건지, 아니면 자신이 선견지명이 있는 사람인 걸 자랑하려 한 건지는 몰라도, 불쌍한 병자는 그의 말에 조금도 위로를 받지 못했다.

기운을 좀 차리게 되자 역참지기는 S***현의 우체국장에게 두 달 정도 휴가를 내 줄 것을 요청했다. 그리고 아무에게도 자신의 계획을 얘기하지 않은 채, 걸어서 딸을 찾으러 떠났다. 그는 역마권을 보고 기병 대위 민스키가 스몰렌스크에서 페테르부르크로 가는 길이었다는 것을 알아냈다. 그를 태우고 간 마부는 두냐가 자기가 원해서 가는 것처럼 보이긴 했지만 가는 내내 울었다고 말했다. 역참지기는 이렇게 생각했다.

'꼭 길 잃은 내 어린 양을 집으로 데리고 와야지.'

이런 생각을 하며 역참지기는 페테르부르크

페테르부르크에 도착한 브이린
아침 일찍 역참지기는 민스키가 머무는
숙소 현관에 도착했다.

에 도착했다. 그는 이즈마일로프스키 연대 안에 사는 옛 동료인 퇴직 하사관의 집에서 머무르면서 딸을 찾아 나섰다. 얼마 안 되어 그는 기병 대위 민스키가 페테르부르크의 데무토프 여관에 산다는 사실을 알아냈다. 역참지기는 그를 찾아가기로 결심했다.

아침 일찍 그는 민스키가 머무는 숙소 현관에 도착했다. 수위에게 늙은 군인이 나리를 뵙고자 한다는 말을 전해달라고 부탁했다. 군인 하인은 수선대 위에 놓인 장화를 손질하면서 나리는 주무시고 계시고 11시 이전에는 아무도 만나지 않는다고 설명했다. 역참지기는 돌아갔다가 다시 약속한 시간에 돌아왔다. 민스키는 실내복을 입고 붉은색 둥근 모자를 쓰고 역참지기 앞에 나타났다.

"이보게, 용건이 뭔가?"

그는 역참지기에게 물었다. 노인의 심장은 끓어올랐고 눈에는 눈물이 핑 돌았다.

"나리……! 제발 자비를 베풀어 주십쇼……!"

목소리가 떨려서 그는 이 말 밖에는 할 수가 없었다. 그를 힐끗 쳐다본 민스키는 그가 누구인지 알아보고는 얼굴이 시뻘게졌다. 젊은이는 노인의 손을 움켜잡더니 서재로 데려가 문을 잠갔다. 노인은 계속해서 말했다.

"나리! 엎질러진 물은 도로 주워 담을 수 없다는 걸 저도 잘 압니다. 하지만 제발 저 불쌍한 두냐만은 돌려주십쇼. 나리께선 그 아이를 충분히 가지고 노셨으니, 이제 더 이상 그 아이를 쓸데없이 죽이지 마십쇼."

"이미 벌어진 일을 되돌릴 순 없는 법일세."

민스키가 극도로 혼란스러워하며 말했다.

"자네한테는 잘못했으니 내가 용서를 청하네. 하지만 두냐를 버릴 거라고는 생각하지 말게. 맹세코 그애를 행복하게 해 주겠네. 자네한테 두냐가 대체 왜 필요한 겐가? 그애는 나를 사랑하고 있고, 이미 예전 일은 다 잊어 버렸네. 자네도 두냐도 이미 일어난 일은 어쩌지 못할 걸세."

그리고는 그는 뭔가를 역참지기의 소매에다 쑤셔놓고는 방문을 열어젖혔다. 순식간에 벌어진 일이라 역참지기는 자신이 어떻게 거리로 나왔는지 조차 기억이 나지 않았다.

그는 한참을 꼼짝도 하지 않고 서 있다가 마침내 소매가 접힌 부분에 종이 뭉치가 있는 걸 발견했다. 그것을 빼내 펼쳐보니 구겨진 5루블짜리 지폐와 10루블짜리 지폐 몇 장이 들어있었다. 그의 눈에는 또다시 눈물이, 분노의 눈물이 핑 돌았다! 그는 지폐를 콱 움켜쥐었다가 바닥에 내팽개치고 구두 뒷굽으로 짓뭉개 버리고는 걸음을 옮겼다……. 그리고 몇 발자국 걸어가다가 갑자기 움찔 멈춰 섰다. 그는 잠시 생각을 하는가 싶더니…… 좀 전의 그 자리로 다시 되돌아갔다……. 하지만 그곳에 있었던 지폐는 이미 사라지고 없었다. 잘 차려 입은 한 젊은이가 그를 보자마자 마차를 향해 달려가서 급히 올라타더니,

"갑시다……!"

하고 마부에게 소리쳤다. 역참지기는 그를 뒤쫓아 가지 않았다. 그는 역참의 자기 집으로 돌아가려고 결심했으나 먼저 한번이라도 불쌍한 두냐를 만나보고 싶었다. 그래서 이틀 후에 민스키의 숙소로 다시 찾아갔다. 그러나 군인 하인은 나리께선 아무도 만나길 원치 않는다고 쌀쌀맞게 말하고는 가슴팍으로 떠밀다시피 그를 현관 밖으로 밀어내더니 코앞에서 문을 쾅하고 닫아 버렸다. 역참지기는 한참 그곳에 서 있다가 떠났다.

바로 그날 저녁, 그는 '슬퍼하는 이들의 모후(母后)' 교회에서 기도를 드린 후 리쩨이나야 거리를 따라 걷고 있었다. 그런데 갑자기 그의 앞으로 훌륭한 사륜마차 한 대가 지나갔고 역참지기는 얼핏 민스키가 타고 있는 걸 본 것 같았다. 사륜마차가 3층 건물의 현관 입구 바로 앞에 멈춰 서자마자 경기병 민스키는 현관 계단으로 뛰어올라갔다. 그 장면을 목격한 역참지기의 머릿속에 문득 좋은 묘안이 하나 떠올랐다. 그는 발길을 돌려 마부에게 다가가 물었다.

"여보시오, 이게 누구 말이오? 혹시 민스키 나리 말이 아닌가요?"

"맞소."

마부가 대답했다.

"그런데 그게 당신과 무슨 상관이오?"

"그게 말이오, 당신 나리께서 나한테 두냐라는 여자에게 쪽지를 전해 주라고 부탁했는데, 내가 글쎄 두냐가 어디 사는지를 깜빡 잊었지 뭐요."

"바로 여기 2층 집이오. 그런데 쪽지를 너무 늦게 가지고 왔구려. 지금 그 분이 바로 그 여자 집에 와 있으니 말이오."

"상관없소."

역참지기는 가슴에 형언할 수 없는 흥분을 느끼며 대답했다.

"알려줘서 고맙소. 난 그저 내 할 일을 할 뿐이오."

이 말을 하고는 그는 계단을 올라갔다.

문은 잠겨 있었다. 그는 초인종을 누르고 난 후 너무도 고통스러운 몇 초를 기다렸다. 열쇠가 쨍그랑거리더니 문이 열렸다.

"이곳에 아브도티야 삼소노브나가 살고 계시오?"

그가 물었다.

"여기 사십니다만, 그분께 무슨 볼 일이 있으신지요?"

젊은 하녀가 물었다. 역참지기는 대답을 하지 않고 홀 안으로 불쑥 들어갔다.

"들어가시면 안돼요, 안 된단 말이에요!"

그를 따라오며 하녀가 소리를 질렀다.

"아브도티야 삼소노브나 아씨에게 손님이 와 계세요."

그러나 역참지기는 말을 듣지 않고 앞으로 걸어갔다. 맨 처음 두 방은 불이 꺼져 있었고, 세 번째 방에는 불이 환히 밝혀져 있었다. 그는 열린 방문으로 다가가서 멈춰 섰다. 호화롭게 장식된 방 안에는 민스키가 생각에 잠긴 채 앉아 있었다. 두냐는 유행하는 온갖 사치품을 휘감고 마치 영국

말안장 위의 여기수처럼 우아한 모습으로 그가 앉은 의자 손잡이에 앉아 있었다. 그녀는 눈부시게 빛나는 반지를 낀 손가락으로 민스키의 검은 곱슬머리를 말아 올리며 부드러운 눈길로 그를 바라보고 있었다. 불쌍한 역참지기! 그는 그렇게 아름다운 딸의 모습을 난생 처음 보았다. 그는 자신도 모르게 두냐의 아름다운 모습을 넋을 잃고 쳐다보았다.

"거기 누구세요?"

고개를 들지 않고 그녀가 물었다. 역참지기는 묵묵히 서 있었다. 대답이 없자, 두냐는 고개를 들었다……. 그리고 비명을 지르며 카펫 위로 쓰러졌다. 놀란 민스키는 그녀를 일으키려고 몸을 날렸다. 그러나 갑자기 문 앞에 서 있는 늙은 역참지기를 발견하고는 두냐를 내버려두고 분노에 치를 떨며 그에게 다가갔다.

"대체 필요한 게 뭐야?"

이를 악물고 그는 역참지기에게 말했다.

"뭣 때문에 도둑놈처럼 어디든 내 뒤를 살살 쫓아다니는 거야? 나를 죽이고 싶은 거야? 당장 저리로 꺼져!"

그는 억센 손으로 노인의 멱살을 잡아끌어 그를 계단으로 떠밀어 버렸다.

힘든 몸을 이끌고 역참지기는 숙소로 돌아왔다. 그의 친구는 그에게 고소하라고 권고했다. 그러나 그는 잠시 생각해보더니 손을 저으며 그냥 물러나기로 결심했다. 이틀 후에 그는 페테르부르크를 떠나 역참으로 돌아와 다시 임무를 맡아 일했다.

"벌써 삼 년째입니다요."

이야기를 마무리하며 그가 말했다.

"두냐 없이 이렇게 혼자 사는 게 말입죠. 그애에 대해서는 그 후론 아무 소식도 못 들었어요. 살았는지 죽었는지 하나님이나 알까? 뭔 일이든 일어나는 법이지요. 지나가는 한량이 유혹해서 건드렸다가 버린 여자가 두냐가 처음도 아니고 마지막도 아닐 테니까. 페테르부르크에는 그런 얼

빠진 젊은 년들이 수도 없이 많을 걸요. 오늘은 비단이나 벨벳 옷을 입고 있지만, 내일은, 함 두고 보슈, 내일은 술 취한 거지들과 함께 거리를 떠돌고 있을 거요. 가끔 두냐도 어쩌면 그런 데 빠졌을 지도 모른다는 생각을 하면, 죄 짓는 줄은 알지만, 그애가 그냥 죽어버렸으면 하는 생각까지 든답니다……."

이것이 나의 벗 늙은 역참지기가 들려준 이야기이다. 그는 얘기 도중에 몇 번이나 눈물을 흘렸고, 이 때문에 이야기가 중단되기도 했다. 그가 소매로 눈물을 닦아내는 모습은 드미트리예프의 훌륭한 발라드에 등장하는 열성적인 테렌티치[49]를 떠올리게까지 했다. 눈물은 어느 정도는 펀치 술을 마신데도 원인이 있었는데, 그는 얘기를 하면서 다섯 잔을 다 들이켰던 것이다. 그러나 어쨌든 그의 이야기는 내 마음을 깊이 감동시켰다. 그와 헤어진 후에도 나는 오랫동안 늙은 역참지기를 잊을 수 없었고, 불쌍한 두냐에 대한 생각도 오랫동안 내 마음을 떠나지 않았다…….

얼마 전에 한 번 더 ***마을을 지나면서 나는 옛 친구를 기억해 냈다. 나는 그가 근무하던 역참이 폐쇄되었다는 사실을 알게 되었다. '늙은 역참지기는 아직 살아 있소?'라고 묻는 내 질문에 어느 누구도 속 시원히 대답해 주지 않았다. 나는 그 지방을 직접 찾아가보기로 결심하고는 말을 빌려 타고 N마을로 향했다.

가을 무렵이었다. 회색 구름이 하늘을 뒤덮은 흐린 날이었다. 차가운 바람이 가을걷이가 끝난 들판에서 불어오자 나무 가시에서 붉고 누런 잎들이 우수수 떨어졌다. 해 질 무렵이 다 되어서야 나는 마을에 도착해 역참 관사 앞에 멈추었다. 현관(언젠가 가련한 두냐가 나에게 키스했던)에는 한 뚱뚱한 아낙이 나와 있었고, 내가 묻는 말에 늙은 역참지기는 일 년 전에 죽고 그의 집에는 지금 맥주 양조인이 들어와 살고 있으며

---

49) 드미트리예프의 발라드 「만담」에 나오는 등장인물.

자신은 그의 아내라고 대답했다. 나는 이곳으로 오느라 낭비한 7루블이 아깝다는 생각이 들었다.

"그는 어떻게 해서 죽었소?"

나는 맥주 양조인 아내에게 물었다.

"술로 세월을 보냈습죠, 나리."

아낙이 대답했다.

"그럼, 어디에 묻혀 있소?"

"마을 끝에 있는 묘지에 그의 죽은 아내 옆에 묻혀 있습죠."

"나를 그 묘지까지 안내해 줄 수 있겠소?"

"당연하지요, 나리. 반카! 이 녀석아, 고양이하고 장난 그만 치거라. 이 나리를 묘지까지 모셔다 드리고 역참지기 할아버지 무덤이 어딘지 알려 드리거라."

이 말이 끝나자 붉은 머리의 애꾸눈 소년 하나가 내 쪽으로 뛰어왔고 즉시 나를 동네 끝에 있는 묘지로 안내했다.

"너는 돌아가신 할아버지를 잘 아느냐?"

길을 가면서 나는 소년에게 물었다.

"알다마다요! 할아버지가 저한테 피리 만드는 법을 가르쳐 준걸요. 가끔 술집에서 나오면(하나님이 그 분을 축복하시길!) 우리들은 할아버지 뒤를 졸졸 따라 다니며, '할아버지, 할아버지! 호두 주세요!'하고 졸라대곤 했어요. 그러면 우리들에게 호두를 나눠주셨어요. 자주 우리들 하고 놀아주기도 하셨고요."

"할아버지를 기억하는 여행객들도 더러 있느냐?"

"요즘은 여행객들이 거의 없어요. 있다 하더라도 뭣 때문에 죽은 사람한테 관심이 있겠어요? 참, 그러고 보니 지난여름에 한 부인이 찾아오긴 했어요. 역참지기 할아버지에 대해 묻고 나서 묘지를 다녀갔어요."

"어떤 부인이었느냐?"

나는 호기심이 생겨 물었다.

"아주 예쁜 마님이셨어요."

소년이 대답을 했다.

"말 여섯 마리가 끄는 마차를 타고 왔어요. 작은 사내 아이 셋과 유모하고 검은 발바리 한 마리까지 데리고 왔던 걸요. 늙은 역참지기가 죽었다고 말하니까 그 부인이 울기 시작했어요. 그리고 애들한테 '여기 가만히 앉아 있거라. 엄마는 묘지에 다녀 올 테니'라고 말했어요. 제가 그분을 그곳까지 모셔다 드리겠다고 했더니, 부인께선 '내가 길을 안단다' 하고 말씀하셨어요. 그리고 저한테 은화 5코페이카를 주셨어요. 참 좋은 마님이셨어요……!"

우리는 묘지에 도착했다. 그곳은 울타리도 없고 한 그루 나무 그늘도 드리우지 않은데다 나무 십자가만 군데군데 꽂혀 있는 메마른 땅이었다. 나는 태어나서 그렇게 쓸쓸한 묘지는 처음 보았다.

"여기가 역참지기 할아버지의 무덤이에요."

청동 성상이 새겨진 검은 십자가가 꽂힌 모래더미 위로 뛰어오르며 소년이 말했다.

"그 마님도 이곳을 다녀갔느냐?"

내가 물었다.

"네, 다녀가셨어요."

반카가 대답했다.

"저는 멀리 떨어져서 마님을 보았어요. 마님은 할아버지 무덤 위에 엎드리더니 오랫동안 그대로 누워있었어요. 그리고는 마을로 가서 신부님을 찾아 그 분에게 돈을 주고 떠나셨지요. 저한테도 은화 5코페이카를 주셨고요. 좋은 마님이셨어요!"

그래서 나도 소년에게 은화 5코페이카를 주었다. 이곳을 방문한 일에 대해서도, 그리고 이 일로 인해 내가 낭비한 7루블에 대해서도 더 이상 아깝다는 생각은 들지 않았다.

아버지의 무덤을 찾아온 두냐
"마님은 할아버지 무덤 위에 엎드리더니
오랫동안 그대로 누워 있었어요."

말괄량이 귀족아가씨

두센카, 너는 어떤 옷을 입어도 아름답구나.
- 보그다노비치[50)]

멀리 떨어진 우리나라 현 소재지 중 한 곳에 이반 페트로비치 베레스토프의 영지가 있었다. 그는 젊은 시절에 근위대에서 복무하고 1797년 초엽에 퇴직한 후 자신의 영지가 있는 시골로 내려와서는 그 이후로 그곳을 떠나지 않았다. 그는 가난한 귀족 처녀와 결혼했었다. 그런데 아내는 그가 마을에서 꽤 멀리 떨어진 사냥터에 나가 있을 때 아기를 해산하다가 죽었다. 그 일이 있은 후 그는 영지 경영에 몰두하면서 차츰 슬픔을 잊어갔다. 그는 직접 설계한 대로 집을 짓고 영지에 방직 공장을 세워 수입을 세 배로 늘려갔다. 그는 나름대로 자신이 이 지방에서는 꽤 영리한 사람 축에 든다고 자부하고 있었고, 이에 대해서는 그의 가족과 종종 개를 데리고 와서 묵어가는 이웃들도 어느 정도 인정하는 바였다. 평일에는 주로 벨벳 재킷을 입고 다니고 명절 때는 가내 방직 공장에서 짠 나사로 지은 프록코트를 입었다. 그리고 지출 장부를 직접 꼼꼼히 작성하고 「원로원 소식지」 외에는 아무 것도 읽지 않았다.

이웃들은 베레스토프를 자존심이 강한 사람이라고 여기긴 했지만 대체로 그를 좋아하는 편이었다. 그와 사이가 별로 안 좋은 이웃은 딱 한 사람, 바로 가장 가까이 사는 이웃인 그리고리 이바노비치 무롬스키였다.

---

50) 보그다노비치(1743-1803)의 시「두센카」에서 인용한 구절.

그도 진짜 러시아 지주였다. 모스크바에서 자기 영지의 태반을 탕진해 버리고 그런 와중에 아내까지 잃고 홀아비가 되고서야 그는 마지막 남은 재산인 시골 영지로 내려왔다. 그런데 이번에는 좀 색다른 방식으로 재산을 낭비하기 시작했다. 그는 영국 정원을 가꾸는데 남은 수입의 전부를 써버렸던 것이다. 그의 마부들은 영국 경마 기수들처럼 잘 차려 입었고, 딸에게는 영국인 가정교사도 있었다. 농사지을 때도 그는 영국식으로 밭을 갈았다.

그러나 딴 나라 방식으로는 러시아 벼가 자라지 않은 법인지라,[51]

지출을 현저히 줄였음에도 불구하고, 그리고리 이바노비치의 수입은 더 이상 불어나지 않았다. 그래서 그는 이런 시골 촌구석에서도 빚을 져서 돈을 마련하는 방법을 고안해 냈다. 이런 여러 가지 상황에도 불구하고 그는 그리 어리석은 사람으로 치부되진 않았는데, 그 이유는 현 소재지에 사는 지주들 중에서 그가 처음으로 영지를 후견회[52]에 저당 잡히는 방법을 생각해 냈기 때문이다. 당시 그것은 아주 복잡하고 과감한 자금 투자 방법으로 여겨졌다.

그를 비난하는 사람들 중에 가장 강경한 입장을 취한 유일한 인물은 바로 베레스토프였다. 그는 좀 유별날 정도로 새로운 풍조를 혐오하는 버릇이 있었다. 그래서 자기 이웃인 영국광에 대해 무심히 넘어갈 수 없었고 자주 그를 비난하는 발언을 했다. 손님에게 자신의 영지를 구경시켜주다가 손님이 그의 사업 경영에 대해 칭찬의 말을 하면 그 대답으로,

"예, 그렇지요! 전 이웃에 사는 그리고리 이바노비치와는 아주 다릅니다."

---

51) 러시아 시인 샤호프스코이의 풍자시에서 인용한 구절.

52) 과부나 고아 등을 보호하기 위해 설립된 정부 기관 중에 하나.

하고 말하며 그는 교활한 웃음을 지었다.

"우리가 영국식으로 파산할 필요가 어디 있겠어요? 우리는 그저 러시아식으로 배부르기만 하면 되지요."

이런 식의 농담들은 이웃들의 노력에 의해 더 부풀려지고 살이 덧붙여진 채로 그리고리 이바노비치의 귀에까지 들어갔다. 영국광은 우리나라 잡지기자들 못지않게 비판 듣는 걸 못 견디게 싫어해서 그의 혹평가를 미련 곰탱이니 촌놈이니 하고 부르며 격분했다.

두 지주 세력가들 사이에 이렇게 냉랭한 기운이 감돌고 있을 무렵에, 베레스토프의 아들 알렉세이가 시골 고향집으로 내려왔다. 아들은 *** 대학에서 수학하고 군에 입대하려는 뜻을 내비쳤지만 그의 아버지는 이에 동의하지 않았다. 청년은 자신이 문관 업무에 전혀 소질이 없다고 생각했다. 이 문제에 관한 한 아버지와 아들은 서로 한 발자국도 물러서지 않았고, 그래서 젊은 알렉세이는 만약의 경우를 대비하여 콧수염을 기르면서[53] 당분간 지주로 살기로 했다.

알렉세이는 정말 훌륭한 청년이었다. 사실 그의 균형 잡힌 멋진 몸매에 군복을 한 번도 걸쳐보지 못한다거나, 말을 타고 잔뜩 폼을 잡는 대신에 사무 문서에 코를 처박고 젊은 시절을 흘려보낸다면 참으로 애석한 일이 될 것이다. 사냥터에서도 몸을 사리지 않고 제일 먼저 달려 나가는 그를 보고 이웃들은 이 청년이 분별력 있는 관청 계장이 될 위인은 아니라고 한 목소리로 말했다. 지주댁 아가씨들은 그를 곁눈질해 보거나 아예 넋을 잃고 쳐다보기도 했다. 그러나 알렉세이는 아가씨들에겐 별 관심을 보이지 않았다. 아가씨들은 그가 시큰둥한 건 분명 좋아하는 여자가 있기 때문이라고 추측했다. 실제로 그의 편지에서 베껴 쓴 주소 필사본이 나돌았는데, 거기에는 '모스크바 알렉세예프 수도원 맞은편, 동장 사벨레프 댁에 사는 아쿨리나 페트로브나 쿠로치키나 부인 귀하. 부디 이

53) 그 당시 러시아 군대에서는 장교들이 콧수염을 기르는 게 유행이었다.

편지를 A.N.R.에게 꼭 전해주시길 정중하게 부탁드립니다' 라는 글귀가 적혀 있었다.

독자 여러분들 중 한 번도 시골에서 살아 본 적이 없는 이라면 지방 귀족 아가씨들이 얼마나 매력적인지 상상도 못할 것이다! 깨끗한 공기를 마음껏 들이마시며 정원의 사과나무 그늘 아래서 자라는 이 아가씨들은 세상과 인생의 지혜를 독서를 통해 얻는다. 고독과 자유와 독서는 번잡한 도시의 미녀들은 좀처럼 가지기 힘든 예민한 감성과 열정을 일찍이 그녀들의 내면 깊숙한 곳에서 자라나게 한다. 멀리서 들려오는 말방울 소리는 시골 아가씨들에게 벌써 모험을 예고하는 소리고, 가까운 도회지로의 여행은 일생일대의 큰 사건이며 손님의 방문은 오랫동안, 때로는 영원히 잊히지 않는 추억거리가 된다. 물론 그네들의 몇 가지 이상한 버릇을 두고 비웃는 사람이 있을 수도 있다. 하지만 피상적인 관찰자의 농담이 그네들의 본연의 진가를 보여주는 장점들을 지워 버릴 순 없을 것이다. 그 중 가장 중요한 장점은 '독창적인 성격', 즉 '개성'이라고 부를 수 있는 것인데, 장 파울[54]의 말에 따르면 이것이 없으면 인간의 위대성은 존재할 수 없다고 한다. 아마도 대도시에 사는 여성들은 더 나은 교육을 받을 것이다. 그러나 사교계 생활에 익숙해지게 되면 성격도 금방 밋밋해지고, 그들의 영혼도 유행하는 모자처럼 천편일률적으로 똑같아져 버린다. 이를 두고 가타부타 싫고 좋음을 가리거나 비난을 하려는 건 아니다. 하지만 한 늙은 현자의 말처럼 '우리말에 귀 기울일 가치는 있는'[55] 것이다.

그렇다면 이제 알렉세이가 시골 아가씨들 사이에서 어떤 인상을 불러일으켰을지 쉽게 상상이 갈 것이다. 그녀들은 그처럼 우수에 젖어 환멸에 겨워하는 고독한 인간은 처음 보았으며, 그가 말한 이른 나이에 상실

---

54) 장 파울 리히터(1763-1825)는 독일 소설가.

55) 라틴어 원문으로 'Nota nostra manet'.

해 버린 기쁨과 시들어 가는 청춘에 대한 얘기도 난생 처음 듣는 이야기였다. 게다가 그는 해골 문양이 새겨진 검은 반지[56]를 끼고 다녔는데 이 모든 것이 이 지방에서는 너무도 새로운 것이었다. 시골 아가씨들은 그에게 온통 마음을 빼겨버렸다.

그러나 그 누구보다도 그에게 관심이 많았던 사람은 우리 영국광의 딸 리자(혹은 그리고리 이바노비치가 평소에 그녀를 부를 때는 베시)였다. 이웃의 모든 젊은 여자들이 알렉세이에 대해서만 얘기하고 있는데도, 아버지들이 서로 왕래를 하지 않는 사이이다 보니 리자는 그를 만나 볼 길이 없었다. 리자의 나이 올해 열일곱이었다. 깊고 검은 눈은 까무잡잡한 그녀의 예쁜 얼굴에 생기가 돌게 했다. 그녀는 외동딸이어서 귀여움을 독차지하고 자랐다. 그녀의 발랄함과 수시로 발동하는 장난기는 아버지를 기쁘게 했지만, 가정교사 미스 잭슨을 실망하게 만들었다. 마흔 살 가량의 미스 잭슨은 너무 격식에 얽매여 사는 노처녀로 항상 얼굴에는 하얗게 분칠을 하고 눈썹을 검게 물들이고 다녔다. 그녀는 리자에게 일 년에 두어 번 정도 「파멜라」[57]를 읽어 주는 대가로 2천 루블을 받았고, '이 야만적인 러시아에서' 사는 걸 몹시 지겨워했다.

리자를 도와주는 하녀는 나스탸였다. 그녀는 리자보다 나이는 많았지만 아가씨만큼이나 장난기가 많았다. 리자는 그런 나스탸를 좋아했고 자기의 모든 비밀 얘기를 솔직하게 털어놓으며 나스탸와 함께 온갖 장난칠 궁리들을 짜내곤 했다. 한 마디로 말해서 나스탸는 이 프릴루치노 마을에서는 프랑스 비극에 등장하는 그 어떤 조연보다도 훨씬 중요한

---

56) 이 반지의 해골 문양은 비밀결사단체인 프리메이슨 협회의 회원들이 끼고 다닌 반지에 새긴 문양으로 알려져 있다. 19세기 초에 러시아 도시 젊은이들 사이에 이 문양을 새긴 반지를 끼는 것이 한 때 유행이었다.

57) 「파멜라」는 영국 작가 리처드슨(1689-1761)이 사랑 이야기를 주제로 쓴 서간체 소설.

인물이었던 것이다.

어느 날 나스탸가 아가씨의 옷을 입혀주며 이렇게 말했다.

"아가씨, 오늘 제가 어디 좀 다녀왔으면 하는구먼요."

"그러렴. 그런데 어딜 가?"

"투길로보에 있는 베레스토프 씨 댁이오. 그 댁 요리사 마누라가 오늘이 명명축일[58]이래요. 어제 다녀가면서 우릴 점심 식사에 초대했다고요."

"그래!"

리자가 이어서 말했다.

"주인들은 서로 원수처럼 지내는데, 하인들은 식사 초대를 하고 그러는구나."

"주인님들 일이야 저희와 무슨 상관이래요?"

나스탸는 리자의 말에 반박했다.

"게다가 저야 뭐 아가씨 몸종이지, 주인어른 몸종은 아니잖아요? 아가씨는 아직 젊은 베레스토프 씨하고 다투신 적 없으시잖아요. 노인분들이야 싸우고 싶으면 싸우시라죠. 그게 그 분들한테 즐거운 일이라면요."

"그럼, 나스탸, 알렉세이 베레스토프 씨를 잘 봐 뒀다가 돌아와서 나한테 상세하게 얘기 좀 해 줄래? 어떻게 생겼는지, 또 성격은 어떤지 말이야."

나스탸는 그렇게 하겠다고 약속하고 떠났다. 리자는 하루 종일 그녀가 돌아오길 눈이 빠지게 기다렸다. 저녁이 다 되어서야 나스탸는 돌아왔다.

"리자베타 그리고리예브나 아가씨!"

나스탸는 방 안으로 들어오며 말했다.

"젊은 베레스토프 도련님을 봤구먼요. 아주 실컷 보고 싶은 만큼 봤다고요. 하루 종일 같이 있었거든요."

"설마 그럴 리가, 어떻게? 차근차근 말해봐, 어서 말해 보란 말이야."

"네, 그럴게요. 저희는 그곳으로 갔어요. 그러니까 저와 아니시야 예고

---

58) 정교회 달력에 명시되어 있는 자신의 이름과 같은 성자의 축일을 기념하는 날.

로브나와 네닐라와 둔카와……."

"그래, 그건 나도 알거든. 그래서 어떻게 됐어?"

"죄송해요, 그럼 차례대로 다시 말씀드릴게요. 그렇게 해서 우리는 점심 식사 시간에 맞춰 도착한 거죠. 방안은 온통 사람들로 가득 찼더라고요. 콜비노와 자하리예프 마을에서 온 사람들과 집사 마누라가 딸들을 데리고 왔고, 또 흘루피노 마을에서 온 사람들이……."

"알았어! 그런데 베레스토프 씨는?"

"잠깐만 기다려 보세요. 그렇게 해서 우리는 식탁에 둘러앉았어요. 집사 마누라가 첫 번째 자리에 앉고 내가 그 여자 곁에 앉으려 하니까……아, 글쎄, 그 딸들이 불평을 해대지 않겠어요? 하지만 전 눈도 깜짝하지 않고 앉아 있었다고요……."

"아이, 나스탸, 언제까지 그런 자질구레한 얘기로 나를 질리게 만들 작정이니?"

"아이고, 성미도 참 급하시지! 그러고 나서 우리는 식당에서 나왔어요……. 한 세 시간 정도 먹었나 봐요. 음식이 얼마나 맛있던지! 블랑망제에다 파란색, 붉은색, 줄무늬 젤리가 올려진 케이크에……. 어쨌든 우리는 식당에서 나와 술래잡기를 하려고 정원으로 나왔어요. 바로 그 때 젊은 도련님이 그곳에 나타나신 거예요."

"그래, 어땠니? 정말로 그렇게 잘 생겼니?"

"정말 입이 딱 벌어지도록 잘 생기셨더라고요. 균형 잡힌 체격에 키도 훤칠하고, 볼이 발그스름한 게……."

"정말이야? 나는 얼굴이 백지장처럼 창백할 거라고 생각했는데……. 그리고 또? 성격은 어떤 것 같았어? 슬픔이 가득한 우수에 젖은 그런?"

"무슨 말씀하시는 거예요? 정말 그렇게 짓궂은 도련님은 난생 처음 봤어요. 그분은 저희와 함께 술래잡기를 할 생각까지 했다니까요."

"너희들과 술래잡기를 했다고! 말도 안 돼!"

"정말 그랬다니까요! 게다가 무슨 생각까지 하신 줄 아세요? 붙잡히는 사람한테는 키스까지 하셨다고요!"

"맙소사, 나스탸, 너 거짓말 하는 거지?"

"맙소사, 제가 왜 거짓말을 하겠어요? 전 억지로 그 분을 떼어내느라고 안간힘을 썼다고요. 도련님은 그렇게 하루 종일 저희들과 시간을 보냈어요."

"어떻게 그럴 수가 있지? 다들 그이는 사랑에 빠져서 아무도 쳐다보지 않는다고 했는데……."

"그런 건 잘 모르겠고요. 그런데 절 지나치다 싶을 정도로 쳐다보셨어요. 집사의 딸 타냐도요. 그리고 콜비노에서 온 파샤도요. 하지만 아무도 기분 상하게 하시지 않고 잘 대해 주셨어요. 정말 보통내기가 아니더라고요."

"듣고 보니 정말 놀랍구나! 그 집 하인들은 그이에 대해서 뭐라고 하든?"

"도련님은 정말 좋은 분이시래요. 참 착하고 명랑한 분이라고요. 한 가지 흠이 있다면, 아가씨들 꽁무니를 따라 다니는 걸 너무 좋아하는 거래요. 하지만 제 생각엔 그건 그리 큰 문제는 아닌 것 같아요. 시간이 지나면 정신을 차리시겠죠."

"아, 나도 그이를 만나볼 수만 있다면!"

한숨을 내쉬며 리자가 말했다.

"그게 뭐가 어려운 거라고 그러세요? 투길로보 마을은 우리 집에서 겨우 3베르스타 정도 밖에 안 되는 엎어지면 코 닿을 데잖아요. 그곳으로 산책을 가시거나 말을 타고 다녀오시면 되죠. 그럼 틀림없이 그분을 뵙게 될 거예요. 도련님은 매일 아침 일찍 총을 들고 사냥을 나가신대요."

"아니야, 그건 좋지 않아. 내가 자기 뒤를 쫓아다닌다고 생각할 거야. 게다가 아버지들끼리 저렇게 다투고 계시니, 나는 그이를 만나 통성명도 못할 테고……. 아, 나스탸! 이렇게 하는 게 어떨까? 내가 농부 처녀로 변장을 하는 거야!"

"그거 좋겠네요. 펑퍼짐한 루바쉬카와 사라판을[59] 입으시고 투길로보 마을 쪽으로 용감하게 걸어가 보세요. 맹세코, 베레스토프 씨는 아가씨를 보면 그냥 지나치진 않을 거예요."

"게다가 난 이곳 사투리도 제법 잘 하잖아. 아, 나스탸, 사랑스런 나스탸! 얼마나 기발한 생각이니?"

리자는 이 깜찍한 발상을 당장 내일이라도 실행에 옮길 거라고 결심하고는 잠자리에 들었다.

이튿날 그녀는 자기 계획을 당장 실행했다. 하인을 시장에 보내 두꺼운 아마포와 파란색 중국 무명과 구리 단추를 사오게 한 뒤, 나스탸의 도움으로 루바쉬카와 사라판을 마름질하고 하녀들을 시켜 바느질을 하게 했다. 저녁 무렵이 되자 옷이 모두 장만되었다. 리자는 새로 지은 옷을 입은 자기 모습을 거울에 비춰 보면서 이제껏 자신이 이렇게 사랑스럽고 귀여워 보인 적은 한 번도 없었다고 생각했다. 그녀는 자기 역할을 되풀이해서 연습해 보았다. 걸으면서 허리를 아주 낮게 숙여 인사하거나 점토로 만든 고양이 인형처럼 머리를 여러 번 흔들어 보이기도 했다. 농부의 사투리로 거침없이 말을 하고 소매로 입을 살포시 가리며 웃었을 때는 나스탸도 감탄해서 크게 칭찬했을 정도였다. 다만 그녀가 하기에는 곤란한 일이 하나 있었다. 신발을 벗고 맨발로 마당을 걸어가 보려고 시도해 봤지만 잔디가 그녀의 여린 발을 쿡쿡 찔렀고 모래와 작은 돌멩이들이 발에 박혀 견딜 수 없이 아팠다. 나스탸는 그 문제도 해결해 주었다. 그녀는 리자의 발 치수를 재서 들판으로 달려가 양치기 트로핌을 찾아 짚신 한 켤레를 지어 달라고 부탁했다.

다음 날 새벽이 밝아오기도 전에 리자는 잠에서 깨어났다. 집안사람들은 모두 잠들어 있었다. 나스탸는 대문 밖에서 양치기를 기다렸다. 뿔피

---

59) 러시아인들의 전통 의상인 루바쉬카는 남자와 여자 모두 입는 셔츠이고, 사라판은 여자만 입는 긴 치마이다.

리 소리가 울리더니 마을 가축 떼들이 지주의 집 앞을 지나갔다. 트로핌은 나스탸에게 다가와 그녀에게 작고 알록달록한 짚신 한 켤레를 주었고 수고비로 50코페이카를 받았다. 리자는 조용히 농부의 옷으로 갈아입고 나스탸에게 미스 잭슨이 물으면 어떻게 하라고 귓속말을 하고는 뒷문으로 빠져 나갔다. 그리고 곧 텃밭을 지나 들판으로 달려갔다.

동녘에 새벽 여명이 환히 밝아오자 황금빛으로 빛나는 구름은 신하들이 대오를 지어 황제를 기다리듯 태양이 떠오르길 기다리고 있었다. 맑고 청명한 하늘, 싱그러운 아침 공기, 이슬, 바람, 새들의 노래 소리가 리자의 가슴을 젊음의 생기로 가득 채웠다. 행여 길에서 아는 사람이라도 만날까 봐 그녀는 날듯이 뛰어 갔다. 아버지 영지의 경계에 위치한 숲 가까이에 다가서자 리자는 더 신경을 곤두세우고 걸음을 옮겼다. 여기서 알렉세이를 기다려야만 했다. 웬일인지 가슴이 심하게 두근거렸다. 하지만 젊은 시절에 저지른 못된 장난에는 두려움이 따르기 마련이고, 또 두려움이야말로 장난의 가장 큰 매력이기도 한 것이다. 리자는 나무가 빽빽이 들어서 있는 어두운 숲으로 들어갔다. 멀리까지 울려 퍼지는 황량한 숲 소리가 그녀를 맞아 주었다. 어느새 쾌활했던 기분은 차분히 가라앉고 그녀는 차츰차츰 달콤한 꿈에 빠져들었다. 그리고는 생각에 잠겼다……. 그러나 과연 열일곱 살 난 소녀가 봄날 새벽 6시경에 숲 속에서 혼자서 무슨 생각을 하고 있었는지 정확하게 묘사할 수 있을까? 그렇게 그녀는 생각에 잠긴 채 키 큰 나무들이 양쪽으로 늘어선 숲길을 따라 걷고 있었다. 바로 그 때 잘생긴 사냥개 한 마리가 갑자기 그녀를 향해 짖어대기 시작했다. 리자는 놀라서 소리를 질렀다. 그 때 어떤 목소리가 들려왔다.

"착하지, 스보가르, 이리와……."[60]

그리고 젊은 사냥꾼은 관목 숲 쪽에서 걸어 나왔다.

"겁내지 말아요, 예쁜 아가씨."

---

60) 알렉세이는 프랑스어로 말하고 있다. 프랑스어 원어는 "tout beau, Sborgar, ici…".

그가 리자에게 말했다.

"우리 개는 물지 않으니까."

리자는 놀란 마음을 얼른 진정시키고는 바로 이 절호의 기회를 이용하기로 했다.

"아니에요, 나리, 전 무섭구먼요."

그녀는 반쯤은 몹시 놀라고, 반쯤은 수줍어하는 표정으로 말했다.

"보세요, 개가 얼마나 사나운지 또 달려들려고 하잖아요."

그러는 사이 알렉세이는(독자는 그를 알아보았을 것이다) 젊은 시골 처녀를 유심히 쳐다보았다.

"이 녀석이 그리도 무서우면 내가 너를 데려다 주마."

그가 리자에게 말했다.

"네 옆에서 걸어가도 되겠느냐?"

"누가 말리나요, 뭐."

리자가 대답했다.

"맘대로 하세요. 누구나 다닐 수 있는 길이니까요."

숲 속에서의 만남
"네 이름이 뭐냐, 귀여운 아가씨?"
"아쿨리나예요."

"넌 어디서 왔느냐?"

"프릴루치노 마을에서요. 전 대장장이 바실리의 딸이고요. 여긴 버섯 따러 왔어요." (리자는 끈으로 묶은 바구니를 들고 있었다)

"근데 나리는요? 투길로보에 사세요?"

"그렇단다."

알렉세이가 대답했다.

"젊은 도련님의 시종이지."

알렉세이는 그녀와 비슷한 신분이라고 말하고 싶었다. 그러나 리자는 그를 가만히 쳐다보더니 웃기 시작했다.

"에이, 거짓말!"

리자가 말했다.

"제가 바본 줄 아세요? 나리가 바로 젊은 도련님이란 걸 단번에 알아보겠구먼요."

"왜 그렇게 생각하는 게냐?"

"어딜 봐도 그렇다는 거죠."

"대체 뭐가 말이냐?"

"도련님과 시종도 구분 못할까 봐서요? 옷차림도 다르고 말씨도 좀 이상하고, 개를 부를 때도 여기 사람들하고는 다르고."

알렉세이는 시간이 가면 갈수록 리자가 마음에 들었다. 예쁜 시골 처녀들한테는 격식을 차리지 않는데 익숙한 그는 그녀를 껴안으려고 손으로 허리를 휘감았다. 그 순간 리자는 갑자기 그를 강하게 밀쳐내고 비켜서서는 아주 엄하고 쌀쌀맞은 표정을 지어 보였다. 이를 본 알렉세이는 크게 웃음을 터트리긴 했지만 더 이상 장난을 걸진 않았다.

"만일 도련님께서 앞으로 저와 좋은 사이로 지내고 싶으시다면, 이러시지 않는 게 좋을 겁니다."

그녀는 아주 도도하게 말했다.

"넌 누구에게서 이렇게 현명하게 처신하는 법을 배웠느냐?"

크게 웃으며 알렉세이가 말했다.

"혹시 내가 아는 나스탸한테서 배운 게냐? 그 얘가 너희 주인댁 아가씨 하녀 맞지? 이런 식으로 계몽이 전파되는 모양이구나!"

리자는 자신의 역할에서 벗어나 행동했다는 걸 깨닫고 정신이 번쩍 들었다.

"무슨 그런 말씀을?"

리자가 대답했다.

"저라고 뭐 주인 어르신 댁에 가보지 않았을라고요? 저도 눈으로 보고 들은 게 있다고요. 근데……."

그녀는 계속해서 말했다.

"도련님과 수다 떠느라고 버섯을 하나도 못 땄네요. 도련님께서는 저리로 가세요. 전 이쪽으로 가야겠어요. 그럼 잘 가세요……."

리자는 그곳을 빨리 떠나고 싶었지만 알렉세이가 그녀의 손을 잡고 놓아주지 않았다.

"네 이름이 뭐냐, 귀여운 아가씨?"

"아쿨리나예요."

리자는 알렉세이의 손아귀에서 자기 손가락을 빼내려고 애를 쓰며 대답했다.

"이 손 좀 놔요, 도련님. 집에 가야 한다고요."

"나의 친구 아쿨리나, 내 반드시 네 아버지 대장장이 바실리 집에 찾아가노록 하마."

"뭐라고요?"

리자는 깜짝 놀라 소리쳤다.

"제발, 오시지 마세요. 제가 숲 속에서 도련님과 단 둘이 있었다는 걸 집에서 알면 절 가만 내버려두지 않을 거구먼요. 제 아버지 대장장이 바실리는 절 죽도록 팰 거라고요."

"하지만 내가 널 꼭 다시 보고 싶은 걸."

"그럼, 제가 다시 이곳으로 버섯 따러 올게요."

"대체 언제 오겠다는 거냐?"

"내일이라도."

"사랑스런 아쿨리나, 너에게 키스하고 싶지만 감히 그러지 못하겠구나. 그럼 내일 이 시간에 만나는 거다, 알겠느냐?"

"네, 네."

"설마 날 속이는 건 아닐 테지?"

"아니에요."

"신에게 맹세해라."

"그럼, 성 금요일에다[61] 걸고 내일 오겠다고 맹세할게요."

두 청춘 남녀는 헤어졌다. 리자는 숲에서 빠져 나와 들판을 가로질러 가서는 정원으로 몰래 숨어 들어갔다. 그리고 나스탸가 기다리고 있는 농장으로 황급히 달려갔다. 거기서 그녀는 초조하게 기다린 나스탸가 던지는 질문에 대충대충 건성으로 대답하고는 곧바로 거실로 갔다. 식탁에는 아침 식사가 차려져 있었다. 하얗게 분칠을 하고 허리를 술잔처럼 잘록하게 조인 미스 잭슨이 얇은 샌드위치를 자르고 있었다. 아버지는 아침 일찍 산책을 다녀온 리자를 칭찬하며 말했다.

"새벽에 일어나는 것만큼 건강에 좋은 건 없단다."

그리고는 영국 잡지에서 읽은 장수하는 비결 몇 가지를 예로 들면서 백 살 이상 산 사람들은 모두 보드카를 마시지 않고 겨울이든 여름이든 아침 일찍 일어난다는 점을 강조해서 말했다. 리자는 아버지의 말을 듣고 있지 않았다. 그녀의 머릿속은 온통 오늘 아침 만남에서 벌어진 일들로 가득했다. 아쿨리나와 젊은 사냥꾼이 나눈 대화를 돌이켜 보면서 그녀는 양심의 가책을 느끼기 시작했다. 두 사람 사이에 오고 간 대화가

---

61) 성 금요일은 예수 그리스도가 십자가에 못 박혀 죽은 날로 러시아인들은 이 날을 신성하게 생각한다.

크게 예의에서 벗어난 것도 아니고, 또 이런 장난이 아무런 결과도 가져오지 않을 거라고 스스로를 두둔해 보기도 했지만, 양심의 목소리는 이성의 목소리보다 더 크게 불평을 토로하고 있었다. 내일 만나기로 한 약속이 무엇보다도 그녀를 불안하게 만들었다. 자신이 한 엄숙한 맹세를 지키지 말아야겠다고 결심도 해보았다. 그러나 오지 않는 그녀를 막연히 기다린 알렉세이는 마을로 가 대장장이 바실리의 딸, 뚱뚱하고 주근깨투성이인 진짜 아쿨리나를 찾아낼지도 모른다. 그렇게 해서 그는 이 모든 일이 리자의 경솔한 장난이었다는 걸 알아차릴 것이다. 이런 생각이 그녀를 몹시 두렵게 만들었고, 그래서 어쩔 수 없이 다음날 다시 아쿨리나가 되어 숲에 나타나기로 결정했다.

한편 알렉세이는 기쁨에 들떠서 하루 종일 새로 사귄 아가씨에 대해 생각했다. 한 밤중에도 까무잡잡한 미녀의 모습이 꿈속에 나타나 그의 상상을 쫓아 다녔다. 희미한 새벽 여명이 비쳐 들기도 전에 그는 벌써 옷을 갈아입었다. 총을 장전할 겨를도 없이 충직한 스보가르를 데리고 들판으로 나가 약속 장소를 향해 달려갔다. 초조한 기다림 속에서 그로서는 견디기 힘든 반시간이 지나갔다. 마침내 관목 숲 사이로 어슴푸레하게 푸른 사라판이 보이자 그는 귀여운 아쿨리나를 맞이하러 달려갔다. 약속 장소에 나와 준 것만으로도 너무 고마워 기뻐하는 그의 모습을 보고 리자는 미소를 지었다. 그러나 알렉세이는 그녀의 얼굴에 근심과 걱정의 빛이 역력하다는 걸 알아챘다. 그는 이유가 뭔지 알고 싶었다. 리자는 자신의 행동이 너무 경솔했던 걸 후회하고 있고, 약속을 어기고 싶지 않아 나오긴 했지만 이번 만남이 마지막이 될 것이며, 별로 좋을 것도 없는 이 교제를 이쯤에서 그만둬야 할 것 같다고 그에게 고백했다. 물론, 그녀는 이런 얘기를 전부 농사꾼의 말투로 했다. 그러나 평범한 시골 처녀의 평범하지 않는 생각과 감정은 알렉세이를 크게 감동시켰다. 그는 아쿨리나의 마음을 바꿔놓기 위해 온갖 말재주로 그녀를 설득했다. 자신의 소망은 순수하다는 걸 그녀에게 확신시키고 절대 후회하게 만드는 일은 없을 것이며, 뭐든 그녀가 원하는 대로 다 해 주겠다고 약속했다. 그리고 이틀에 한 번이나 일주일에 두 번 정도라도 좋으니 그녀와 단 둘이서 만날 수 있는 유일한 즐거움만은 빼앗지 말아 달라고 부탁했다. 그는 진실한 열정의 언어로 말했고, 그 순간 정말 사랑에 빠져 있었다. 리자는 잠자코 그의 말을 듣고 있었다.

"그럼, 약속해 주세요."

마침내 그녀가 말을 꺼냈다.

"절대로 저를 마을에서 찾으려고도 하지 말고 저에 대해 캐묻고 다니지도 않겠다고요. 그리고 제가 정한 날 외에는 만나 달라고 요구하지 않겠다고 약속해 주세요."

그는 성 금요일에다 걸고 맹세하려고 했지만, 그녀는 웃으면서 그를 말렸다.

"맹세는 안 하셔도 돼요."

리자가 말했다.

"약속 하나만으로도 충분해요."

그런 다음 두 사람은 숲 속을 함께 거닐다가 리자가 '이제 가야 할 시간이에요'라고 말 할 때까지 다정하게 얘기를 나누었다. 그들은 헤어졌고 알렉세이는 혼자 남겨졌다. 그는 어떻게 평범한 시골 소녀가 단 두 번의 만남으로 그의 마음을 완전히 사로잡을 수 있었는지 도무지 이해가 가지 않았다. 아쿨리나와의 만남은 그에게 신선한 매력을 안겨다 주었다. 비록 이상야릇한 시골 처녀의 요구는 받아들이긴 힘들었지만 약속을 지키지 않을 거라는 생각은 추호도 하지 않았다. 알렉세이는 운명의 반지나 비밀 편지, 혹은 우울한 환멸감에 휩싸인 듯 보이기도 했지만, 실은 선량하고 열정으로 불타오르며 순결한 환희를 향유할 줄 아는 깨끗한 마음을 가진 청년이었던 것이다.

내가 만약 내 마음대로 할 요량이었으면, 틀림없이 이 두 연인의 얘기를 미주알고주알 상세하게 적어 나갔을 것이다. 이제 막 서로에 대한 관심이 싹트고 신뢰가 무르익기 시작한 청춘 남녀가 은밀한 밀회에서 자기들끼리 나눈 대화와 그들이 한 일들까지 낱낱이 알리려 했을 것이다. 하지만 대부분의 독자들이 이런 나의 의도를 그리 달가워하지 않으리라는 걸 잘 알고 있다. 그래서 과도한 친절을 베풀어 달콤한 장면들을 상세하게 묘사하는 것보다는 독자들의 상상에 맡겨두고 그냥 넘어가기로 한다. 그래도 짤막하게 몇 마디만 해 둔다면, 두 달도 채 지나지 않아 알렉세이는 정신없이 사랑에 빠져들었고 리자 역시 그보다는 말수가 적은 편이었지만 더 관심을 보이고 있었다. 진정한 행복에 흠뻑 취해 버린 두 연인은 앞으로의 일에 대해서는 전혀 생각하지 않고 있었다.

오래도록 함께 하고 싶다는 생각이 점점 더 자주 두 사람의 머리 속을 스쳐갔지만 그들은 이 문제에 대해서 서로 한 마디도 꺼내지 않았다. 이유는 명백했다. 알렉세이는 사랑스런 아쿨리나에게 애착을 느끼면 느낄수록 그와 가난한 농부 처녀 사이에 존재하는 거리를 항상 의식해야만 했다. 한편 리자는 아버지들 간의 원한 관계가 얼마나 골이 깊은지 알고 있었기에 그들이 화해하는 일을 감히 바랄 수도 없었다. 게다가 그녀의 자존심이 은밀하고 낭만적인 소망을 부추기고 있었는데, 투길로보의 지주 아들이 프릴루치노 대장장이 딸의 발아래 마침내 무릎을 꿇게 되는 그 순간을 제 두 눈으로 보고 싶었던 것이다. 그런데 하마터면 그들의 관계를 완전히 뒤바꿔 놓을 뻔한 중요한 사건이 갑자기 일어났다.

어느 청명하고 선선한 날 (우리 러시아에서 가을 무렵이면 자주 볼 수 있는) 아침에 이반 페트로비치 베레스토프는 말을 타고 사냥을 나섰다. 만약의 경우를 대비해서 세 쌍의 보르조이 개들과 마부 한 명, 그리고 딸랑이를 든 하인 소년 몇 명을 거느리고 갔다. 바로 그 시각에 그리고리 이바노비치 무롬스키도 화창한 날씨에 마음이 이끌려 자신의 꼬리 잘린 암말에 안장을 얹어 타고 빠른 걸음으로 영국식 경작법으로 농사지은 주변 토지들을 둘러보러 나갔다. 숲에 다가서자 그는 여우 털을 댄 카프카스식 재킷을 입고 말 위에 거만하게 앉아 있는 이웃을 보게 되었다. 이웃 지주는 어린 소년들이 소리를 지르고 딸랑이를 울려대며 관목 숲에서 뒤쫓고 있는 토끼를 기다리고 있는 것 같았다. 만약 그리고리 이바노비치가 미리 이런 만남을 예측했더라면, 그는 당연히 다른 방향으로 말머리를 돌렸을 것이다. 하지만 전혀 예상하지 못한 상황에서 베레스토프가 있는 곳까지 오게 되었고, 정신을 차렸을 때는 이미 그와 결투 시합이라도 할 수 있는 거리에 서 있게 되었다. 뭘 어떻게 할 수 있는 상황이 아니었다. 무롬스키는 교양 있는 유럽인답게 그의 원수에게 다가가 정중하게 인사를 건넸다. 베레스토프도 역시 답례로 인사를 하긴 했는데, 그 모양새가 마치 쇠사슬에 묶인 곰이 사육사의 명령에 따라 '신사분들께' 마지못해 절하는 것 같아 보였다.

바로 이 때, 토끼 한 마리가 숲에서 뛰쳐나와 들판으로 달아났다. 베레스토프와 마부는 크게 고함을 치면서 사냥개들을 풀어놓고 그 뒤를 따라 전속력으로 쫓아갔다. 그 바람에 사냥터에는 한 번도 와 본 적이 없는 무롬스키의 말이 놀라서 달아나기 시작했다. 평소에 최고의 승마 기수를 자부하던 무롬스키는 말이 달려가는 대로 몸을 맡기고 속으로는 불쾌한 이웃에게서 빨리 벗어날 수 있는 기회라고 생각하며 좋아했다. 그러나 말은 예전에 한번도 와 보지 못한 골짜기에 다다르자 갑자기 옆길로 방향을 틀어버렸고, 이 여파로 무롬스키는 낙마하고 말았다. 아주 심한 충격을 받고 떨어진 그는 자신의 꼬리 잘린 암말을 저주하면서 차가운 땅 바닥에 누워 있었다. 말은 기수가 없다는 걸 알고 그제서야 겨우 제 정신을 차렸는지 그 자리에 멈춰 섰다. 멀리서 이 광경을 지켜 본 이반 페트로비치는 무롬스키가 있는 곳으로 부리나케 달려왔다. 그리고 그에게 다친 데는 없는지 물었다. 그 사이 마부는 죄 지은 말의 고삐를 잡아끌고 와 무롬스키가 말안장에 올라타도록 도와주었다. 베레스토프는 부상자를 자기 집으로 초대했고, 신세를 지게 된 무롬스키는 초대를 거절할 수가 없었다. 그렇게 해서 베레스토프는 토끼 한 마리를 사냥해서 부상당한 전쟁 포로 같은 그의 적수를 대동하여 개선장군처럼 위풍당당하게 집으로 돌아왔다.

아침식사를 하면서 두 이웃은 제법 화기애애한 분위기에서 얘기를 나누었다. 무롬스키는 부상이 심해 집까지 말을 타고 가는 건 좀 무리인 것 같다고 솔직하게 고백하면서 베레스토프에게 사륜마차를 빌려줄 것을 부탁했다. 무롬스키는 현관까지 그를 배웅하러 나온 베레스토프에게서 다음날 (아들 알렉세이 이바노비치와 함께) 프릴루치노의 자기 집에 친구로서 식사하러 오겠다는 약속을 받아내고서야 떠났다. 이렇게 해서 뿌리 깊은 해묵은 반목은 꼬리 잘린 놀란 암말 덕분에 중단되는 듯 했다.

리자는 아버지 그리고리 이바노비치를 맞으러 뛰어나갔다.

"대체 무슨 일이 있었던 거예요, 아빠?"

그녀가 놀라서 물었다.

"다리는 왜 절고 계세요? 말은 어디에 있는 거죠? 이건 누구네 마차예요?"

"보면 모르겠느냐, 얘야[62]?"

그리고리 이바노비치는 이렇게 대답을 하고는 오늘 일어난 사건을 전부 말해 주었다. 리자는 자신이 들은 얘기를 도무지 믿을 수가 없었다. 그리고리 이바노비치는 리자가 정신을 차릴 겨를도 주지 않고, 내일 베레스토프 부자가 그의 집에 점심 식사하러 올 거라고 선포했다.

"그게 무슨 말씀이세요?"

얼굴이 새하얗게 질려서 그녀가 말했다.

"베레스토프 씨와 그 아드님이! 내일 우리 집에 식사하러 온다고요! 안 돼요, 아빠. 아빠가 뭐라고 해도 어쩔 수 없어요. 전 절대로 그 사람들 앞에 나타나지 않을 거라고요."

"왜 그러느냐, 너 정신이 좀 이상해진 게냐?"

---

62) 무롬스키는 딸에게 영어로 'my dear'이라고 말하고 있다.

아버지가 말했다.

"언제부터 네가 그렇게 부끄러움이 많아진 게냐? 혹시 소설에 나오는 여주인공처럼 집안 대대로 내려오는 원한이라도 품었던 게냐? 바보 같이 굴지 말아라……."

"그런 건 아니에요, 아빠. 어쨌든, 무슨 일이 있어도, 저는 베레스토프 씨네 앞에는 나타나지 않을 거예요."

그리고리 이바노비치는 딸아이와 말싸움을 해 봐야 별 소득이 없다는 걸 알기 때문에 어깨를 으슥해 보이고는 실랑이를 그만두었다. 그는 기념할 만한 일이 일어난 산책으로 인해 쌓인 피로를 풀려고 방으로 갔다.

리자베타 그리고리예브나는 자기 방에 가서 나스탸를 불렀다. 둘이서 한참 동안 머리를 맞대고 내일 있을 방문에 대해 얘기했다. 알렉세이가 교양이 넘치는 귀족 아가씨에게서 자신의 아쿨리나를 알아보면 뭐라고 생각할까? 그녀가 저지른 일을 보고 사려분별이 없는 여자라고 생각하면 어떡할까? 다른 한편 리자의 마음 한 구석에는 예상하지 않은 우연한 만남이 그에게 어떤 인상을 줄 것인지 알고 싶은 호기심도 자리하고 있었다……. 불현듯 한 가지 기발한 생각이 반짝하고 떠올랐다. 그녀는 즉시 나스탸에게 그걸 귀띔해 주었다. 두 사람은 대단한 발견이라도 한 것처럼 뛸 듯이 기뻐했고 당장 그 생각을 행동에 옮기기로 했다.

다음 날 그리고리 이바노비치는 아침 식사를 하는 자리에서 딸에게 베레스토프 부자가 와도 코빼기도 안 보일 거냐고 물었다.

"아빠, 원하신다면 그들 앞에 나타날게요. 하지만 한 가지 조건이 있어요."

리자가 말했다.

"제가 어떤 모습으로 그들 앞에 나타나든, 또 제가 무슨 짓을 하든 간에 저를 꾸중하시면 안 돼요. 그리고 놀라거나 불만스러운 표정도 지으시면 안 되고요."

"또 무슨 장난을 칠 모양이로구나."

그리고리 이바노비치가 웃으면서 말했다.

"그래, 좋아 좋아. 내 눈감아 줄 테니 네 좋을 대로 하려무나, 내 귀여운 말괄량이 아가씨."

이 말을 하고 그는 딸의 이마에 입을 맞추었고, 리자는 준비하러 뛰어갔다.

정각 두 시가 되자 여섯 필의 말이 끄는 가내 제조 마차가 마당에 들어섰고, 짙푸른 원형 잔디밭을 빙 돌아서 멈춰 섰다. 늙은 베레스토프는 제복을 입은 하인 두 명의 안내를 받아 현관 계단으로 올라갔다. 그의 아들은 말을 타고 바로 뒤따라와 아버지와 함께 응접실로 들어갔다. 그곳엔 이미 식탁이 차려져 있었다. 무롬스키는 더 할 나위 없이 친절하게 이웃들을 맞아들였다. 그리고 식사하기 전에 정원과 동물 우리를 구경시켜 주겠다고 제안하고는, 공들여 청소하고 모래를 뿌린 오솔길을 따라 그들을 안내했다. 늙은 베레스토프는 이토록 무익하고 변덕스러운 일에다 낭비한 시간과 수고가 참으로 아깝다고 속으로 생각했지만 예의상 입을 다물고 있었다. 그의 아들은 이해타산적인 아버지의 불만이나 자아도취에 빠진 영국광의 열광에는 별로 관심이 없었다. 그는 뛰어난 미인이라고 소문이 자자한 이 집 주인 딸이 나타나기만을 초조하게 기다렸다. 우리가 잘 알고 있듯 그의 마음은 이미 한 아가씨에 대한 생각으로 온통 채워져 있지만, 새로운 젊은 미녀의 등장은 언제나 그의 상상을 자극할 수 있었던 것이다.

응접실로 돌아와서 그들 셋은 자리에 앉았다. 늙은이들은 옛 시절과 군대에 복무할 때 있었던 일들을 떠올리고 있었지만, 알렉세이는 리자가 나타나면 어떤 표정을 짓고 있어야 할지에 골몰하고 있었다. 그는 어떤 상황에서든 냉정하고 무심해 보이는 것이 가장 무난할 거라는 결정을 내리곤 곧바로 표정을 가다듬었다. 곧 문이 열렸다. 그는 아주 쌀쌀맞고 오만하면서도 태연자약한 표정으로 고개를 돌렸는데, 그 표정은 웬만한 남자에게는 끄떡도 하지 않는 요부의 심장이라도 완전히 전율시켜 버릴 만한 것이었다. 그러나 애석하게도 막 들어온 사람은 리자가 아니라 노처녀 미스 잭슨이었다. 하얗게 분칠한 얼굴에 허리를 코르셋으로 있는 대로 졸라 맨 그녀는 눈을 내리깔고 무릎을 살짝 굽혀 인사를 했다. 예상치 않은 그녀의 출현으로 인해 얼굴에 잔뜩 힘을 주고 절도 있는 군인 같아 보이려 했던 알렉세이의 계획은 수포로 돌아갔다.

그가 아직 표정을 수습하지 못하고 있을 때 다시 문이 열렸고, 이번에는 정말 리자가 들어왔다. 모두들 자리에서 일어났다. 리자의 아버지는 딸에게 손님들을 소개하려다가 갑자기 말을 멈추더니 황급히 자신의 입술을 깨물었다……. 리자, 그의 까무잡잡한 리자는 귀까지 하얗게 분을 바르고 미스 잭슨보다도 더 시커멓게 눈썹을 그리고 나타났던 것이다. 그녀가 뒤집어 쓴 금발 가발은 루이 14세 때 유행한 가발처럼 한껏 부풀려져 있었고, '바보 같은'[63] 옷소매는 마담 퐁파두르[64]의 고래 뼈 테를 끼운 스커트처럼 펑퍼짐했으며, 허리는 알파벳 X자 모양으로 잡아당겨져 있었다. 아직 전당포에 저당 잡히지 않은 어머니의 보석이란 보석은 죄다 그녀의 손가락과 목과 귀에서 번쩍거렸다. 알렉세이는 이 우스꽝스럽고 눈이 부신 귀족 아가씨에게서 자신의 아쿨리나를 전혀 알아볼 수 없었다. 알렉세이의 아버지는 리자의 손에다 키스했고, 그 역시 역겹긴 했지만 아버지를 따라 했다. 그녀의 하얀 손을 건드렸을 때, 그는 가느다란 손가락들이 바르르 떨리는 걸 감지할 수 있었다. 그러는 사이 그는 리자의 발을 내려다보았는데, 일부로 훤히 드러내 놓은 그 앙증맞은 발은 온갖 장신구로 교태를 부린 신발 속에 살포시 얹혀 있었다. 이 발이 그에게 현란한 옷차림에서 받은 역겨운 인상을 어느 정도 가시게 해 주었다. 하얀 분이나 눈썹 화장에 대해서는 사실 그가 너무 순진한 탓에 첫 눈에 알아

---

63) 프랑스어 원문은 'a l'mbècile'.

64) 마당 퐁파두르는 18세기 프랑스 왕 루이 15세의 연인으로 지성과 미모를 겸비하고 패션에도 일가견이 있었던 프랑스 사교계 여인이다.

보지 못했을 뿐만 아니라 마지막까지도 일말의 의심도 품지 않았다.

무롬스키는 자기가 한 약속을 기억해 내고는 놀라는 기색을 보이지 않으려고 무던히 노력했지만 딸의 장난이 너무 재미있어 웃음을 참느라고 혼쭐이 났다. 하지만 잔뜩 예의와 격식을 차리고 앉아 있는 영국여자만이 이런 상황에서 전혀 웃을 기분이 아니었다. 눈썹연필과 분을 자기 장롱에서 훔쳐간 거라는 걸 알아차렸을 때, 그녀는 화가 얼마나 치밀어 올랐던지 하얗게 분칠한 얼굴 사이로 벌겋게 달아오른 얼굴빛이 베어져 나올 정도였다. 그녀는 얄미운 말괄량이 아가씨를 이글거리는 눈빛으로 쏘아 보았지만, 이 아가씨는 모든 해명을 뒤로 미룬 채 시치미를 딱 잡아떼고 앉아 있었다.

모두들 식탁에 둘러앉았다. 알렉세이는 무심하고 우수에 잠긴 인물의 역할을 계속해서 연기했다. 리자는 새침한 표정을 짓고 앵앵거리는 코맹맹이 소리로 노래하듯이 프랑스어로만 말을 했다. 그녀의 아버지는 영문은 알 수 없었지만 딸의 모습이 하도 재미있어 자꾸 힐끔힐끔 쳐다보았다. 단단히 화가 난 영국여자는 식사 내내 한 마디도 하지 않았다. 제일 기분이 좋은 사람은 늙은 베레스토프였다. 그는 자기 집에서처럼 2인분의 식사를 하고 양껏 마시더니 자기가 한 농담에 자기가 웃고 시간이 가면 갈수록 더 다정하게 얘기하고 호탕하게 웃어댔다.

마침내 모두들 식탁에서 일어났다. 손님들이 떠나고 나자, 그제서야 그리고리 이바노비치는 크게 웃어젖히며 질문을 쏟아 부었다.

"애야, 어떻게 그 사람들을 그렇게 놀려먹을 생각을 다 했느냐?"

그가 리자에게 물었다.

"너 그거 아느냐? 화장은 너한테 그럭저럭 잘 어울렸단다. 여자들이 어떻게 화장을 하는지는 내 알 바 아니다만은, 내가 너만한 나이라면 화장도 해보고 싶었을 게다. 물론 너무 과하지 않게 아주 살짝만 하는 정도로 말이다."

리자는 자신의 계획이 성공한 것 같아 뛸 듯이 기뻤다. 그녀는 아버지를 포옹하면서 그의 충고를 생각해 보겠다고 약속하고는 곧바로 잔뜩 골이 난 미스 잭슨의 마음을 풀어주려고 달려갔다. 미스 잭슨은 마지못해 방문을 열어주고는 리자의 변명을 들어보겠다고 했다. 리자는 낯선 사람들 앞에 이렇게 시커먼 얼굴로 나타나는 게 정말 창피스러웠다고 말했다. 하지만 감히 부탁할 용기가 나지 않았고, 착하고 사랑스러운 미스 잭슨이 자신을 용서할 거라고 믿었다…… 등등. 미스 잭슨은 리자가 자기를 웃음거리로 만들려고 한 게 아니라는 걸 확인하고는 마음을 누그러뜨렸다. 그녀는 리자에게 키스하고는 화해의 표시로 영국제 분첩 한 통을 선물했고, 리자는 진심으로 감사를 표하며 선물을 받았다.

리자가 이튿날 아침 일찍 만남의 숲으로 달려갔으리라는 걸 독자들은 미루어 짐작했을 것이다.

"도련님, 어제 저의 주인댁에 오셨다면서요?"

리자는 알렉세이를 보자마자 물었다.

"우리 아가씨 어떻던가요?"

알렉세이는 그녀에게 별로 관심을 두지 않았다고 말했다.

"유감이구먼요."

리자가 말했다.

"뭐가 그렇다는 거냐?"

알렉세이가 물었다.

"물어보고 싶은 게 있었거든요. 사람들 얘기가 사실인지……?"

"대체 뭐라고들 하는데?"

"제가 아가씨와 많이 닮았다고들 하던데 그게 사실인가요?"

"무슨 헛소리냐! 너에 비하면 그 아가씨는 아주 병신이나 다름없단다."

"아이, 도련님, 함부로 그렇게 말하지 마세요! 백옥같이 흰 피부에다 진짜 멋쟁이인 아가씨가 저 같은 것하고 어떻게 비교가 되겠어요?"

알렉세이는 피부가 하얀 귀족 아가씨들보다 그녀가 더 예쁘다고 맹세하더니, 그녀의 마음을 완전히 안심시키기 위해 귀족 아가씨를 아주 우스꽝스러운 모습으로 그렸고, 리자는 그걸 보고 실컷 웃었다.

"하지만……."

그녀는 한 숨을 내쉬며 말했다.

"아가씨는 좀 웃기는 여자일지 몰라도, 어쨌든 저는 그분에 비하면 글도 읽을 줄 모르는 바보인 걸요."

"그렇군! 그게 걱정스러웠던 게로구나!"

알렉세이가 말했다.

"네가 원하기만 하면 내가 당장 글을 가르쳐 주마."

"참말이세요?"

"물론이지, 귀염둥이 아가씨. 지금 당장 시작하자꾸나."

그들은 땅 바닥에 앉았다. 알렉세이는 주머니에서 연필과 수첩을 꺼냈다. 아쿨리나는 아주 빠른 속도로 알파벳을 익혀 나갔다. 알렉세이는 그녀의 비상한 이해력에 놀라지 않을 수 없었다. 다음 날 아침 그녀는 벌써 쓰는 법을 배우고 싶어 했다. 처음에는 연필이 말을 잘 듣지 않았지만 몇 분이 지나자 제법 알아볼 수 있을 정도로 써 내려갔다.

"정말 대단하구나!"

알렉세이가 말했다.

"우리 학습법이 랭커스터식 교수법[65]보다 진도가 더 빠른 걸."

실제로 세 번째 날 수업에서 아쿨리나는 소설책 「대귀족의 딸 나탈리야」[66]의 문장들을 식별하면서 더듬더듬 읽어나갔다. 중간 중간에 내용에

---

65) 랭커스터(1778~1838)는 영국의 교육학자로 학생들끼리 서로 가르치는 집단교육법인 조교법(助教法)의 창시자이다. 이 학습법은 가난한 가정의 아동을 교육하기 위해 만들었는데, 교사의 지도를 받은 우수한 학생이 다른 학생을 가르치는 방식으로 배움을 전파한다. 그가 창안한 이 교육법은 빈민 아동 및 대중 교육에 널리 사용되었다.

66) 러시아 소설가 카람진(1766-1826)의 중편소설.

대한 자기 생각까지 말해서 알렉세이가 감탄을 자아내기도 했다. 그녀는 책을 다 읽고는 좋은 경구들을 뽑아서 종이에 가득 적어 넣었다.

한 주가 지나자 두 사람 사이에 편지가 오고 갔다. 숲 속에 있는 오래된 참나무에 뚫린 구멍을 우체통으로 삼았다. 나스탸가 비밀리에 우체부 노릇을 했다. 알렉세이는 큼지막한 글씨로 쓴 편지를 거기로 가져갔고, 사랑하는 처녀가 삐뚤삐뚤한 글씨체로 소박한 푸른색 종이에 쓴 편지를 거기서 발견하기도 했다. 아쿨리나의 문장 실력은 점점 더 나아졌고 그녀의 지력(知力)도 눈에 띄게 향상되어 갔다.

그러는 사이 이반 페트로비치 베레스토프와 그리고리 이바노비치 무롬스키 사이에 얼마 전에 이루어진 유대는 더 강화되어 가더니 급기야는 우정으로 변하는 형국이 되었다. 무롬스키는 베레스토프가 죽고 나면 전 재산이 알렉세이 이바노비치의 손으로 넘어가게 될 거라는 생각을 종종 했다. 그렇게 되면 알렉세이 이바노비치는 현 내에서 제일 부유한 지주 중의 한 사람이 될 것이고, 그런 그가 리자의 신랑감으로 전혀 손색이 없다는 생각도 들었다. 한편 늙은 베레스토프도 자기 이웃이 정신이 약간 이상해 (혹은 그의 표현을 빌리자면, 영국식 바보) 보이긴 하지만 나름대로 주시할 만한 좋은 장점들이 있다는 걸 부정할 수 없었다. 예를 들어 드물게 영리한 사람인 그는 좋은 가문 출신 세력가인 프론스키 백작과 아주 가까운 친척이고, 백작은 알렉세이가 출세하는 데에 상당히 큰 도움을 줄 수 있는 인물이라는 점 등이었다. 그리고 무롬스키도 틀림없이 딸을 (베레스토프가 생각하기에는) 자기 집안처럼 괜찮은 집안에 시집보내는 걸 무척 반길 것이다.

두 늙은이는 자신들 입장에서 이 문제에 대해 매일 고심하다가 마침내 한 자리에서 만나 서로의 속마음을 솔직하게 털어놓을 기회를 가졌다. 그리고 둘의 생각이 딱 맞아 떨어지는 걸 알고는 서로 얼싸 안았고, 모든 일이 순리대로 잘 진행될 수 있도록 각자 최선을 다해 노력하자고 약속했다. 하지만 무롬스키에게는 어려움이 있었다. 그것은 딸 베시에게 기념할 만한 점심식사 이후로 한 번도 보지 못한 알렉세이와 사귀라고 설득하는 일이었다. 두 사람은 그다지 서로에게 호감을 느끼는 것 같아 보이지 않았다. 적어도 알렉세이는 그날 이후 한 번도 프릴루치노를 방문하지 않았고 리자는 베레스토프가 인사를 하고 떠나자마자 자기 방으로 가버렸던 것이다. 그러나 알렉세이가 그의 집에 매일같이 찾아오게 된다면, 베시도 그를 사랑하게 될 거라고 그리고리 이바노비치는 생각했다. 그게 바로 순리인 것이다. 시간이 지나면 모든 일은 저절로 해결되는 법이다.

이반 페트로비치는 자기 계획의 성공 여부에 대해 별로 걱정하지 않았다. 바로 그날 저녁에 그는 아들을 서재로 불러놓고 파이프 담배를 피우면서 잠시 뜸을 들이더니 말을 꺼냈다.

"알료샤[67], 요즘은 왜 군에 입대한다는 얘길 통 안하는 게냐? 경기병 군복에도 이젠 시큰둥해진 게로구나……!"

"아니에요, 아버지."

알렉세이는 예의 바르게 대답했다.

"아버지께서 제가 경기병에 입대하는 걸 별로 좋아하지 않으시잖아요. 아버지 뜻에 따르는 게 자식 된 도리지요."

"그래?"

이반 페트로비치가 말했다.

"네가 이 애비의 뜻을 순순히 따라준다니 마음이 놓이는구나. 내 굳이 너에게 강요하고 싶은 마음은 없다. 그러니 지금 당장…… 관청에…… 들어가지 않아도 된다. 대신 내 너를 당장 장가보낼 생각이다."

"누구한테 장가보내신다는 겁니까, 아버지?"

놀란 알렉세이가 물었다.

"리자베타 그리고리예브나 무롬스카야한테."

---

67) 알렉세이의 애칭.

이반 페트로비치가 대답했다.

"어딜 봐도 괜찮은 신붓감이다. 그렇지 않느냐?"

"아버지, 전 아직 결혼에 대해 생각해 본 적 없습니다."

"네가 생각을 안 하니 내가 대신 심사숙고해서 내린 결정이다."

"하지만 전 리자 무롬스카야가 도통 마음에 들지 않는걸요."

"시간이 지나면 좋아질 거다. 참고 기다리다 보면 서로 좋아하게 되는 법이지."

"전 그 아가씨를 행복하게 해줄 자신이 없습니다."

"아가씨의 행복까지 네가 걱정할 필요는 없다. 어떠냐? 이 애비의 뜻을 따를 거냐?"

"아버지 뜻이 어떠하시든, 전 결혼하고 싶지도 않고 하지도 않을 겁니다."

"좋다! 결혼을 하든지, 욕먹을 각오를 하든지 마음대로 하거라. 맹세코 내 전 재산을 팔아서 다 써버리고 너에겐 한 푼도 물려주지 않을 테다. 3일 정도 생각할 말미를 줄 테니 그 동안에는 내 눈 앞에 얼씬도 하지 말거라."

알렉세이는 아버지가 머릿속에 어떤 생각이 박혀버리면, 타라스 스코티닌[68]의 말처럼 못으로 쳐도 깨부술 수 없다는 걸 잘 알고 있었다. 그러나 알렉세이도 아버지를 닮아 그와 논쟁해서 이기기란 쉬운 일이 아니었다. 그는 자기 방으로 가서 아버지의 권력의 한계, 리자베타 그리고리예브나, 자신을 알거지로 만들어버리겠다고 한 아버지의 엄청난 약속, 그리고 마지막으로 아쿨리나에 대해 깊이 생각하기 시작했다. 그는 처음으로 자기가 그녀를 열렬하게 사랑하고 있다는 것을 깨달았다. 농부 처녀와 결혼해서 자기 노력만으로 살아갈 거라는 낭만적인 생각이 머리에 떠올랐고, 이 단호한 결심에 대해 생각하면 할수록 사려 깊은 결정이라는 생

68) 폰비진(1745-1792)의 희곡 「미성년」에 나오는 등장인물.

각이 들었다.

비가 많이 온 탓에 얼마 동안 숲 속에서의 만남은 중단되었다. 알렉세이는 아주 또렷한 글씨체로 열정에 불타오르는 흥분된 문장을 담아 아쿨리나에게 편지를 썼다. 그는 '그녀 없이 사느니 차라리 죽어버리겠다'고 쓰고는 곧 그녀에게 청혼을 했다. 편지를 참나무 구멍 우체통에 넣고 집으로 돌아와 기분이 한결 좋아진 상태로 잠이 들었다.

다음 날 알렉세이는 결심을 단단히 굳히고는 아침 일찍 무롬스키의 집으로 향했다. 그를 만나 솔직하게 자기 심정을 털어놓을 생각이었다. 그리고 무롬스키의 관대함을 부추겨서 자기편으로 만들 계획이었다.

"그리고리 이바노비치 씨 댁에 계시느냐?"

그는 프릴루치노 저택의 현관 앞에 말을 세우며 물었다.

"지금 안 계십니다."

하인이 대답했다.

"나리께서는 아침 일찍 나가셨습니다."

'제기랄!'

알렉세이는 속으로 생각했다.

"그럼, 리자베타 그리고리예브나 양은 집에 계시느냐?"

"예, 계십니다."

그러자 알렉세이는 말에서 뛰어 내려 말고삐를 하인의 손에 쥐어주고는 허락도 없이 집 안으로 들어갔다.

'이제 곧 결판이 날 거야.'

거실로 들어서며 그는 생각했다.

'그녀를 직접 만나 담판을 짓고 말겠어.'

그는 안으로 들어갔다……. 그런데 그는 곧 그 자리에 말뚝처럼 서 버렸다! 리자……, 아니 아쿨리나가, 사랑스럽고 까무잡잡한 아쿨리나가, 사라판이 아니라 하얀 모닝 드레스를 입고 창가에 앉아서 그의 편지를 읽고 있었던 것이다. 그녀는 편지를 읽는데 몰두하느라 그가 들어오는 소리를 전혀 듣지 못했다. 알렉세이는 너무 기뻐서 탄성을 내질렀다. 리자는 흠칫 놀라 고개를 들다가 비명을 지르며 달아나기 시작했다. 그는 그녀를 잡으려고 뛰어갔다.

"아쿨리나, 아쿨리나!"

리자는 그에게서 달아나려고 몸부림을 쳤다.

"절 놓아 주세요, 나리, 머리가 이상해지신 거 아니세요?"[69]

몸을 비틀면서 그녀는 이 말을 반복했다.

"아쿨리나, 나의 소중한 아쿨리나!"

그는 리자의 손에 키스하며 계속해서 말했다. 이 장면을 목격한 미스 잭슨은 어떻게 해야 할지 몰랐다. 바로 이 때 문이 열렸고, 그리고리 이바노비치가 들어왔다.

"아하!"

무롬스키가 말했다.

"보아하니 너희들 일이 벌써 잘 되어가고 있구나……."

독자 여러분들이 내가 이 이야기의 결말을 자세하게 설명하지 않아도 이해해 주시리라 믿는다.

---

69) 리자는 이 말을 프랑스어로 하고 있다. 프랑스어 원문은 "Mais laissez-moi donc, monsieur, mais etes-vous fou?".

리자를 찾아온 알렉세이
"아쿨리나, 나의 소중한 아쿨리나!"
그는 리자의 손에 키스하며
계속해서 말했다.

벨킨 이야기 끝

스페이드의 여왕

스페이드의 여왕은

은밀히 감춰진 악의를 의미한다.

- 최신 점술서

스페이드의 여왕

1

날씨가 궂은 날에도
그들은 자주 모여
내기를 걸었다.
오십에서 백으로
판돈을 늘려가며
- 신께서 그들을 용서하시길! -
승부를 가리고
백묵으로
점수를 기록했다.
날씨가 궂은 날에도
그들은 이 일에
정신을 쏟았다.[70)]

어느 날 근위 기병 대위 나루모프의 집에서 카드 판이 벌어졌다. 기나긴 겨울밤도 눈 깜짝할 사이에 지나가고 새벽 4시 경이 되어서야 모두들

70) 푸쉬킨이 뱌젬스키에게 보낸 시에서 인용.

야참을 먹기 위해 식탁에 둘러앉았다. 돈을 딴 사람들은 왕성한 식욕을 보이며 먹어댔지만 잃은 사람들은 낙담한 표정으로 빈 접시 앞에 멍하니 앉아 있었다. 그러나 샴페인이 나오자 왁자지껄해지더니 대화는 활기를 띠기 시작했다.

"자네는 어땠나, 쑤린?"

주인이 물었다.

"늘 그렇듯 또 잃었네. 운이 나빴던 게지. 미란돌[71]을 하면서 절대로 흥분하지 않고 정신을 바짝 차리고 있었는데도 계속 지고 말다니!"

"그래도 자네는 한 번도 유혹에 말려들지 않았잖은가? 단 한 번도 루테[72]의 꾐에 넘어가지 않았지? 난 정말 자네 고집에 놀랐다네."

"게르만은 어떻고!"

손님 중 한 사람이 젊은 공병 장교를 가리키며 말했다.

"태어나서 한 번도 카드를 손에 잡아본 적도 없고, 태어나서 한 번도 카드 귀퉁이를 접어 판돈을 두 배로 걸어본 적도 없는 주제에 새벽 다섯 시가 될 때까지 앉아서 우리가 노름하는 걸 지켜보고 있잖은가!"

"나도 노름에 몹시 끌리긴 하네."

게르만이 대답했다.

"하지만 공돈을 벌기 위해 꼭 필요한 돈을 희생시킬 여유는 없는 처지라네."

"게르만은 독일인이야. 그래서 이해타산이 빠른 거지. 그 뿐이라고!"

톰스키가 지적했다.

"그런데 정말 내가 이해할 수 없는 사람은 바로 우리 할머니 안나 페도토브나 백작부인이라네."

"뭐가? 어떻다는 겐가?"

---

71) 카드 게임에서 처음 건 판 돈을 늘리지 않고 하는 내기.

72) 카드 게임에서 같은 패로 여러 번 계속해서 이기는 것을 뜻함.

손님들이 소리쳤다.

"도무지 이해가 안 간단 말이야."

톰스키가 말을 이었다.

"우리 할머니 같은 분이 도박을 안 하는 까닭이 뭔지!"

"그리 놀랄 일도 아니구먼."

나루모프가 말했다.

"팔십 먹은 노파가 노름을 안 하는 게 뭐가 그리 이상한가?"

"그럼 자네는 그 분에 대해서 전혀 모르는 겐가?"

"몰라! 전혀!"

"아, 그렇다면 들어 보게.

우선 얘기해 둬야 할 게 있다네. 우리 할머니가 60년 전쯤에 파리에 가신 적이 있는데 거기서 대단한 인기를 누리셨다네. '모스크바에서 온 비너스'[73]를 보려고 사람들이 줄줄이 그 분을 쫓아다녔지. 리슐리외 장군[74]도 할머니의 꽁무니를 따라다녔는데 몹시 매정하게 대했더니 권총자살을 한다고 난리를 부린 적도 있다고 할머니가 말씀하시더군.

그 당시 부인들은 흔히 파라온 게임[75]을 즐겼다고 해. 어느 날 할머니는 궁궐에서 벌어진 도박판에서 오를레앙 공작[76]에게 구두로 약속을 하고 노름을 했는데 거액을 잃고 말았어. 집에 돌아온 할머니는 얼굴에 붙였던 애교점을 떼어내고 코르셋으로 부풀린 치마를 벗으면서 할아버지에게 도박에서 진 사실을 털어놓고는 그 돈을 갚으라고 명령했다네.

내가 기억하는 바로는 돌아가신 할아버지는 할머니 집 집사 출신이었

73) 프랑스어 원문으로는 'la Venus moscovite'.

74) 리슐리외(1766-1822)는 재담과 여성 편력으로 유명했던 프랑스의 육군 원수이다.

75) 18세기부터 19세기 초에 유행한 카드 도박의 일종.

76) 오를레앙 공작의 이름은 루이 필립 요셉(1747-1793)으로, 그는 18세기 프랑스의 정치가이다.

어. 그분은 할머니를 불처럼 두려워했지. 하지만 그렇게 어마어마한 돈을 잃었다는 얘기를 듣고는 완전히 넋을 잃고 말았다네. 주판을 가져오더니 반 년 동안 그들이 탕진한 돈이 50만 루블이나 되고, 파리에는 모스크바 근교나 사라토프 현의 영지 같은 건 없다는 등의 이유를 들어 지불을 딱 잘라 거절한 거야. 할머니는 할아버지의 따귀를 한 대 때리고는 혼자 주무셨어. 몹시 속이 상했다는 걸 보여줄 심산이셨던 게지.

이튿날 할머니는 잠자리를 거부한 징벌이 효력을 발휘했으리라고 은근히 기대하면서 다시 남편을 불렀지만 남편은 꿈쩍도 하지 않았어. 난생 처음 할머니는 할아버지를 설득해 보려고 온갖 변명을 늘어놓았다네. 빚도 빚 나름이다, 공작과 마차 제조인은 엄연히 다른 법이다 라고 하며 별별 아양을 다 떨어서 남편의 마음을 바꿔보려고 했지. 그런데 웬 걸! 할아버지가 거칠게 대들기까지 했어. 안 된다면 안 되는 게야! 할머니는 어찌할 바를 모르셨지.

그런데 할머니는 아주 비범한 한 인물과 절친한 사이였다네. 자네들은 기이한 소문이 나돌았던 생제르맹 백작[77]에 대해서 들어본 적이 있을 걸세. 그 사람은 자신을 영원한 유대인[78]으로 자처하면서 불로불사의 영약과 연금술 같은 걸 발명했다고 떠벌리고 다녔지. 사람들은 그를 사기꾼이라고 비웃었지만, 카사노바[79]는 회고록에서 그가 스파이였다고 말하기도 했다네. 어쨌든 생제르맹 백작은 이런 불가사의한 점들에도 불구

---

77) 생제르맹 백작(1710-1784)은 연금술사, 신비주의자, 모험가, 협잡꾼 등으로 알려진 18세기 프랑스 귀족이다.

78) 갈보리로 가는 길에서 만난 예수를 모욕한 죄로 영원히 떠돌아다니는 운명에 처한 전설의 인물.

79) 카사노바(1725-1798)는 모험가, 문학가, 외교관, 스파이로 활동하면서 풍부한 교양과 재치, 여성 편력 등으로 유명해진 이탈리아인으로, 많은 일기와 선정적인 내용을 담은 「회고록」을 남겼다.

하고 훌륭한 풍채를 지닌 신사였던지라 사교계에서는 꽤 인기가 높았다고 하네. 할머니는 지금까지도 그를 너무 좋아하셔서 그에 대해 불미스러운 말을 하면 몹시 역정을 내시지. 할머니는 생제르맹이 거액의 돈을 쉽게 융통할 수 있다는 걸 알고 계셨어. 그래서 그자에게 도움을 청하기로 마음먹고는 전갈을 보내 즉각 자기 집으로 와 달라고 했다네.

이 늙은 기인은 당장 달려와 주었고 할머니는 실의에 빠져 괴로워하며 그를 맞았다네. 할머니는 그자에게 잔혹한 남편의 처사를 낱낱이 시커먼 먹물로 그려내듯이 일러바치고는 이제는 자신의 모든 희망을 오로지 그의 우정과 선처에 내맡긴다고 말했어.

생제르맹은 얘기를 듣고는 생각에 잠겼다네.

'그 정도 액수를 융통해 드리는 건 어렵지 않은 일입니다.'

라고 그가 말했네.

'하지만 당신이 제 돈을 갚을 때까지는 마음이 편치 않을 거라는 것도 제가 잘 알지요. 그런 성가신 일로 당신께 심려를 끼쳐드리고 싶진 않소. 잃은 돈을 다시 딸 수 있는 다른 방법이 하나 있긴 하지요.'

'하지만 백작님,'

하고 할머니가 대답했다네.

'이미 말씀 드렸듯이 저희 수중엔 한 푼도 안 남았다고요.'

'돈은 필요 없습니다.'

생제르맹이 말했어.

'자, 제 말을 들어보시지요.'

그리고는 그자는 할머니에게 어떤 비밀을 알려주었지. 그것만 알아낼 수 있다면 우리들 중 누구라도 비싼 대가를 치를 법한 그런 비밀을 말일세……."

젊은 노름꾼들은 더 바짝 긴장하고 이야기에 귀를 기울였다. 톰스키는 파이프 담배에 불을 붙이고 연기를 한 모금 빨고 나서 말을 계속했다.

"바로 그 날 저녁 할머니는 베르사이유 궁전에서 벌어진 '여왕 게임'80) 에 나타나셨네. 오를레앙 공이 물주였지. 할머니는 빚을 갚을 돈을 가져오지 못했다고 가볍게 양해를 구하고는 그 이유를 대충 꾸며낸 이야기로 둘러댔다네. 그리고는 그를 상대로 또 도박을 시작했다는 거야. 할머니는 세 장의 카드 패를 골랐고 차례대로 한 장씩 걸었다네. 이 석 장의 카드가 판돈을 완전히 다 휩쓸었고, 결국 할머니는 잃었던 돈을 모두 되찾게 된 거야."

"설마, 우연이겠지!"

손님 중 한 사람이 말했다.

"꾸며낸 이야기야!"

게르만이 지적했다.

"카드가 가짜였던 건 아닐까?"

세 번째 사람이 말을 가로챘다.

"그렇진 않다네."

톰스키가 침착하게 말했다.

"기가 막힌 일이군!"

나루모프가 물었다.

"횡재하는 석 장의 카드 패를 내리 뽑아내는 할머니가 있는데도, 자네는 여태껏 그분의 비법을 전수받지 못했단 말인가?"

"그렇다네, 유감스럽게도!"

톰스키가 대답했다.

"할머니한테는 아들이 넷이나 있었고 그 중에 한 분이 우리 아버지셨지. 네 아들 모두 도박에 미쳐있었다네. 그런데 아들 중 누구에게도 자신의 비법을 알려주시지 않았어. 알려 주셨더라면 그분들뿐만 아니라 나한테도 좋은 일이 되었을 텐데 말이야. 그런데 우리 백부 이반 일리이치 백

---

80) 프랑스 원문으로는 'au jeu de la Reine'. 프랑스 황후가 벌인 카드 판을 뜻함.

작께서 나에게 이런 얘기를 해 주시더군. 그 분은 그 얘기가 사실이라는데 자신의 명예까지 거셨다네.

얼마 전에 죽은 차플리츠키라는 사람 있지 않는가, 왜 그 수백만 루블을 탕진하고 알거지가 되어 죽은 사람 말이야. 그가 젊은 시절에 어느 날 조르치라는 사람에게 거의 30만 루블을 잃은 적이 있었다네. 그는 절망에 빠져 있었지. 젊은이들의 섣부른 장난에는 아주 엄하셨던 할머니께서 어찌된 일인지 차플리츠키의 사정을 딱하게 여기셨다는 거야. 할머니는 그에게 석 장의 카드 패를 알려주시고 한 장씩 차례대로 걸라고 하셨지. 그리고 앞으로 다시는 노름을 하지 않겠다는 다짐의 말도 받아내셨어. 차플리츠키는 자신의 돈을 따간 자에게 찾아갔어. 그렇게 노름이 시작됐지. 차플리츠키는 첫 번째 카드에 5만 루블을 걸었고 결국 돈을 땄어. 다음 카드에 두 배로 걸고, 이기면 또 그 배로 걸었지. 그래서 돈을 다 만회하고도 남을 정도로 땄다는 거야……."

"그런데 이제 자러 가야겠군. 벌써 여섯 시 15분 전이야."

정말로 날이 훤하게 밝아오고 있었다. 젊은이들은 술잔을 비우고 흩어져 집으로 돌아갔다.

2

"나리께선 정말 하녀들이
더 마음에 드세요?"
"그네들이 더 싱그러운 걸요.
그러니 어떡합니까, 부인?"
- 사교계에서 나눈 대화 중

노백작부인 ***은 드레스 룸의 화장대 거울 앞에 앉아 있었다. 하녀 셋이 그녀의 몸치장을 도와주었다. 한 명은 연지 분첩을 손에 쥐고, 다른 한 명은 머리핀 상자를, 또 한 명은 타오르는 붉은 빛 리본이 달린 높은 모자를 들고 있었다. 백작부인은 벌써 옛날에 시들어버린 자신의 미모를 자랑하고 싶은 마음은 조금도 없었지만, 젊은 시절의 습관을 잊지 못해 1770년대의 유행을 엄격히 고수했고, 그래서 60년 전과 조금도 다름없이 아주 오랫동안 정성껏 몸치장을 했다. 창가에는 백작부인의 양녀 리자가 자수대 앞에 앉아 수를 놓고 있었다.

"안녕하세요, 할머니[81)]"

젊은 장교가 방 안으로 들어서며 말했다.

"안녕하세요, 리자.[82)] 할머니, 저 부탁드릴 게 있어서 왔어요."

---

81) 프랑스어 원문은 'grand'maman'.

82) 프랑스어 원문은 'bon jour, mademoiselle Lise'.

"무슨 일이야, 폴[83]?"

"제 친구 한 사람을 소개해 드릴 테니 금요일 무도회에 갈 수 있도록 허락해 주시겠어요?"

"무도회로 바로 데려오너라. 거기서 소개하면 될 게 아니냐? 너 엊그제 ***집에 갔었느냐?"

"그럼요! 정말 즐거웠어요. 새벽 다섯 시까지 춤을 췄다고요. 옐레츠카야는 정말 아름다웠어요!"

"에끼, 이 녀석아! 그 애가 뭐가 그리 예쁘더냐? 그 애 할머니 다리야 페트로브나야 공작부인 만큼이나 대단한 미인이더냐……? 참, 그러고 보니 다리야 페트로브나야 부인도 많이 늙었겠구나?"

"뭐라고요, 많이 늙으셨냐고요?"

톰스키는 어리둥절해하며 대답했다

"돌아가신 지가 벌써 7년이 넘은걸요."

리자가 고개를 들고 젊은 장교에게 눈짓을 보냈다. 노백작부인에게 동갑내기 친구들의 죽음을 숨겨 왔다는 걸 떠올리고는 그는 입술을 깨물었다. 그러나 백작부인은 놀랄만한 새로운 소식을 듣고도 아주 무심하게 흘려들었다.

"죽었다고!"

그녀가 말했다.

"나만 모르고 있었군! 우리 두 사람은 함께 궁중 여관(女官)으로 뽑혔었단다. 우리가 어왕폐히를 뵙게 됐을 때, 그 분께서는……."

백작부인은 백 번은 더 했던 얘기를 손자에게 들려주었다.

"어쨌든, 폴!"

이야기를 마치더니 그녀가 말했다.

---

83) 프랑스어 원문으로는 'Paul'. 러시아어로는 파벨.

"이제 나 좀 일으켜 다오, 리잔카[84]. 내 담배 케이스는 어디 있느냐?"

그리고는 백작부인은 하녀들과 함께 몸치장을 마저 하러 칸막이 뒤로 갔다. 톰스키는 아가씨와 단 둘이 남았다.

"누구를 소개해주시려는 거예요?"

리자베타 이바노브나가 조용히 물었다.

"나루모프요. 혹시 그를 알고 계신가요?"

"아니에요! 그 분은 군인인가요, 아니면 문관인가요?"

"군인이지요."

"공병 장교인가요?"

"아니요! 근위 기병이에요. 그런데 왜 그 사람이 공병이라고 생각하시죠?"

아가씨는 살짝 웃음을 지었을 뿐 아무 대답도 하지 않았다.

"폴!"

백작부인이 칸막이 너머에서 소리를 질렀다.

"새 소설이 있으면 뭐든 한 권 가져다주렴. 단, 요즘 최근에 나온 소설은 제발 가져오지 말구."

"어떤 걸 말씀하시는 거예요, 할머니?"

"왜 그, 주인공이 아버지나 어머니를 목 졸라 죽이거나 물에 빠져 죽은 사람이 나오지 않는 그런 소설 말이다. 물에 빠져 죽은 사람은 정말 생각만 해도 소름이 끼친단다."

"요즘 그런 소설은 없는걸요. 그러면 차라리 러시아 소설은 어떠세요?"

"아니 러시아 소설이라는 것도 있단 말이냐……? 어쨌든 가져와 보거라, 얘야, 얼른!"

"알겠어요, 할머니. 바쁜 일이 있어서 이제 가 봐야 해요……. 잘 있어요, 리자베타 이바노브나! 당신은 어째서 나루모프가 공병 장교라고 생

---

84) 리자의 애칭.

각하신 거죠?"

그 말을 남긴 후 톰스키는 드레스 룸을 나갔다.

리자베타 이바노브나는 혼자 남았다. 그녀는 하던 일을 밀쳐두고 창밖을 살피기 시작했다. 곧 맞은 편 거리 모퉁이 집 쪽에서 한 젊은 장교가 나타났다. 그녀의 뺨이 빨갛게 달아올랐다. 그녀는 다시 일감을 덥석 집어 들고 자수 천에 얼굴을 파묻었다. 바로 이 때, 옷을 다 차려 입은 백작부인이 들어왔다.

"리잔카, 마차를 준비하라고 시키거라."

그녀가 말했다.

"산책을 나갈 거다."

리자는 자수대에서 일어나 일감을 치우기 시작했다.

"뭘 그리 꾸물대느냐! 귀가 먹은 게냐!"

백작부인이 소리쳤다.

"냉큼 마차 대령하라고 시키라는데도."

"지금 가려던 참이에요!"

아가씨는 조용히 대답하고는 현관으로 달려 나갔다.

하인이 들어와서 파벨 알렉산드르비치 공작이 보낸 책을 전해 주었다.

"수고했다! 고맙다고 전해라."

백작부인이 말했다.

"리잔카, 리잔카! 대체 어딜 그렇게 뛰어가는 게야?"

"옷 갈아입으려요."

"천천히 해도 되느니라. 여기 와서 앉거라. 첫 권을 펼쳐서 읽어 다오……."

아가씨는 책을 들고 두세 줄 읽어 내려갔다.

"더 큰 소리로!"

백작부인이 말했다.

"대체 왜 그러느냐, 얘야? 목소리가 쉬어 터지기라도 한 게냐……? 의

자를 이쪽으로 잡아 당겨 봐라, 더 바싹…… 자, 됐다!"

리자베타 이바노브나는 두 페이지를 더 읽었다. 백작부인은 하품을 했다.

"그 책은 집어치우거라."

그녀가 말했다.

"다 엉터리 같은 얘기구먼! 파벨 공작에게 책을 도로 갖다 주라고 해. 고맙다는 말을 꼭 전하고……. 근데 마차는 대체 어떻게 된 거냐?"

"마차는 준비되었어요."

리자베타 이바노브나는 거리 쪽을 힐끗 내다보고는 대답했다.

"근데 넌 왜 옷도 갈아입지 않은 게냐?"

백작부인이 말했다.

"항상 꾸물대서 사람을 기다리게 하는구나! 너란 애는 왜 그 모양 그 꼴이냐!"

리자는 자기 방으로 달려갔다. 채 2분도 못 돼서 백작부인은 있는 힘껏 벨을 울려대기 시작했다. 세 명의 하녀는 한 쪽 문으로, 하인은 다른 쪽 문으로 뛰어 들어왔다.

"귓구멍이 다들 막혔느냐, 빨리 빨리 올 것이지!"

백작부인이 그들에게 말했다.

"리자베타 이바노브나에게 내가 기다리고 있다고 전하거라."

리자베타 이바노브나는 망토에 창 넓은 모자를 쓰고 들어왔다.

"드디어 나타나셨군."

백작부인이 말했다.

"잔뜩 멋을 부렸구먼! 무슨 속셈이냐? 누굴 꼬시려고……? 그런데 바깥 날씨는 좀 어떠냐? 바람이 부는 것 같은데."

"아닙니다, 마님! 아주 잠잠합니다요."

하인이 대답했다.

"너희 말을 믿을 수가 있어야지! 어서 창문 열어 보거라. 저 봐, 바람이 불잖아! 제법 쌀쌀한 바람이야! 마차를 당장 집어넣어. 리잔카, 나가는 건 그만두자. 쓸데없이 잘 차려 입어가지고선."

'이게 내 팔자로구나!'

리자베타 이바노브나는 생각했다.

정말 리자베타 이바노브나는 불행한 처지에 놓인 아가씨였다. 단테가 말했듯이, 남의 빵은 쓰고 남의 집 계단은 오르기 힘든 법이다.[85] 지체 높은 노부인의 양녀가 되어 온갖 종속(從俗)의 설움을 다 견뎌내야 하는 아가씨의 마음을 대체 누가 알아주겠는가? 물론, ***백작부인은 사악한 영혼의 소유자는 아니었다. 하지만 사교계에서 응석받이로 자라난 여자들이 다 그러하듯이 몹시 까다로웠고, 이미 오래 전에 사랑이 식어버리고 과거의 망상에 빠져 사는 노인들이 그렇듯이 인색하고 냉담한 이기주의에 젖어 있었다. 그녀는 거대한 사교계의 온갖 번잡스러운 모임이란 모임은 다 찾아 다녔다. 쭈글쭈글한 얼굴에 벌건 연지를 바르고 구식 의상을 차려 입고서는 무도회에 등장하여 홀의 한쪽 구석에 꼭 있어야 하는 기괴한 장식품처럼 앉아 있었다. 도착한 손님들은 정해진 의식에 따르듯 그녀에게 다가가 허리 숙여 깊이 절을 했지만 그 다음부터는 관심을 두는 이가 아무도 없었다. 그녀는 엄격한 예의범절을 지키느라 얼굴을 전혀 모르는 도시 사람들을 가리지 않고 집으로 초대했다. 현관방과 하녀 방에서 피둥피둥 살이 찌고 허옇게 늙어가는 그녀의 많은 하녀와 하인들은 죽어가는 노파의 물건들을 앞 다투어 훔쳐가서는 제멋대로 처분하고 있었다.

리자베타 이바노브나만이 이 집의 순교자였다. 그녀가 차를 따르면 설탕을 헤프게 쓴다는 꾸지람을 들어야 했고, 소설책을 소리 내어 읽어 주면 작가의 잘못을 고스란히 그녀가 뒤집어 써야 했다. 백작부인의 산책에 동행할 때 날씨나 도로 사정이 나쁘면 그 탓도 모두 그녀에게 돌아

85) 단테의 「신곡」중 천국편에 나오는 구절.

갔다. 그녀는 일정 금액을 급료로 받기로 되어 있었지만 여태껏 지불 받은 적은 한 번도 없었다. 더군다나 복장도 아주 소수의 사람들이나 입을 법한 옷을 평소에도 반드시 입도록 요구 받았다. 사교계 모임에서도 그녀는 정말 비참한 역할을 도맡아야 했다. 모든 이들이 그녀를 알고 있으면서도 누구 한 사람 관심 가져 주는 이가 없었다. 무도회에서 남자들이 그녀에게 춤을 권하는 경우는 파트너가 모자랄 때였고, 여자들이 그녀의 팔을 잡아끄는 경우는 옷매무새를 고치려고 드레스 룸으로 가야 할 때뿐이었다.

그녀는 자존심이 강한 여자였기에 이런 비참한 처지에서 자신을 구해줄 사람이 나타나길 초조하게 기다리며 주변을 살펴보았다. 그러나 이해타산적이고 경박한 허영심에 들뜬 젊은 사내들은 비록 리자베타 이바노브나가 그들에게 달라붙은 콧대 높고 쌀쌀 맞은 신부 후보감들보다 백배는 더 사랑스러운 여인인데도 한 번도 거들떠보지 않았다. 그럴 때면 답답하고 숨 막히는 화려한 응접실을 조용히 빠져 나와 묵직한 청동 촛대의 불빛이 벽지 칸막이와 장롱, 거울, 칠을 한 침대를 어두침침하게 비추는 초라한 자신의 방에 가서 끝내 울음을 터트린 일이 얼마나 많았던가!

어느 날 - 이것은 맨 처음에 이야기한 그 날 저녁 모임으로부터 이틀 후, 그리고 우리가 얘기를 하다가 멈춘 장면에서 1주일 전에 일어난 일이다 - 그 날도 리자베타 이바노브나는 창가 자수대에 앉아 수를 놓다가 무심코 바깥을 내다보았다. 그런데 한 젊은 공병 장교가 그녀가 있는 창문 쪽을 뚫어져라 바라보면서 꼼짝하지 않고 서 있는 모습을 보게 되었다. 그녀는 고개를 숙이고 다시 수를 놓다가 한 5분 정도 지나 다시 거리를 내다보았다. 그런데 젊은 장교는 아직도 그 자리에 그대로 서 있는 것이 아닌가! 지나가는 장교들에게 교태를 부리거나 추파를 던지는 데에 익숙하지 않은 그녀는 거리를 내다보는 일을 그만 두고 고개를 들지도 않은 채 두 시간 넘게 바느질을 했다. 식사하라는 기별을 듣고 일어나 일감을 치우기 시작했다. 그러다가 문득 거리 쪽으로 시선을 돌렸는데, 또 다시 그곳에 서 있는 장교를 보게 되었다. 그녀는 몹시 이상하다는 생각이 들었다. 점심 식사 후 알 수 없는 불안감을 안고 창가로 다가갔다. 그러나 장교의 모습은 보이지 않았다. 그리고 그녀도 그에 관한 일을 잊어버렸다…….

이틀쯤 뒤 백작부인과 외출하기 위해 마차를 타러 나가다가 그녀는 또 다시 그를 보게 되었다. 그는 비바털 외투 깃으로 얼굴을 가리고서 현관 바로 입구에 서 있었는데, 그의 검은 눈동자가 모자 아래에서 번쩍거리며 빛나고 있었다. 리자베타 이바노브나는 섬뜩한 기분을 느끼며 영문을 알 수 없는 공포감에 휩싸인 채 마차에 올랐다.

집으로 돌아와서 그녀는 창가로 달려갔다. 장교는 예전에 서 있던 그 자리에서 그녀의 눈을 뚫어지게 바라보았다. 그녀는 창가에서 물러났다. 생전 처음 느껴보는 묘한 설렘과 호기심이 그녀를 괴롭혔다.

그 때 이후로 젊은이는 하루도 빼 놓지 않고 일정한 시간에 그녀의 집 창문 아래 나타났다. 그 사이 두 사람 사이에는 은밀한 관계가 형성되었다. 그녀는 언제나 그 자리에 앉아 일을 하다가도 그가 다가오는 기척을 느끼곤 했다. 그럴 때면 고개를 들어 창밖을 내다보았고, 날이 가면 갈수록 더 자주 그를 바라보게 되었다. 청년은 이런 그녀에게 고마워하는 것 같았다. 서로의 눈이 마주쳤을 때 그의 창백한 뺨이 순식간에 빨갛게 달아오르는 모습을 처녀의 예리한 시선은 놓치지 않았다. 일주일 정도 지나자 그녀는 그에게 미소를 지어 보이기까지 했다…….

톰스키가 자신의 친구를 백작부인에게 소개해 줄 것을 허락해 달라고 말했을 때, 가엾은 처녀의 가슴은 몹시 두근거리고 있었다. 그러나 나루모프가 공병 장교가 아니라, 근위 기병이라는 사실을 알고는 경솔한 질문으로 눈치 빠른 톰스키에게 자신의 비밀을 들켜버린 걸 후회했다.

게르만은 러시아에 귀화한 독일인의 아들로, 그의 아버지는 얼마 안 되는 재산을 그에게 물려주었다. 자신의 힘으로 반드시 자립해서 살아가야

한다고 굳게 결심한 게르만은 이자 수입 같은 건 안중에도 없이 봉급만으로 생활을 유지해 갔고 조금의 사치도 스스로에게 용납하지 않았다. 한편 그는 쉽게 마음을 터놓지 않는 폐쇄적인 성격인데다 대단한 야심가여서, 그의 친구들은 그가 궁색할 정도로 절약하며 사는 일을 가볍게 비웃어 줄 기회도 좀처럼 갖질 못했다. 그는 강렬한 열망과 불같은 상상력을 가진 사내였지만 완고한 고집 덕분에 젊은 날에 흔히 빠지기 쉬운 방종으로부터 자유로울 수 있었다. 예를 들어, 마음속으로는 도박꾼이 되길 열망하면서도 결코 카드를 손에 쥐는 법이 없었다. 이는 (그의 말을 빌리자면) '공돈을 따려는 속셈으로 꼭 필요한 돈을 희생시킬 처지는 아니다'라는 계산 때문이었다. 그러면서도 밤새도록 노름판에 붙어 앉아 판이 뒤집힐 때마다 열에 들떠 부들부들 떨면서 지켜보는 것이었다.

석 장의 카드 패에 대한 이야기는 그의 상상력에 강렬한 인상을 남겼고 이 생각은 밤새도록 그의 뇌리에서 떠나지 않았다.

'만약에…….'

그는 다음날 저녁 페테르부르크 거리를 돌아다니며 생각했다.

'만에 하나라도 노백작부인이 나한테 그 비밀을 밝혀 주기만 한다면! 혹은 석 장의 확실한 카드 패라도 귀띔해 준다면야! 행운을 한 번 시험해 보지 않을 이유는 없지 않겠어……? 그 노파를 찾아가서 아첨이라도 해 볼까? 차라리 애인이 되는 게 나을 지도 몰라. 하지만 이런 일은 시간이 상당히 걸릴 텐데. 노파는 여든 일곱 살이나 먹어서 일주일 후 아니, 당장 내일 모레 숨을 거둘 지도 모르는 일이야! 그리고 그 카드에 관한 이야기는 또 어떻고? 정말 믿어도 되는 걸까……? 아니야! 절약, 절제, 근면, 이게 바로 나만의 확실한 석 장의 카드 패라구. 이것들이 내 재산을 세 배로 불리고, 일곱 배로 불려서 나에게 안정과 자립을 가져다 줄 거야.'

이런 식으로 고심을 하며 걷다가 그는 페테르부르크의 어느 큰 길거리에 있는 고풍스런 건물 앞에 다다르게 되었다. 거리는 온통 오가는 마차들로 붐비고 있었다. 찬란한 불빛으로 환히 밝혀진 그 집 현관 앞으로 마차들이 줄줄이 들어왔다. 마차에서는 젊은 미녀의 늘씬한 예쁜 다리가 나오기도 하고 철컥거리는 기병 장화며, 줄무늬 스타킹, 외교관의 구두 등이 연신 들락거렸다. 모피 외투와 망토들이 풍채가 당당한 문지기 옆을 번쩍거리며 지나갔다. 게르만은 걸음을 멈추었다.

"저기가 대체 뉘 댁이오?"

그는 거리 모퉁이에 있던 보초병에게 물었다.

"***백작부인의 집이오."

보초병이 대답했다.

게르만은 부르르 몸을 떨었다. 놀라운 카드에 얽힌 이야기가 또 다시 그의 머리 속에 떠올랐다. 이 집주인과 그녀의 비상한 능력에 대한 생각을 하면서 집 주변을 배회하기 시작했다. 밤이 늦어서야 그는 자신의 아늑한 숙소로 돌아왔다. 오랫동안 잠을 이루지 못하다가 겨우 잠이 들었을 때, 카드와 녹색 테이블, 지폐 다발과 금화 더미가 꿈에 나타났다. 그는 카드를 한 장씩 걸면서 귀퉁이를 접어 판돈을 두 배로 올렸고, 번번이 도박에서 이겨 금화를 그러모으고 지폐로 주머니

백작부인의 저택 앞에 서 있는 게르만
"저기가 대체 뉘 댁이오."
" *** 백작부인의 집이오."

를 가득 채웠다. 아침 늦게 잠에서 깨어난 그는 환상적인 액수의 금액이 사라져 버린 데에 한숨지었다. 그는 그 날도 도시를 어슬렁거리며 돌아다니다가 또 다시 ***백작부인의 집 앞에까지 왔다. 알 수 없는 힘이 그를 그곳으로 잡아끄는 것 같았다. 그는 걸음을 멈추고 창문을 바라보았다. 창문가에 검은 머리의 어떤 여자가 책을 읽거나 일을 하는지 연신 고개를 숙이고 앉아 있었다. 그녀가 고개를 들었다. 게르만은 젊고 싱싱한 얼굴에 검은 눈을 가진 아가씨를 보게 되었다. 바로 이 순간, 그의 운명이 결정되었다.

3

나의 천사, 전 당신이 지난번에 보낸
편지도 미처 다 못 읽고 있는데,
당신은 또 넉 장이나 되는 편지를 보내셨군요.
- 어떤 편지에서

리자베타 이바노브나가 외투와 모자를 벗자마자 백작부인은 그녀를 다시 불렀고 또 마차를 준비하라고 일렀다. 그들은 마차를 타러 나갔다. 하인 두 명이 노부인을 안아 올려 막 마차 안으로 밀어 넣는 바로 그 순간에 리자베타 이바노브나는 마차 바퀴 바로 옆에 서 있는 공병 장교를 발견했다. 그는 그녀의 손을 잡았다. 당황한 그녀가 제 정신을 차리기도 전에 젊은 사내는 어디론가 사라졌다. 손에는 편지가 쥐어져 있었다. 그녀는 재빨리 편지를 장갑 안에 숨겼고 마차를 타고 가는 내내 아무것도 보지도 듣지도 못했다. 백작부인은 평소 마차에서 이것저것 묻는 버릇이 있었다. '방금 만난 사람은 누구냐? 이 다리는 무슨 다리냐? 간판에 뭐라고 씌어 있느냐' 등등. 리자베타 이바노브나는 이번만큼은 되는 대로 엉뚱한 대답만 해서 백작부인을 진노하게 만들었다.

"너 오늘 대체 무슨 일이냐! 정신이 어떻게 된 거 아냐? 내 말이 들리지 않는 게냐, 못 알아듣는 게냐……? 다행히 내가 제대로 말하고 있는데도 말이야. 내 정신도 아직 멀쩡하다구!"

리자베타 이바노브나는 백작부인의 말을 듣고 있지 않았다. 집으로 돌아오자마자 그녀는 자기 방으로 뛰어가 장갑 안에서 편지를 꺼냈다. 편지는 봉인되어 있지 않았다. 리자베타 이바노브나는 편지를 읽어 내려갔다. 편지에는 사랑의 고백이 담겨 있었는데, 부드럽고 정중한 문구들은 한 마디 한 마디가 독일 소설에서 따온 것이었다. 하지만 리자베타 이바노브나는 독일어를 몰랐으므로 아름다운 사랑의 언어에 매료되었다.

한편 그녀는 자기가 받은 편지로 인해 몹시 불안감을 느꼈다. 생전 처음으로 젊은 사내와 은밀히 가까워지는 관계가 된 것이다. 사내의 불손한 행동은 그녀를 두렵게 했다. 경솔하게 행동한 자신을 질책하면서도 그녀는 앞으로 어떻게 해야 할지 몰랐다. '창가에 앉아 있는 걸 그만 두고 무관심해져서 젊은 장교가 더 이상 쫓아다니지 못하도록 마음을 단념시켜야 할까? 편지를 그에게 되돌려 보내 버릴까? 냉정하고 단호하게 거절하는 편지를 쓸까?' 그녀에겐 친구도 없고 자신을 이끌어 줄 만한 이도 없었기 때문에 아무하고도 상의할 수가 없었다. 리자베타 이바노브나는 답장을 보내기로 결심했다.

그녀는 책상 앞에 앉아 펜과 종이를 집어 들고 생각에 잠겼다. 몇 번이나 편지의 서두를 시작했지만 곧 찢어버렸다. 말투가 너무 호의적으로 느껴지기도 했고 너무 매정해 보이기도 했던 것이다. 마침내 그녀는 그럭저럭 마음에 흡족한 글 몇 줄을 적었다. 그녀는 편지에 이렇게 썼다.

> '저는 당신이 정중한 의도를 가진 분이기에 그런 경솔한 행동으로 저를 모욕하려 하신 건 아니라고 믿습니다. 하지만 우리의 만남은 이런 식으로 시작되어서는 안 된다고 생각합니다. 당신의 편지를 도로 돌려드립니다. 앞으로는 더 이상 불미스러운 일로 저를 난처하게 만드는 일이 없기를 바랍니다.'

이튿날 게르만이 걸어오는 모습을 확인하고는 리자베타 이바노브나는 자수대에서 일어나 응접실로 나갔다. 그리고 창문을 열고 젊은 장교가 민첩하게 낚아채길 바라며 편지를 거리로 던졌다. 게르만은 잽싸게 달려가 편지를 집어 들고는 제과점 안으로 들어갔다. 봉인을 뜯자 그 안에는 자신의 편지와 리자베타 이바노브나의 답장이 들어있었다. 그가 예상했던 대로였다. 앞으로의 계획에 골몰하면서 그는 집으로 돌아왔다.

그 일이 있은 지 사흘 뒤에 양장점에서 보내 왔다고 해서 나가보니 눈매가 매서운 한 여자아이가 리자베타 이바노브나에게 편지 한 통을 전해주었다. 그녀는 지불을 요구하는 청구서일 거라고 지레짐작하고 불안한 마음으로 쪽지를 펼쳤다. 그런데 게르만의 필체가 눈에 띄었다.

"이봐요, 아가씨, 사람을 잘못 찾아오셨어요."

그녀가 말했다.

"이건 저한테 온 게 아니에요."

"맞아요, 마님께 보낸 게 틀림없어요."

입가에 교활한 미소를 지으며 여자아이가 당돌하게 말했다.

"읽어 보시지요."

리자베타 이바노브나는 편지를 훑어 내려갔다. 게르만은 은밀한 만남을 요구하고 있었다.

"말도 안 돼!"

성급한 그의 요구와 사용한 수법에 몹시 당혹해 하면서 리자베타 이바노브나가 말했다.

"나한테 보낸 게 아니라니까요!"

그리고는 편지를 갈가리 찢어버렸다.

"당신한테 온 게 아니라면 뭣 때문에 찢어버리시는 거죠?"

여자아이가 말했다.

"부탁한 분한테 돌려드리면 될 텐데."

"아가씨, 제발 부탁이에요!"

그녀의 핀잔에 얼굴을 붉히며 리자베타 이바노브나가 말했다.

"다음부터는 이런 편지 저한테 가져오지 마세요. 그리고 시킨 사람한테 가서 이 말 좀 전해 주세요. 수치스러운 줄 알라고……."

그러나 게르만은 물러서지 않았다. 리자베타 이바노브나는 온갖 수단을 동원하여 전해진 그의 편지를 매일같이 받고 있었다. 편지 글은 더 이상 독일어에서 번역한 문장이 아니었다. 게르만은 열정에 들떠 글을 쓰면서 진솔한 자신의 언어로 감정을 드러냈다. 편지에는 변함없는 그의 욕망과 억누를 수 없는 상상으로 인해 뒤범벅이 되어버린 혼란한 감정들이 묻어났다. 리자베타 이바노브나는 더는 그것들을 돌려보낼 생각을 하지 않았다. 그녀는 편지 글에 매료되어 버렸고 답장을 보내기 시작했다. 그녀의 답장도 차츰 더 길어지고 다정스러워졌다. 마침내 그녀는 다음과 같은 편지를 창밖으로 던졌다.

> '오늘 밤 ***공사님 댁에서 무도회가 열립니다. 백작부인께서 거기에 가십니다. 우리는 새벽 두 시까지 그곳에 머무를 거예요. 이때야 말로 당신과 제가 단둘이 만날 수 있는 절호의 기회일 듯 합니다. 백작부인께서 저택을 떠나시면 하인들은 틀림없이 흩어질 것이고 현관에는 문지기만 남게 될 거예요. 하지만 그는 보통 자기 방으로 가버리지요.
>
> 열한 시 반에 집 안으로 들어오세요. 그리고 곧장 층계로 올라가세요. 혹시 현관방에서 누군가와 마주치게 되면 백작부인은 댁에 계시냐고 물어보세요. 안 계신다고 하면 어쩔 수 없이 돌아가셔야 하겠지요. 하지만 아마 아무와도 마주치지 않을 거예요. 하녀들은 모두 한 방에 모여 있을 테니까요.
>
> 현관에서 왼쪽으로 꺾은 후 그 길로 곧장 가면 백작부인의 침실이 나와요. 침실로 들어가 칸막이 뒤를 보면 작은 문이 두 개 있을 거예요. 오른쪽 문은 서재로 통하는 문인데 백작부인이 잘 사용하지 않는 문이에요. 복도로 통하는 왼쪽 문으로 나오시면 좁은 나선형 계단이 있을 겁니다. 그 계단을 따라 올라오시면 제 방이 나올 거예요.'

게르만은 결전의 순간을 기다리는 호랑이처럼 부르르 떨었다. 저녁 열시에 그는 이미 백작부인의 저택 앞에 도착해 있었다. 몹시 사나운 날씨였다. 바람이 휘몰아치고 축축한 눈발이 흩날리고 있었다. 어슴푸레한 가로등 불빛이 비치는 거리는 텅 비어 있었다. 간혹 볼품없는 여윈 말이 끄는 가두 마차가 귀가가 늦어진 손님이 없는지 살피며 지나가는 정도였다. 게르만은 프록코트 하나만 달랑 입고 있는데도 바람도 눈도 느끼지 못하고 있었다.

마침내 백작부인 앞에 마차가 도착했다. 게르만은 흑담비 모피 외투로 온 몸을 휘감은 허리가 구부정한 노파를 하인들이 마차로 부축해 가는 모습을 보았다. 그 뒤로 얄팍한 망토를 걸치고 생화를 머리에 꽂은 그녀의 양녀가 어른거렸다. 쾅하는 소리를 내며 마차 문이 닫히더니 질퍽질퍽한 눈길 위로 마차는 힘들게 나아갔다. 문지기는 현관문을 닫았다. 창문의 불빛이 꺼졌다.

게르만은 텅 빈집 주변을 배회하기 시작했다. 가로등 아래로 가서 시계를 들여다봤다. 11시 20분이었다. 그는 가로등 밑에 서서 시계 바늘에서 시선을 떼지 않고 남은 시간을 기다렸다. 11시 30분 정각이 되자 게르만은 백작부인의 저택 계단으로 올라가 환하게 불이 밝혀진 현관 방 안으로 들어섰다. 문지기는 보이지 않았다. 게르만은 뛰어서 층계를 올라가 문간방으로 통하는 문을 열었는데, 거기서 하인을 보게 되었다. 하지만 하인은 등잔불을 켜 놓은 채 낡고 더러운 소파에 누워 잠들어 있었다. 가볍고도 당당한 걸음으로 게르만은 그의 곁을 지나갔다. 홀과 거실은 어두컴컴했다. 희미한 불빛이 문간방에서 비쳐왔다.

게르만은 백작부인의 침실로 들어갔다. 오래된 성상으로 가득한 성상갑 앞에는 희미한 불빛을 발하는 황금 등잔이 놓여 있었다. 색이 바랜 공단을 씌운 안락의자, 금도금이 벗겨진 소파와 부드러운 솜을 넣은 쿠션들이 중국 벽지를 바른 벽 가까이에서 쓸쓸한 조화를 이루고 있었다.

벽에는 마담 르브랑[86]이 파리에서 그린 초상화 두 점이 걸려 있었다. 그 중 하나에는 담녹색 군복에 훈장을 달고 있는 마흔 살 가량 되어 보이는 얼굴이 불그스레한 뚱뚱한 남자가 그려져 있었고, 다른 하나에는 이마 위로 빗어 올려 화장분을 바른 머리에 장미꽃 장식을 한 매부리코의 젊고 아름다운 여자가 그려져 있었다. 방 구석구석에는 도자기로 만든 목동상, 유명한 르루아[87]제 탁상시계, 보석함, 룰렛, 부채, 그리고 지난 세기 말에 유행했던 부인들의 놀이기구들, 몽골피에르 형제[88]가 발명한 열기구가 메스머[89]의 자석과 함께 놓여 있었다. 게르만은 칸막이 뒤로 갔다. 거기에는 작은 철제 침대가 있었고, 오른편에 서재로 난 문이 왼편에는 복도로 통하는 문이 있었다. 게르만은 왼쪽 문을 열고 불쌍한 처녀의 방으로 이어지는 좁은 나선형 계단을 바라보았다……. 그러나 그는 발길을 돌려 어두운 서재로 들어갔다.

시간은 더디게 지나갔고, 사방은 정적에 잠겨 있었다. 거실에서 시계가 열두 시를 쳤다. 방마다 걸린 시계들이 연이어 열두 시를 알리고는 순식간에 다시 조용해졌다. 게르만은 차가운 벽난로에 기대어 섰다. 그는 몹시 침착했다. 마치 위험을 감수해야 하긴 하지만 반드시 해내야 하는 일을 결행한 사람처럼 그의 맥박은 차분하게 고동쳤다. 시계가 새벽 한 시를 알리고 두 시를 알리자, 그는 멀리서 울려오는 마차 소리를 들었다. 자기도 모르게 흥분에 휩싸였다. 마차는 가까이 다가와 멈춰 섰고 곧 마

---

86) 루이즈 엘리자베스 비제 르브랑 부인(1755-1842)은 프랑스의 여류 화가로 초상화를 잘 그렸다.

87) 르루아(1686-1759)는 대를 이어 시계를 만든 프랑스의 대가이다.

88) 몽골피에르 형제는 1783년에 자신들이 직접 만든 열기구를 타고 날아오르는데 성공했다.

89) 메스머(1734-1815)는 오스트리아의 의사로 동물의 자력을 이용하여 병을 치료하는 방법을 발명했다. 그는 근대 최면 요법의 시조이다.

차 발판 내리는 소리가 들려왔다. 집 안은 술렁거리기 시작했고, 하인들은 뛰어다니며 소리를 지르고 불을 밝혔다. 침실로 늙은 하녀 셋이 뛰어들어오고 거의 녹초가 다 된 백작부인이 방으로 들어와 볼테르식 의자에 쓰러지듯 주저앉았다. 게르만은 문틈으로 들여다보았다. 리자베타 이바노브나가 그의 옆을 지나갔다. 게르만은 잰걸음으로 층계를 따라 올라가는 그녀의 발자국 소리를 들었다. 그의 마음에 양심의 가책과 흡사한 무언가가 느껴지는가 싶더니 이내 잠잠해졌다. 그의 심장은 싸늘한 돌처럼 굳어졌다.

백작부인은 거울 앞에 앉아 옷을 벗기 시작했다. 하녀들은 장미꽃 장식이 달린 두건을 떼고 나더니 짧게 깎은 백발 머리에 씌웠던 화장 분을 뿌린 가발을 벗겨냈다. 머리핀이 그녀 주위에 비 오듯 쏟아졌다. 은실로 수놓은 노란색 드레스가 그녀의 퉁퉁 부어오른 발 아래로 흘러내렸다. 게르만은 노파의 혐오스러운 화장의 비밀을 훔쳐본 목격자가 된 것이다. 마침내 백작부인은 잠옷과 나이트 캡 차림으로 남게 되었다. 그녀의 나이에 훨씬 더 잘 어울리는 이 차림을 보니 좀 덜 끔찍하고 덜 추해 보였다.

나이든 노인들이 대부분 그러하듯 백작부인도 불면증에 시달렸다. 옷을 다 갈아입고 그녀는 창문가의 볼테르식 의자에 앉더니 하녀들을 내보냈다. 촛불을 들고 나가자 방은 또다시 등잔에서 비쳐오는 불빛만이 남았다. 노란 불빛에 감싸인 채 백작부인은 의자에 앉아서 좌우로 몸을 흔들면서 축 늘어진 입술로 뭔가 중얼중얼 거리고 있었다. 그녀의 흐릿한 두 눈에는 아무런 생각도 드러나지 않았다. 그런 그녀를 보고 있으면 이 끔찍한 노파가 몸을 흔드는 게 자신의 의지에 의한 것이 아니라 비밀 전기요법의 영향을 받고 있는 것 같았다.

갑자기 이 죽은 사람 같은 얼굴이 형용하기 힘든 표정으로 바뀌었다. 중얼거리던 입술이 딱 벌어지고 눈은 동그래졌다. 백작부인 앞에 낯선 남자가 서 있었던 것이다.

"놀라지 마세요, 제발, 놀라지 마세요!"

그는 낮지만 또렷한 음성으로 말했다.

"당신을 해칠 마음은 조금도 없습니다. 당신에게 한 가지 간곡한 청이 있어서 왔을 뿐입니다."

노파는 아무 말도 못하고 그를 쳐다보고만 있었는데 그의 말을 알아듣지 못하는 듯 했다. 게르만은 늙은이의 귀가 먹었다고 생각하여 바로 그녀의 귀에다 대고 같은 말을 되풀이했다. 노파는 여전히 입을 다물고 있었다.

"당신은 저에게"

게르만은 계속 말을 이어갔다.

"행복을 가져다 줄 수 있습니다. 당신한테는 아주 손쉬운 일이지요. 저는 당신이 석 장의 카드 패를 연속적으로 알아맞힌다는 것을 알고 있습니다……."

게르만은 말을 멈추었다. 백작부인은 그가 요구하는 게 뭔지 눈치 챈 것 같았다. 그리고 어떻게 대답할지 고심하는 듯 했다.

백작부인의 드레스 룸에서
"맹세코! 그건 농담이었어."
백작부인이 대답했다.

"그건 농담이었어."

드디어 그녀가 대답했다.

"맹세코! 그건 농담이었어."

"그런 걸 가지고 농담을 할 순 없어요."

게르만이 화를

내며 대들었다.

"당신이 잃은 돈을 고스란히 되찾게 해 줬던 차플리츠키라는 사람을 기억해 보시라고요."

백작부인은 몹시 당혹스러워 했다. 얼굴에는 격한 마음의 동요가 나타나는 듯 했지만 이내 방금 전의 무심한 표정으로 돌아왔다.

"어떻게 하시겠습니까?"

게르만은 계속 말했다.

"그 석 장의 확실한 카드 패를 저한테 가르쳐 주시겠습니까?"

백작부인은 아무 말도 하지 않았고, 게르만은 말을 이어갔다.

"누굴 위해 그 비밀을 함구하고 계시는 겁니까? 손자들? 그들은 그걸 몰라도 부유하게 잘살고 있는 걸요. 게다가 그들은 돈의 가치도 모른다고요. 돈을 펑펑 써대는 자에게 당신의 석 장의 카드 패는 도움이 안 됩니다. 아버지의 유산을 지키지 못하는 그런 인간은 악마가 힘을 빌려 준대도 결국 알거지가 되어 죽고 말지요. 나는 낭비하는 사람이 아닙니다. 돈의 가치를 아는 사람이죠. 당신의 석 장의 카드 패를 저는 절대 헛되이 쓰지 않겠습니다. 자……!"

그는 말을 멈추고 부들부들 떨며 그녀의 대답을 기다렸다. 하지만 백작부인은 입을 열지 않았다. 게르만은 무릎을 꿇었다.

"만일 언젠가"

그가 말했다.

"당신의 심장이 사랑의 감정을 느꼈던 적이 있다면, 아직도 당신께서 그 사랑의 환희를 기억하신다면, 만일 한번이라도 갓 태어난 아기의 울음소리에 웃어본 적이 있으시다면, 인간적인 그 어떤 감정이 당신의 가슴을 설레게 한 적이 있다면, 제발 그 때의 감정을 되살려 저에게 은혜를 베풀어 주십시오.

당신을 내 아내로, 애인으로, 어머니로, 그리고 내 인생에서 가장 신성한 존재로 여기며 이렇게 간곡히 부탁드리니 제 청을 거절하지 말아 주십시오! 당신의 비밀을 가르쳐 주세요! 말 못할 이유가 뭐가 있습니까? 어쩌면 그 비밀은 무시무시한 죄, 영원한 행복의 파멸, 그리고 악마와의 계약과 결부되어 있을 수도 있겠지요…….

당신 자신에 대해 한 번 생각해 보십시오. 당신은 늙었고 살날도 얼마 안 남았습니다. 전 당신의 죄를 대신 떠안을 자신도 있습니다. 제발 당신의 비밀만 알려 주십시오. 생각해 보십시오. 당신 손에 한 사람의 행복이 달려있습니다. 저뿐만 아니라 제 아이들과 손자들, 증손자들이 당신께 고마워하고, 당신을 존경하면서 성인처럼 떠받들고 살아갈 것입니다……."

노파는 한 마디도 입을 떼지 않았다.

게르만은 일어섰다.

"늙은 마녀 같으니라고!"

그는 이를 악물고 말했다.

"그렇다면 억지로라도 입을 열게 하는 수밖에……."

이 말과 함께 그는 주머니에서 권총을 꺼냈다.

권총을 보자 백작부인은 또 다시 격한 감정을 드러냈다. 그녀는 총알을 피하기라도 하려는 듯 고개를 저으며 손을 들었다……. 그러더니 벌렁 뒤로 나자빠지더니…… 그대로 꿈쩍도 하지 않았다.

"어린애처럼 굴지 마시지."

그녀의 손을 잡고 게르만이 말했다.

"마지막으로 묻겠소. 석 장의 카드 패를 나한테 말 해 줄 거요, 말 거요?"

백작부인은 대답이 없었다. 게르만은 그녀가 죽었다는 것을 알아차렸다.

4

18**년 5월 7일

도덕심도 신앙도 없는 인간!

- 어느 편지에서

리자베타 이바노브나는 무도회 의상을 그대로 입은 채로 자기 방에 앉아서 깊은 상념에 잠겨 있었다. 저택에 도착하자마자 그녀는 졸리는 눈으로 마지못해 시중들겠다는 하녀 아이를 서둘러 물리쳤다. 혼자서 옷을 갈아입겠다고 말하고 그녀는 황급히 자기 방으로 들어갔다. 심장은 떨려왔고, 방에서 게르만을 만나리라는 기대와 그가 오지 않았기를 바라는 마음이 엇갈렸다. 첫눈에 그가 방에 없다는 사실을 확인한 그녀는 두 사람의 밀회를 방해한 운명에 감사했다.

그녀는 옷도 갈아입지 않은 채로 앉아 지난 일들을 돌이켜 보며, 이렇게 짧은 시간 안에 자신을 이토록 깊이 빠져들게 한 것이 대체 무엇일까를 생각해 보았다. 그녀가 창문으로 청년을 처음으로 보게 된 그날로부터 3주일도 채 지나지 않았는데 어느새 그녀는 그와 서신을 주고받고 있었다. 결국 그는 야심한 시각에 그녀와의 밀회 약속을 얻어낸 것이다! 그녀는 몇몇 편지에 남긴 서명을 통해 그의 이름 정도는 알고 있었지만, 한 번도 얘기를 나눠 본 적도, 목소리를 들어본 적도, 그에 대한 소문을 들어본 적도 없었다……. 바로 오늘 저녁까지는…… 참으로 이상한 일이 아닌가!

바로 그날 저녁 무도회에서 톰스키는 젊고 아름다운 공작의 딸 폴리나 *** 때문에 심통이 나있었다. 그녀가 평소와는 달리 다른 사내들 앞에서 아양을 떨고 있는 모습을 보았던 것이다. 앙갚음을 하려고 일부러 무관심한 태도를 보이며, 그는 리자베타 이바노브나에게 다가가 춤을 청하더니 끝없이 마주르카를 추었다. 춤을 추는 내내 그는 공병 장교에게 은근히 마음을 두고 있는 게 아니냐고 그녀를 놀려댔고, 자신은 그녀가 상상하는 것보다 훨씬 더 많은 걸 알고 있다고 말했다. 그의 농담들 중에 몇 마디는 정말 딱 들어맞는 말이어서 리자베타 이바노브나는 자신의 비밀을 그가 이미 눈치 챘다고 여러 번 생각했을 정도였다.

"누구한테서 그런 얘길 들으셨어요?"

웃으면서 그녀가 물었다.

"당신이 알고 있는 바로 그 친구한테서지요."

톰스키가 대답했다.

"그 친구 정말 대단한 친구지요."

"그 대단하다는 친구가 대체 누구예요?"

"게르만이라고 합니다."

리자베타 이바노브나는 아무 대꾸도 하지 않았지만, 그녀의 손과 발은 금새 얼어버렸다…….

"그 게르만이라는 친구는 말이죠."

톰스키가 계속해서 말했다.

"진짜 낭만적인 얼굴을 가졌죠. 겉모습은 나폴레옹인데 속은 메피스토펠레스[90]라고나 할까요? 제 생각에 그는 양심에 거리낌 없이 적어도 세 가지 악행은 저지를 사람입니다. 아니 얼굴이 왜 그렇게 창백한가요?"

"머리가 좀 아파서요……. 그 게르만인가 하는 사람이 당신에게 대체 무슨 얘길 한 거죠……?"

"게르만은 한 친구를 몹시 못마땅하게 생각하고 있어요. 자기가 그 친

---

90) 괴테의 소설 『파우스트』에 나오는 인물로 파우스트에게 젊음과 부, 권력을 주는 대가로 그의 영혼을 팔 것을 요구하는 악마적인 존재이다.

구 입장이라면 그렇게 행동하진 않을 거라고 말하면서요……. 제가 추측하건대, 게르만은 당신에게 마음이 있는 것 같아요. 연애하는 친구 녀석 얘기에 요즘 들어 부쩍 관심을 보이고 있거든요."

"그렇다면 그 사람이 대체 어디서 저를 보았을까요?"

"교회에서 보았겠지요. 아니면 산책길에서! 어쩌면 당신이 잠들어 있을 때 방에 들어갔을 지도 모르죠. 충분히 그러고도 남을 사람이라……."

그 때 세 명의 귀부인이 그에게 다가와 '잊으시겠어요, 후회하시겠어요?'[91]라고 묻는 통에 고통스러울 정도로 리자베타 이바노브나의 호기심을 끌었던 대화는 중단되었다.

톰스키가 선택한 아가씨는 바로 공작의 딸 폴리나 ***였다. 그녀는 그와 춤을 추며 수십 번 빙글빙글 돌고 홀을 누비는 동안 쌓인 오해를 말끔히 씻는데 성공했다. 자기 자리로 돌아온 톰스키에게 게르만이나 리자베타 이바노브나는 더 이상 안중에도 없었다. 그녀는 어떻게 해서든 끊어진 얘기를 다시 이어 보려고 애써보았지만 헛일이었다. 마주르카가 끝나자 백작부인은 서둘러 무도회장을 떠났다.

톰스키의 말은 마주르카를 추며 늘어놓는 너스레에 불과했지만 그것은 꿈 많은 젊은 처녀의 가슴에 깊이 파고들었다. 톰스키가 대충 그려준 초상화는 그녀가 생각한 모습과 상당히 흡사했는데, 최근에 읽은 소설 탓에 그의 얼굴은 더 저속하게 느껴져 그녀를 아연실색하게 만들었다. 그녀는 아직 꽃이 꽂혀 있는 머리를 드러난 가슴 쪽으로 떨어뜨린 채 장갑을 벗은 손을 포개고 앉아 있었다……. 그 때 갑자기 문이 열리더니 게르만이 방 안으로 들어왔다. 그녀는 온 몸이 떨려오기 시작했다…….

"대체 어디에 계셨던 거죠?"

그녀는 몹시 놀라 낮은 소리로 물었다.

"노백작부인의 침실에 있었소."

---

91) 프랑스어 원문은 'oubli ou regret'. 마주르카의 파트너를 찾을 때 쓰는 암호.

게르만과 리자의 만남
"당신은 잔인한 사람이에요!"
"백작 부인을 죽일 생각은 추호도 없었소."

게르만이 대답했다.

"그 방에서 막 나오는 길이오. 백작부인은 죽었소."

"맙소사……! 무슨 말씀을 하시는 거예요?"

"그게 아마도"

게르만은 계속 이어서 말했다.

"나 때문에 죽은 것 같소."

리자베타 이바노브나는 그를 뚫어지게 쳐다보았다. 그때 마음속에 톰스키가 '제 생각에 그는 양심에 거리낌 없이 적어도 세 가지 악행은 저지를 사람입니다!'라고 했던 말이 떠올랐다. 게르만은 창문턱에 앉아서 그녀에게 모든 것을 털어놓았다.

리자베타 이바노브나는 공포에 휩싸인 채 그의 얘기를 들었다. 그러니까, 열정적인 편지도, 불처럼 타오르던 애원도, 대담할 정도로 끈질기게 꽁무니를 따라 다닌 이유도, 결국 사랑이 아니었던 것이다! 돈 - 이것이야말로 그가 진정으로 갈망했던 것이었다! 그의 욕망을 만족시켜주고 그를 행복하게 해 줄 수 있는 존재는 그녀가 아니었다! 불쌍한 양녀 아가씨는 자신의 늙은 은인을 살해한 강도의 눈먼 공범자에 불과했던 것이다……! 그녀는 돌이킬 수 없는 때늦은 후회에 고통스러워하며 애간장을 녹이는 눈물을 흘렸다.

게르만은 묵묵히 그녀를 지켜보고만 있었다. 그의 마음도 괴롭긴 마찬가지였지만 불쌍한 아가씨의 눈물이나 슬픔에 잠긴 그녀의 놀랄 만큼 아름다운 모습이 그의 냉혹한 마음을 뒤흔들어놓은 건 아니었다. 그는 노파를 살해한 자신의 행동에 양심의 가책을 느끼고 있지 않았다. 자신을 벼락부자로 만들어 줄 수 있었던 비밀을 이젠 영원히 밝힐 수 없다는 사실, 바로 그 사실이 그를 공포에 질리게 했다.

"당신은 잔인한 사람이에요!"

마침내 리자베타 이바노브나는 입을 열었다.

"백작부인을 죽일 생각은 추호도 없었소."

게르만이 대답했다.

"내 권총은 장전도 되어 있지 않았소."

그들은 침묵했다.

동이 터오고 있었다. 리자베타 이바노브나는 거의 다 타 버린 촛불을 껐다. 희미한 여명이 그녀의 방으로 비쳐 들었다. 그녀는 눈물을 닦아 내고 게르만을 올려다봤다. 그는 팔짱을 낀 채 험악하게 인상을 찌푸리고 창문턱에 앉아 있었다. 그 모습은 나폴레옹의 초상화와 놀랄 만큼 흡사했다. 이 유사함은 리자베타 이바노브나까지 놀라게 했다.

"이 집에서 어떻게 빠져나가실 건가요?"

마침내 리자베타 이바노브나가 말했다.

"비밀 계단으로 당신을 안내해 드려야 하지만, 침실을 지나가야 하는 게 전 두려워요."

"어떻게 그 비밀 계단을 찾아가야 하는지만 말씀해 주시오. 혼자 가겠소."

리자베타 이바노브나는 일어나서 장롱을 열고 열쇠를 꺼냈다. 그걸 게르만에게 건네주며 나가는 길을 상세하게 말해 주었다. 게르만은 그녀의 싸늘하고 무감각해진 손을 잡더니 숙인 머리에 입을 맞추고는 방을 나갔다.

그는 나선형 계단을 내려가 다시 백작부인의 침실로 들어갔다. 죽은 노파는 돌처럼 굳은 채 앉아 있었고, 그녀의 얼굴에는 깊은 고요가 서려 있었다. 게르만은 그녀 앞에 멈춰 서서 두려운 진실을 밝혀내고 싶은 욕망을 져버리지 못한 채 오랫동안 바라보았다. 마침내 그는 서재로 들어가 벽지를 더듬어 비밀 문을 찾아냈다. 그는 묘한 흥분을 느끼며 어두운 계단을 내려가기 시작했다. 그는 생각했다. 어쩌면 60여 년 전, 바로 이 계단을 따라 야심한 시각에 화려하게 수놓은 카프탄을 입은 한 젊은 행운아가 머리는 '왕관 쓴 새처럼'[92] 빗어 올리고 삼각모를 가슴에 품은 채 이 침실로 숨어들어왔을 테지. 그 사내는 이미 오래 전에 무덤에서 썩고 있을 테지만, 그의 늙은 애인의 심장은 오늘에서야 고동을 멈추게 된 거야…….

계단이 끝나는 곳에 문이 하나 있었다. 게르만은 손에 쥔 열쇠로 문을 열었다. 그가 정신을 차려보니 어느새 거리로 나가는 통로에 서있었다.

---

92) 프랑스어 원문은 ' à l'oiseau royal'.

5

그날 밤 죽은 폰 V*** 남작부인이
내 꿈에 나타났다네.
하얀 옷을 입은 그녀가 이렇게 말하더군.
"안녕하세요, 고문관님!"
- 쉬베덴보르그[93]

운명의 그날 밤으로부터 사흘 후, 게르만은 아침 9시경에 ***수도원으로 출발했다. 거기서 고인이 된 백작부인의 장례식이 거행될 예정이었다. 죄책감이 들진 않았지만 가슴 밑바닥에서 계속해서 들려오는 '네가 노파를 살해했어!'라는 양심의 목소리는 완전히 가라앉지 않았다. 진실된 신앙을 제대로 가져보지 못한 그는 미신은 꽤 잘 믿는 편이었다. 그는 죽은 백작부인이 그의 인생에 해를 끼칠 수도 있다고 생각했다. 그래서 그녀에게 용서를 구하고자 장례식에 가기로 결심했던 것이다.

교회 안은 조문객들로 가득 차 있었다. 게르만은 간신히 사람들 사이를 비집고 들어갔다. 관은 벨벳 덮개로 덮인 호화로운 영구대 위에 놓여 있었다. 고인은 두 손을 가슴에 포개어 얹고 레이스 달린 두건에 하얀 공단 옷을 입고 관 안에 누워 있었다. 주위에는 그녀의 가족들이 서 있었다. 하인들은 검은 외투 어깨 부분에 집안 문장이 새겨진 리본을 달고 초를 손에 들고 서 있었다. 유족들인 자식들과 손자들, 증손자들은 상

93) 쉬베덴보르그(1688-1722)는 스웨덴의 신비주의 철학자이다.

복을 입고 있었다. 아무도 울지 않았고 울었다 해도 그저 '우는 척'할 뿐이었다. 백작부인은 너무 고령이어서 그녀의 죽음은 아무도 놀라게 하지 않았다. 친척들은 벌써 오래 전부터 그녀를 저승길이 멀지 않은 사람으로 여겼던 것이다.

젊은 주교가 조문을 읽었다. 그는 오랜 세월 동안 조용히 순종적으로 크리스천의 죽음을 준비해 온 한 독실한 정교도 여인의 평화로운 죽음을 소박하고 감동적인 말로 표현했다.

"죽음의 천사가 그분을 찾아왔습니다."

주교가 말했다.

"그분은 잠자지 않고 깨어서 경건한 마음으로 한 밤에 오실 신랑을 기다리고 계셨던 것입니다."

장례식 예배는 애도의 예식을 거행하면서 끝이 났다. 유족들이 제일 먼저 고인의 유해에 작별을 고했다. 그 다음에는 그토록 오랜 세월 동안 자신들과 함께 세속의 유흥에 함께 했던 여인에게 마지막 인사를 고하러 온 많은 조문객들의 문상이 이어졌다. 하인들의 대열이 그 뒤를 따랐다. 마지막으로 고인과 같은 연배의 늙은 하녀가 두 명의 젊은 하녀들의 부축을 받아서 다가갔다. 그녀는 땅에 엎드려 절을 할 힘도 없어 보였다. 옛 주인의 싸늘한 손에 입을 맞추며 눈물을 흘린 사람은 오로지 그녀 밖에 없었다. 그녀 다음으로 게르만은 관 앞으로 나아가기로 결심했다.

그는 땅 바닥에 무릎을 꿇어 절을 한 후 몇 분간 전나무 가지가 깔린 차가운 바닥에 엎드려 있었다. 마침내 고개를 들고는, 죽은 사람처럼 창백한 얼굴로 영구대의 계단을 올라가 고개를 숙였다……. 바로 그 순간 고인이 된 백작부인이 한쪽 눈을 찡긋하더니 비웃으며 그를 쳐다보는 게 아닌가! 게르만은 황급히 뒷걸음치다가 발을 헛디뎌서 뒤로 벌렁 나자빠져 바닥에 쓰러지고 말았다. 사람들이 달려와 그를 일으켜 세웠다. 바로 이 순간 리자베타 이바노브나가 교회 입구에서 기절해 실려 나갔다.

이 사건으로 인해 음울한 장례식의 장중한 분위기가 잠시 흐트러졌다.

조문객들 사이에서 수군거리는 소리가 일기 시작했는데, 고인의 가까운 친척뻘인 마른 체격의 시종은 곁에 서 있는 영국인의 귀에다 대고 젊은 장교는 백작부인의 숨겨둔 아들이라고 속삭였다. 이 말을 들은 영국인은 냉담한 표정으로 '오?'하고 대꾸했다.

하루 종일 게르만은 완전히 절망에 빠져 있었다. 허술한 식당에서 식사를 하며 마음의 흥분을 좀 진정시켜볼 심산으로 그는 평소에는 마시지도 않던 술을 엄청나게 많이 마셨다. 그러나 술은 점점 더 그의 망상을 격렬하게 부채질 할 뿐이었다. 집으로 돌아온 그는 옷도 벗지 않은 채 그대로 침대에 쓰러져 잠에 빠져 들었다.

한밤중에 그는 잠에서 깨어났다. 달빛이 그의 방에 비쳐 들었다. 시계를 들여다보니 3시 15분 전이었다. 잠은 달아나 버렸다. 그는 침대에 걸터앉아 백작부인의 장례식에서 일어난 일을 생각하고 있었다.

그 때 누군가가 거리에서 창문을 통해 그를 가만히 주시하더니 금방 사라졌다. 게르만은 거기에 별 관심을 두지 않았다. 1분쯤 지나서 현관문 자물쇠 여는 소리가 들려왔다. 게르만은 사병이 여느 때처럼 술을 진탕 마시고 밤거리에서 돌아오는 거라고 생각했다. 하지만 들려오는 건 낯선 발걸음 소리였다. 누군가 조용히 슬리퍼를 질질 끌며 걸어오고 있었다. 방문이 열리고, 흰 옷을 입은 여인이 들어왔다. 게르만은 자신의 늙은 유모

게르만에게 나타난 백작부인의 유령
"나는 내 의지와는 상관없이 자네한테 온 걸세."

가 온 줄 알고 이런 야심한 시각에 찾아온 이유가 뭘까 하고 의아해 하고 있었다. 그러나 흰 옷을 입은 여인은 미끄러지듯 슬며시 들어와 홀연 그의 앞에 모습을 드러냈다. 그때서야 게르만은 그 여인이 백작부인이라는 걸 알아챘다!

"나는 내 의지와는 상관없이 자네한테 온 걸세."

그녀가 단호한 목소리로 말했다.

"자네 부탁을 들어주라는 분부를 받았기 때문이라네. 3점 패, 7점 패, 그리고 에이스 패가 연달아 자네를 이기게 해 줄 걸세. 하지만 명심하게나! 하루 저녁에 카드 한 패 이상은 걸어선 안 되네. 그리고 한 평생 두 번 다시 노름에 손대서도 안 돼. 내 양딸 리자베타 이바노브나와 결혼을 한다면 나를 죽게 한 죄는 용서해 주겠네……."

이 말을 남기고 그녀는 돌아서서 문 밖으로 슬리퍼를 질질 끌며 사라졌다. 게르만은 현관문이 쾅하고 닫히는 소리를 들었고, 또 다시 누군가 창문을 통해 자신을 주시하는 걸 보았다.

게르만은 한동안 혼이 나간 채 앉아 있었다. 그는 일어나 옆방으로 가 보았다. 사병이 바닥에 누워 자고 있는 걸 보고 억지로 흔들어 깨웠다. 사병은 여느 때처럼 술에 잔뜩 취해 있었으므로 그로부터 아무것도 알아낼 수가 없었다. 현관문은 굳게 닫혀 있었다. 게르만은 방으로 돌아와 촛불을 켜고 자기가 본 환영을 기록해 두었다.

6

"기다려!"
"어떻게 감히 나한테 '기다려'라고 말을 해?"
"각하, 저는 '기다리십시오'라고 말했습니다."

물질계에서 두 물체가 한 자리를 점유할 수 없듯이 정신계에서도 두 고정 관념이 함께 공존할 수 없다. 3점 패, 7점 패, 에이스 패는 게르만의 마음에서 죽은 노파의 모습을 순식간에 지워버렸다. 3, 7, 에이스 패는 그의 뇌리에서 떠나지 않았고 그의 입술에서도 내내 맴돌았다. 젊고 아름다운 아가씨를 보면 그는 이렇게 말했다.

"정말 늘씬한 아가씨로군……! 진짜 하트의 3이야."

사람들이 그에게 다가와, "지금 몇 시인가요?"하고 물으면, "5분 있으면 7시 입니다."라고 그는 대답했다. 배불뚝이 남자를 보면 그는 에이스의 1을 떠올렸다. 3, 7, 1은 그의 꿈속에서 온갖 형태로 변모되어 나타났다. 3은 화려하고 아름다운 한 송이 꽃으로 피어나고, 7은 고딕 양식의 대문의 형상으로, 1은 거대한 거미로 나타났다.

게르만은 오직 한 가지 생각, 즉 비싼 대가를 치러 얻어낸 비법을 제대로 써먹어야겠다는 생각에 온통 몰두하고 있었다. 그는 퇴직하고 여행을 떠나버릴까 하는 생각도 해 보았다. 파리 도박장으로 가서 매혹적인 행운의 여신을 상대로 거액의 돈을 따보고 싶었다. 그러나 우연히 찾아온 기회가 그의 수고를 한결 덜어주었다.

모스크바에는 유명 인사 체칼린스키가 대표를 맡고 있는 부유한 도박꾼들의 클럽이 있었다. 체칼린스키는 평생을 도박에 전념해 온 인물로 이기면 어음으로 받고, 지면 현금으로 지불하는 방식으로 한 때 수백만의 돈을 벌어들였다. 그는 오랫동안 쌓아온 경험 덕분에 동료들에게 신망을 얻고 있었고, 극진한 대접과 솜씨 좋은 요리사, 친절함과 호탕한 성품으로 인해 대중들에게까지 존경을 받았다. 그런 체칼린스키가 페테르부르크에 나타난 것이다. 젊은이들은 노름판을 지켜보려고 무도회를 잊어버렸고, 여자들의 꽁무니를 따라다니는 것보다 파라온 게임[94]의 유혹에 더 이끌려 그에게로 몰려들었다. 나루모프는 그에게 게르만을 데려갔다.

그들은 정중한 매너로 손님을 맞이하는 하인들로 가득한 호화로운 방을 여럿 지나갔다. 장군들 몇 명과 추밀원 고관들이 휘스트 게임[95]을 하고 있었다. 젊은이들은 비단을 씌운 소파에 다리를 쭉 뻗고 누워 아이스크림을 먹거나 파이프 담배를 피웠다. 응접실의 긴 탁자 주변에 스무 명 가량의 노름꾼들이 빙 둘러 앉아 있었고, 주인은 자리에 앉아 카드 패를 돌리고 있었다. 그는 예순 살 정도의 연배로 아주 점잖고 품위 있는 외모의 소유자였다. 머리는 밝은 은발에 혈색이 좋고, 듬직한 체격은 그의 선량한 성품을 돋보이게 했으며, 항상 온화한 웃음으로 생기가 넘치는 두 눈은 빛을 발하고 있었다. 나루모프는 그에게 게르만을 소개했다. 체칼린스키는 게르만에게 다정하게 악수를 하면서 격식을 차리지 말고 편하게 있으라고 당부하고는 계속해서 패를 돌렸다.

탈리야 게임[96]은 꽤 오랜 시간을 끌었다. 탁자 위에는 서른 장이 넘는 카드 패가 널려 있었다. 체칼린스키는 카드 패를 나누고 나서는 노름꾼들에게 생각을 정리할 시간을 주기 위해 잠시 멈추었다가 각자의 잃은 금액을 기록했다. 그는 정중하게 그들의 요구를 귀 기울여 듣기도 하고,

---

94) 파라온 게임에 대한 상세한 설명은 작품해설 참조.

95) 카드 게임에서 가장 높은 패를 낸 사람이 판돈을 다 가져가는 내기.

96) 카드 게임에서 1회에 1패만 돌리는 내기.

무심결에 방심한 손으로 접어놓은 카드 귀퉁이를 펴 놓는 데는 더 각별한 친절을 베풀었다. 마침내 탈리야 게임이 끝이 났다. 체칼린스키는 다음 판을 돌리기 위해 카드를 섞었다.

“저도 걸게 해 주십시오.”

게르만이 이제 막 돈을 건 뚱뚱한 신사 뒤에서 손을 내밀며 말했다. 체칼린스키는 미소를 지으며 정중히 동의의 표시로 말없이 고개를 끄떡였다. 나루모프는 웃으며 오랜 금욕을 깨기로 결심한 게르만을 축하했고 첫 출발에 큰 행운이 있길 빌어 주었다.

“이 정도 걸겠소!”

게르만은 자기 카드 패 뒷면에 엄청난 금액을 기록한 뒤 말했다.

“얼마라고 하셨지요?”

물주가 숫자가 잘 안 보여 눈을 가늘게 뜨고 물었다.

“죄송합니다만, 잘 보이지가 않는군요.”

“4만 7천입니다.”

게르만이 대답했다.

이 말이 떨어지자, 모든 사람들이 일제히 머리를 돌려 게르만에게 시선을 집중시켰다.

‘저 사람 완전히 돌았군!’

나루모프는 생각했다.

“혹시나 해서 말씀드립니다만,”

체칼린스키는 여전히 미소를 띤 채 말했다.

“판돈이 좀 많은 것 같군요. 이제까지 이곳에서 2백 75이상 건 사람은 아무도 없었지요.”

“그게 어쨌단 말이오?”

게르만이 대꾸했다.

“제게 카드를 주실 겁니까, 말 겁니까?”

체칼린스키는 조금 전처럼 정중한 승낙의 표시로 고개를 끄떡였다.

"한 가지 당부 말씀드릴게 있습니다만,"

그가 말했다.

"제 동료들의 신용을 무척 중시하는 저로서는 현금이 아니면 패를 돌리지 않습니다. 물론 제 입장에서야 당신의 말로도 충분합니다만, 게임의 규칙도 있고 계산상의 문제도 있고 해서 현금을 카드에 얹어 주시기를 부탁드립니다."

게르만은 주머니에서 은행권 한 장을 꺼내 체칼린스키에게 건네주었다. 체칼린스키는 그것을 재빨리 훑어보더니 게르만 앞에 카드를 놓았다. 그는 계속해서 카드 패를 돌렸다. 오른 쪽에는 9점 패가 왼쪽에는 3점 패가 나왔다.

"내가 이겼소!"

게르만이 자신의 카드를 가리키며 말했다.

도박꾼들 사이에서 수군거리는 소리가 커졌다. 체칼린스키는 인상을 찌푸렸지만 곧 미소를 다시 지어 보였다.

"돈을 지금 받으시겠습니까?"

그가 게르만에게 물었다.

"그렇게 해 주시지요."

체칼린스키는 주머니에서 은행권 몇 장을 꺼내 바로 계산을 치렀다. 게르만은 돈을 받고서 탁자에서 물러났다. 나루모프는 정신을 차릴 수가 없었다. 게르만은 레모네이드 한 잔을 들이키더니 집으로 돌아갔다.

이튿날 저녁에 그는 다시 체칼린스키의 집에 나타났다. 주인이 패를 돌리고 있었다. 게르만이 탁자로 다가가자 판돈을 건 노름꾼들이 곧바로 그에게 자리를 내주었다. 체칼린스키는 상냥하게 그에게 인사를 했다.

게르만은 다음 판의 게임을 기다렸다가 돈을 걸었는데, 이번에는 자신의 돈 4만 7천에 어제 딴 판돈 전부를 합해서 올려놓았다.

체칼린스키는 패를 돌리기 시작했다. 오른쪽에는 잭이, 왼쪽에는 7점 패가 떨어졌다.

게르만이 7점 패를 들었다.

모두들 감탄사를 연발했다. 체칼린스키는 당황한 빛이 역력했다. 그는 9만 4천을 세어 게르만에게 건네줬다. 게르만은 냉랭한 표정으로 그 돈을 받더니 이번에도 즉시 자리에서 물러났다.

다음 날 저녁에 게르만은 또 다시 도박장에 나타났다. 모두들 그를 기다리고 있었다. 장군들과 추밀원 고관들도 휘스트 게임을 멈추고 이 기이한 도박판 승부를 구경하러 왔다. 젊은 장교들은 소파에서 벌떡 일어나 달려왔고 하인들도 모두 응접실로 모여 들었다. 사람들이 그를 빙 둘러쌌다. 다른 노름꾼들은 자기 카드를 버려두고 이 게임이 어떻게 끝날지를 초조하게 기다리고 있었다. 게르만은 안색이 좀 창백하긴 하지만 여전히 미소를 띠고 있는 체칼린스키를 혼자 상대할 생각으로 탁자 옆에 서 있었다. 체칼린스키가 카드를 섞었다. 게르만은 자기 카드를 떼어낸 다음 카드로 은행권 다발을 덮었다. 이 게임은 마치 결투 같아 보였다. 방 안에는 깊은 침묵이 감돌았다.

카드 게임에서 패배한 게르만
"에이스가 이겼소!"
"아니오, 당신의 여왕이 졌소."

체칼린스키는 패를 돌렸고 손은 떨리고 있었다. 오른쪽에는 여왕이, 왼쪽에는 에이스가 있었다.

"에이스가 이겼소!"

게르만이 소리치고는 자신의 카드를 내보였다.

"아니요, 당신의 여왕이 졌소."

체칼린스키가 상냥하게 말했다.

게르만은 온 몸을 부들부들 떨었다. 실제로 에이스 대신에 자신의 카드에는 스페이드의 여왕이 있었던 것이다. 그는 자신의 눈을 믿을 수가 없었다. 어쩌다 잘못된 패를 뽑았는지 도무지 이해할 수가 없었다.

바로 그 때, 스페이드의 여왕이 눈을 찡긋하더니 비웃으며 그를 노려보는 것처럼 보였다. 누군가와 이상하게 몹시 닮았다는 사실이 그를 놀라게 했다…….

"그 노파야!"

공포에 질려 그가 소리쳤다.

체칼린스키는 잃었던 거액을 다시 거두어갔다. 게르만은 꼼짝하지 않고 서 있었다. 그가 탁자에서 물러나자 사람들이 웅성거리는 소리가 커져갔다.

"정말 멋진 한 판 승부였어!"

도박꾼들이 이구동성으로 말했다.

체칼린스키는 다시 카드를 섞었고 노름은 여전히 계속되었다.

결말

게르만은 미쳐 버렸다. 그는 오부호프 병원 17호실에 앉아서 무얼 물어도 아무 대답도 하지 않으면서 신기할 정도로 빠른 속도로 이상한 말을 중얼거릴 뿐이었다.

"3, 7, 에이스! 3, 7, 퀸……!"

리자베타 이바노브나는 아주 후덕한 젊은 청년과 결혼했다. 청년은 어느 관청에 근무하는 제법 상당한 재산을 보유한 사람으로, 그는 전에 노백작부인의 집사였던 사람의 아들이었다. 리자베타 이바노브나는 가난한 친척 계집아이 하나를 맡아 키우고 있었다.

톰스키는 기병 대위로 승진했고 공작의 딸 폴리나와 결혼했다.

작가와 작품해설

작가와 작품해설

1. 알렉산드르 푸쉬킨의 생애

푸쉬킨

내 소망이 이루어졌소. 창조주는 그대를
내게 보내 주셨소. 나의 마돈나여!
가장 순결한 아름다움의
성스러운 구현이여!

-「마돈나」

푸쉬킨이 그의 아내가 될 나탈리야 니콜라예브나에게 바친 이 시는 사랑하는 여인에 대한 시인의 존경과 애정이 오롯이 담긴 시다. 마돈나에 비견할 만큼 뛰어난 미모를 지닌 아내를 맞이

한 러시아 당대 최고의 시인 푸쉬킨은 남은 여생을 그녀와 행복하게 살아갈 것을 꿈꾸었지만, 그의 인생은 생각처럼 그리 순탄하지 않았다. 그는 아내에게 은밀히 접근해 불미스러운 사건을 꾸민 프랑스인 단테스에게 결투를 신청하고, 결국 그의 총에 맞아 치명적인 총상을 입고 숨을 거두게 된다. 사랑하는 아내의 명예를 지키기 위해 결투를 선택한 시인 푸쉬킨, 이 위대한 시인의 죽음은 그를 아끼던 모든 러시아 민중에게는 세기의 비극으로 기억되었다.

러시아인들의 자기 인식을 예술 작품 속에 가장 러시아인답게 형상화해내어 러시아 최고의 시인이라는 명예와 찬사를 받은 푸쉬킨은 그들의 삶에 아주 큰 비중을 차지하는 작가이다. 시인은 그들의 때 묻지 않은 어린 시절의 추억의 일부요, 사랑의 열병을 앓는 연인의 마음의 대변자요, 인생의 황혼 무렵에 얼추 들어선 이들에게는 삶을 초연히 바라보게 하는 철학의 근원이다. 그래서 러시아인들은 태어나서 요람에서부터 푸쉬킨의 동요와 동화를 듣고 자라 무덤에 이르기까지 그의 작품을 탐독한다는 말을 하기도 한다.

러시아 문학인들과 예술가들에게 푸쉬킨은 한없이 퍼 올려도 마르지 않는 영감의 깊은 우물과도 같고, 거친 시대의 파도에 떠밀려 표류하는 그들의 험한 삶의 여정에 등대와도 같은 존재다. 그들은 러시아 문학을 세계문학의 반열에 올려놓은 시인에게 '러시아 문학의 태양'이라는 극찬을 아끼지 않으며 그를 존경하고 사랑해왔다. 특히 그에게 큰 영향을 받았던 작가 도스토예프스키는 임종하기 직전까지도 푸쉬킨의 운문소설 『예브게니 오네긴』의 한 대목을 읽고 있었다. 지금도 도스토예프스키의 박물관 한 켠에는 그 책의 페이지가 그대로 펼쳐진 채로 전시되어 있다.

푸쉬킨의 유년의 추억

이마에 흘러내린 아름다운 곱슬머리 휘날리며
뮤즈의 여신은 내 손에서 피리를 받아 들었네.
신의 숨결이 스며든 마법의 피리
내 가슴을 신비로운 매력으로 가득 채웠네.

-「뮤즈의 여신」 중

러시아가 낳은 위대한 작가 알렉산드르 세르게예비치 푸쉬킨은 1799년 5월 26일 모스크바에서 태어났다. 그의 아버지 세르게이 르보비치 푸쉬킨은 600여 년의 유서 깊은 전통을 지닌 러시아 귀족 가문의 후손이었다. 그러나 막 태어난 아기는 백인이 아니라 아프리카 혈통을 이은 어머니의 영향으로 얼굴이 까무잡잡한 흑인 아이였다. 푸쉬킨의 어머니 나제즈다 오시포브나는 표트르 1세의 흑인 노예 아브라함 한니발의 손녀였다. 그녀의 할아버지 한니발은 아프리카 아비시니아 (지금의 에티오피아) 영주의 아들이었는데, 소년 시절 그곳을 침략한 터키 군에게 포로로 잡혀갔다. 영특했던 소년은 터키 술탄의 눈에 띄어 총애를 입게 되었고, 술탄은 사절단을 데리고 온 러시아 황제 표트르 1세에게 자신의 흑인 노예를 선물로 주었다. 그의 총명함을 알아본 표트르 대제는 흑인 소년을 러시아로 데려와 유럽에 유학 보내고 관직과 영지를 하사한 후, 러시아 여인과 결혼하게 했다. 푸쉬킨은 한니발의 외증손자로 태어났기 때문에 검은 피부를 타고났던 것이다. 푸쉬킨은 아프리카와 러시아 혈통뿐만 아니라, 부친 집안의 이탈리아 혈통까지 이어받은 영향으로 영특한 두뇌와 다혈질의 성격, 예민하고 섬세한 미적 감각을 고루 겸비한 소년으로 자랐다. 이 후에 푸쉬킨이 '천재 시인'이라는 명성을 얻게 된 것은 이러한 집안 내력과도 깊은 연관이 있다.

그러나 푸쉬킨은 까무잡잡한 피부 때문에 어린 시절을 외롭게 보내야 했다. '아름다운 혼혈녀'로 사교계에서 이름을 떨치던 어머니 나제즈다는 첫 아이 알렉산드르가 유난히 검고 못생긴 걸 보고 실망하고는 아이에게 정을 주지 않았다. 장남과는 달리 둘째 아이 올가와 막내 레프는 백인에 가까웠기 때문에 그녀는 각별한 애정을 쏟았다. 어머니의 냉대와 아버지

아버지 세르게이 르보비치 푸쉬킨

어머니 나제즈다 오시포브나 푸쉬키나

의 무관심 속에서 자라는 알렉산드르를 따뜻하게 보살펴 준 이는 유모 아리나 라지오노브나였다. 그녀는 구수한 입담으로 옛날이야기와 러시아 민요를 들려주며 아이를 돌보았다. 당시 러시아 귀족 사회에서는 프랑스어를 공용어로 사용했는데도 불구하고, 푸쉬킨이 러시아어를 유창하게 구사하고 훌륭한 작품을 쓸 수 있었던 데에는 유모의 영향이 크게 작용했다. 알렉산드르는 외로울 때면 아버지의 서재에 몰래 들어가 아무 책이나 골라 읽는 것을 좋아했다. 동서고금의 풍부한 도서들이 어린 소년의 마음을 사로잡았다. 글을 깨우치기 시작하면서부터 시작된 독서는 그의 평생의 버릇이 되었다.

알렉산드르는 다섯 살 때 처음으로 프랑스어로 시를 써 사람들을 놀라게 했다. 푸쉬킨의 삼촌이자 작가였던 바실리 르보비치는 어린 조카의 문학적 재능을 일찌감치 알아보았다. 그는 자주 문학 살롱을 열어 당대

유년의 푸쉬킨

의 유명한 문인들을 초대했는데, 당시 감상주의 소설 『가련한 리자』로 일약 명성을 떨친 작가 카람진과 시인 드미트리예프, 바튜쉬코프와 유명한 예술가들이 이곳을 드나들었다. 어린 알렉산드르는 호기심을 가지고 그들의 얘기에 귀를 기울였다.

알렉산드르 푸쉬킨이 12살 되던 해인 1811년, 러시아 황제 알렉산드르 1세는 페테르부르크 근교에 있는 '황제의 마을'에 귀족 자제들만 입학할 수 있는 리쩨이를 개설했다. 황제는 귀족의 자제들에게 최고의 엘리트 교육을 제공해서 유능한 관료를 양성하고자 하는 취지로 이 학교를 설립했고 학비 전액을 황제 자신이 부담했다. 푸쉬킨은 시험을 치르고 그 해 가을에 리쩨이에 입학하여 6년간 수학했다. 리쩨이에는 유럽에서 서양 문물과 학문을 섭렵한 유학파 학자들과 당대 러시아 최고의 교수들이 포진해 있었다. 자유주의적이고 진보적인 분위기에 소년들은 자연스럽게 익숙해져 갔다. 이 학교 학생들은 엄격한 교칙에 따라 전교생이 기숙사 생활을 했으며 부모의 신분 고하를 막론하고 모두가 평등한 대우를 받았다. 6년을 기숙사에서 함께 생활한 동급생들은 피를 나눈 형제들보다 더 끈끈한 정과 우의를 나눈 사이가 되었다. 그들의 우정은 이후 러시아 귀족청년들이 겪게 될 시대적 불행과 좌절의 순간에 감동적인 동지애를 발휘하게 된다. 황제의 마을의 아름다운 풍경은 어린 푸쉬킨의 예민한 감성에 큰 영향을 미쳤다. 소년은 매일 황제의 여름 궁전 정원과 호숫가를 산책하면서 받은 영감으로 시로 쓰기 시작했다. 당시 원로 시인이었던 데르좌빈은 푸쉬킨이 리쩨이에서 낭독한 시「황제 마을의 회상」(1815)를 듣고 어린 소년의 시심에 칭찬을 아끼지 않았다.

리쩨이가 개교하고 다음 해인 1812년에 푸쉬킨은 평생 잊을 수 없는 역사적 사건을 경험하게 되었다. 러시아 군대가 나폴레옹이 진두지휘하는 막강한 프랑스 군대를 격파하고 승전보를 울리며 돌아온 것이었다. 푸쉬킨은 리쩨이에서 유럽에서 돌아온 장교들과 직접 만나 얘기를 나누었다. 장교들이 남긴 말 중에 '이 전쟁을 승리로 이끈 힘의 원천은 바로 러시아 민중에게 있다'라는 말은 소년에게 강한 인상을 남겼다. 당시 러시아는 5%도 안 되는 황제와 황족들, 귀족들과 지주들이 95%가 넘는 평민과 농노를 지배하는 모순적인 사회 구조가 유지되었다. 푸쉬킨의 가슴에는 조국에 대한 자긍심과 러시아 민중에 대한 애정, 미지에 대한 동경, 그리고 문학에 대한 열망들이 서서히 싹트고 있었다.

자유를 외친 시인 푸쉬킨, 머나먼 유배지로 추방되다.

삶이 그대를 속일지라도,
슬퍼하거나 노여워하지 말라.
슬픔의 날은 가고,
기쁨의 날이 오리니.

마음은 미래에 사는 것,
현재는 언제나 슬픈 것,
모든 것은 한 순간에 지나가고,
지나간 것은 또 다시 그리워지리니.

-「삶이 그대를 속일지라도」

푸쉬킨은 1817년 리쩨이를 졸업한 후 외무성에서 외교원으로 근무했다. 그러나 업무에는 충실하지 않고 페테르부르크 사교계 생활에 맛을 들여 매일 귀족 한량들과 어울려 다니며 술과 도박을 일삼는 방탕한 생활에 빠져 살았다. 그렇다고 시 창작을 게을리 한 것은 아니었다. 오히려 창작에 대한 열망은 그의 삶 대부분을 차지하고 있었다. 이 무렵에 그는 최초의 서사시 『루슬란과 류드밀라』을 완성했다. 러시아 동화와 전설을 소재로 한 이 서사시는 파격적인 내용으로 인하여 러시아 보수주의 문단과 진보주의 문단 사이에 논쟁을 불러일으키기까지 했다. 독자 대중들은 새로운 시인의 등장에 환호했고 출판된 시집은 불티나게 팔려나갔다.

이 무렵 푸쉬킨은 리쩨이 시절에 이미 준회원으로 가입했던 문학모임 '아르자마스'에 정식 회원으로 등록했다. 1818년에 이 모임이 내부갈등으로 인해 해체되자, 다음해에는 반체제 진보주의 작가들이 비밀리에 운영하는 문학모임인 '녹색 램프'에 가입했다. 한 모임에 오래 머무르지 못하고 여기저기 기웃거리는 성격 탓에 푸쉬킨은 '귀뚜라미'라는 별명을 얻기도 했다. 그 당시 러시아에서는 조국 전쟁에 참가했던 귀족 장교들이 핵심 멤버로 참가한 비밀 정치 조직들이 생겨났다. 외국 문물을 체험한 그들은 유럽의 평등주의 사상에 경도되어 있었고, 전쟁을 승리로 이끈 장본인은 자신들이 아닌 러시아의 대다수 농민과 농노들이기에 그들의 자유를 속박하는 농노제는 폐지되어야 한다고 주장했다. 푸쉬킨은 러시아에 불고 있는 이 새로운 정치사상의 흐름에 영향을 받아 시 「자유」와 「시골」을 창작했다. 부당한 법과 황제의 부도덕을 폭로하면서 자유를 위해 분연히 떨쳐 일어나야 한다는 내용을 담은 이 시들은 순식간에 전국으로 퍼져 나가기 시작했다. 사람들은 손으로 직접 베낀 필사본을 가까운 사람들에게 전해 주기 시작했고, 이렇게 전파된 필사본은 놀라운 속도로 유포되었다. 러시아 당국은 푸쉬킨의 시를 불온한 정치 시로 지목하고 시인을 검거하기에 이르렀다. 알렉산드르 황제는 자신에게 저항하는 시를 쓴 자가 리쩨이 출신이라는 것을 알고 비통한 심정을 감추지 못했다. 그래서 그를 중죄를 지은 죄수들이나 보내는 시베리아 수용소로 유형 보낼 것을 명령했다. 하지만 황제의 스승이기도 한 시인 쥬코프스키와 작가 카람진 등이 극구 만류하고 설득하여 겨우 시베리아 유형을 면하고 남부 지방으로 추방하는 결정을 내리게 되었다. 이제 막 꽃피우기 시작한 젊은 시인의 재능을 아꼈던 선배 작가들 덕분에 푸쉬킨은 최악의 위기는 면할 수 있었던 것이다.

푸쉬킨은 1820년 5월 초에 인조프 장군이 이끄는 남부 파견 군대와 함께 페테르부르크를 떠났다. 명분은 군 입대였지만 실제로는 수도에서 추방되어 유형을 떠나는 것이었다. 금방 돌아올 수 있을 거라고 생각하고 떠났던 그는 그로부터 7년 후에야 이곳으로 다시 돌아오게 된다. 가족들과 친구들, 사랑하는 여인들을 두고 고향을 떠나야 하는 시인은 몹시 침통해하며 세상으로부터 거부당한 청춘을 한탄했다. 실의에 빠진 그는 결국 육체마저도 허약해져 여행길에서 병을 얻었다. 먼 여행이 무리였던 그를 따뜻하게 감싸주고 돌봐준 이들은 바로 러시아 조국 전쟁의 영웅이었던 라예프스키 장군과 그의 두 아들과 딸들이었다. 그들은 예카테린부르크로 가는 길에 인조프 장군의 군대와 합류했다가, 병든 푸쉬킨을 보고는 가엾이 여겨 그의 간호를 자청했다. 기품 있는 귀족인 라예프스키 장군의 가족들과 함께 여행하면서 푸쉬킨은 러시아 남부 지방의 이국적인 경관에 매혹되었다. 그리고 무엇보다도 그의 마음을 강하게 사로잡았던 건 라예프스키의 어린 딸 마리야의 매력이었다. 이후 데카브리스트 볼콘스키의 부인이 된 마리야 라예프스카야는 이 당시 추방당한 시인에게는 애틋한 첫 사랑의 여인이었다. 사랑을 알게 되면서 푸쉬킨은 추방당한 자의 상처를 끌어안고 운명을 받아들이는 법을 배웠다. 비록 짝사랑으로 끝나버린 사랑이었지만 첫사랑의 환희는 그를 성숙하게 만들었다.

인조프 장군의 군대가 주둔하고 있던 그루지야의 키쉬뇨프로 옮겨와서 푸쉬킨은 본격적으로 서사시를 집필하기 시작했다. 남부 지방의 이국적인 경관과 독특한 풍속, 그리고 지방색이 그에게 새로운 작품 창작에 무한한 상상력을 부여해 주었다. 여기에다 영국의 낭만주의 시인 바이런의 영향을 받으면서 이국적인 색채가 가미된 자유롭고 낭만적인 경향의 시를 많이 창작했다. 특히 서사시 「카프카스의 포로」에서는 영국 시인의 영향이 강하게 드러난다. 비록 추방자의 고뇌에서는 완전히 자유로울 수 없었지만, 남부 지방에서의 생활은 그에게 신선한 활력과 시적 영감을 던져 주었다. 이곳에서 그의 낭만주의 문학은 최대의 전성기를 누렸다. 그는 이 지방에서 정치 비밀 조직의 핵심 멤버들인 오를로프와 라예프스키, 오호트니코프 등과 교류했고, 터키의 지배에 반대하여 봉기를 준비하는 그리스 혁명가들과도 교분을 쌓았다.

푸쉬킨은 정들었던 키쉬뇨프를 떠나 1823년 오데사로 이송되었다. 유럽 문물이 뱃길을 통해 전해지는 이 바닷가 도시는 또 다른 독특한 매력을 지니고 있었다. 시인은 이곳에서 운문소설 『예브게니 오네긴』을 처음으로 구상하고 집필하기 시작했다. 이후 러시아 문학 작품 중에서 가장 뛰어난 작품으로 손꼽히게 되는 이 작품은 '러시아 생활의 백과사전'이라고 불릴 만큼 러시아인들의 삶을 잘 보여주는 작품으로, 무려 8년이라는 작품 집필 기간이 소요된 수작이다. 푸쉬킨은 이곳에서 낭만적 서사시「바흐치사라이의 분수」를 완성했다. 아직 바이런적 시풍이 엿보이는 이 작품에 비해 또 다른 서사시「집시」에서는 그의 새로운 작품 구성이 돋보인다. 더 이상 바이런의 낭만적 세계의 제한된 자유 안에서 머무를 수 없었던 시인은 서사시「집시」를 통해 당당히 자신만의 작품 세계를 구축해 가야 할 문제의식을 보여주고 있다.

그는 오데사에 머무는 동안 한 여인을 열렬하게 사랑하게 된다. 유부녀였던 엘리자베타 역시 시인 푸쉬킨에게 큰 호감을 느꼈지만, 두 사람의 비극적인 사랑의 결말은 만나는 순간부터 예고되었다. 그녀는 오데사의 시장이었던 보론초프 장군의 부인이었고, 장군은 푸쉬킨에게는 직속상관이기도 했다. 결국 엘리자베타와 푸쉬킨의 사랑을 질투한 보론초프 장군은 시인을 모함할 계책을 찾기 시작했다. 푸쉬킨이 친구들에게 보내는 편지들을 일일이 검열한 그는 시인의 무신론적 성향이 엿보이는 편지를 발견해 황제에게 밀고하기에 이르렀다. 황제는 충분히 반성하지 않은 시인을 강하게 비난하고 그를 남부지방에 더 이상 머무르지 못하게 조치했다. 그렇게 해서 시인 푸쉬킨은 두 번째로 추방당하는 수모를 겪게 되었다.

1824년 7월 푸쉬킨은 남부 지방을 떠나 러시아 북부 지방의 프스코프 현으로 이송되었다. 그의 어머니 나제즈다 푸쉬키나가 아들을 그녀의 영지인 프스코프 현 미하일로프스코예 마을에 머무르게 해 달라고 황제에게 간곡하게 청원했던 것이 받아들여졌던 것이다. 이 영지는 어머니가 조부 한니발에게서 유산으로 물려받은 곳으로 푸쉬킨은 어린 시절에 가끔 다녀간 적이 있었다. 하지만 겨울이 길고 인적도 드문 오지인 이곳에서 시인은 2여 년 동안 체류하며 외로움과 싸워야 했다. 그는 셰익스피어의 책들을 탐독하면서 문학과 역사에 깊은 관심을 가지기 시작했다. 영국의 대문호의 영향은 그의 희곡「보리스 고두노프」의 집필로 이어졌다.

지루하고 쓸쓸한 북부 지방의 유배 생활에 활력소가 되어준 것은 이웃 마을 트리고르스코예에 사는 오시포바 부인과 그녀의 두 딸과의 만남이었다. 우리에게 잘 알려진 시「삶이 그대를 속일지라도」는 푸쉬킨이 부인의 딸 아브프락시아에게 바친 시로, 사랑하는 사람으로부터 실연을 당하고 고통스러워하던 그녀를 위로하기 위해 쓴 시였다. 푸쉬킨은 오시포바 부인의 집에서 그의 운명을 뒤바꿔 놓은 또 한 명의 여인을 만나게 된다. 타고난 음악적 재능과 뛰어난 미모에 지성까지 겸비한 안나 케른은 푸쉬킨의 힘겨운 유배생활에 한 줄기 구원의 빛으로 다가온 여인이었다. 오시포바 부인의 친척이었던 안나 케른은 18살에 52살의 귀족관료인 케른 장군에게 시집가서 불행한 결혼생활을 하는 여인이었다. 하지만 다재다능한 재능과 예술가적 감각을 지닌 그녀는 푸쉬킨뿐만 아니라 당대 예술가들에게 많은 영감을 던져준 여성이었다. 푸쉬킨은 안나 케른에게 아름다운 사랑의 시를 바쳤다.

스쳐 지나가는 정령처럼
순결한 미의 화신처럼
당신이 내 앞에 나타난
경이로운 그 순간을 나는 잊지 못 하오.

-「경이로운 그 순간을 나는 잊지 못 하오」 중

이 시는 러시아인들에게 지금까지도 가장 사랑 받는 연애 시로 기억되고 있다. 미하일로프스코예 마을에서 그의 곁을 떠나지 않고 오랜 벗이 되어 준 이는 바로 유모 아리나 라지오노브나였다. 어린 시절부터 자신을 돌보아준 유모에 대한 고마운 마음을 푸쉬킨은 시 「겨울 저녁」에 담았다.

1825년은 푸쉬킨 자신뿐만 아니라, 러시아인들의 삶에 오랫동안 영향을 미치게 될 중요한 사건이 일어난 해였다. 러시아 수도 페테르부르크에서 황제의 전제 정치에 저항하는 귀족 비밀정치 조직의 봉기가 곧 일어

1825년 12월 14일 데카브리스트 봉기

나리라는 소식이 그 먼 오지에 유배된 푸쉬킨에게도 심심치 않게 전해져 왔다. 그 해 11월 황제 알렉산드르 1세가 갑작스럽게 사망하게 되자, 농노제를 폐지하기 위해 체제 전복을 꿈꾸었던 러시아 문인들과 귀족 장교들은 그 때를 기회 삼아 봉기를 일으켰다. 12월에 봉기를 일으킨 그들은 '데카브리스트', 즉 12월 당원이라고 불리게 되었는데 그들은 황제에 저항한 러시아 최초의 귀족 비밀 결사단이었다. 그러나 그들의 봉기는 새로 즉위한 젊은 황제 니콜라이 1세에 의해 무참하게 진압되었고, 봉기에 가담한 이들에게는 잔혹한 처벌이 내려졌다. 반체제 봉기에 가담한 주요 주동자 다섯 명은 교수형을 선고 받았고, 그 중 푸쉬킨과도 친분이 있던 시인 르일례예프도 이 가혹한 처벌로 형장의 이슬이 되어 사라졌다. 남은 가담자들 대부분은 귀족의 신분을 박탈당하고 시베리아와 카프카스 유배지로 보내져 평생 동안 돌아오지 못하는 운명이 되었다. 그들 중에는 푸쉬킨의 리쩨이 동기들도 있었다. 푸쉬킨은 비극적인 소식을 듣고 절망하며 유배의 몸이라 이 슬픔을 벗들과 함께 하지 못하는 자신을 한탄했다. 푸쉬킨은 시대에 맞서 싸워야 하는 예술가는 먼저 스스로를 변혁시켜야 한다는 주제로 시 「예언자」를 창작하면서, 그 변혁을 위해 수반되는 고통의 의미를 통해 데카브리스트들의 희생을 되새겼다.

모스크바로 돌아온 시인 푸쉬킨, 그에게 던져진 운명의 도전장

아니, 나는 죽지 않으리. 소중한 리라 속에 남은 영혼
육체처럼 허망히 썩어서 사라지진 않으리.
달 아래 세상에 시인이 살아 있는 한
나는 오래도록 영예로우리니.

-「기념비」 중

새로 황제에 등극한 니콜라이 1세는 데카브리스트 반란이 있은 후 몇 달이 지나자 추방된 시인 푸쉬킨을 모스크바로 불러들이라는 명령을 내렸다. 그렇게 해서 시인은 거의 7여 년의 유배생활을 뒤로하고 1826년 9월, 그리운 조국 땅으로 돌아왔다. 그러나 실패로 돌아간 봉기가 남긴 상처와 유형지로 떠난 벗들 때문에 상심하고 있던 푸쉬킨은 황제가 자신을 불러들이는 속셈이 의심스러웠다. 그런 시인을 모스크바 크렘린 궁전에서 맞이한 니콜라이 황제는 면전에서 '당신이 이곳에 있었더라면 반란에 참가했겠는가?'라는 질문을 던졌다. 그 질문에 푸쉬킨은 망설임 없이 '당연히 그렇게 했을 것이오'라고 대답했다고 한다. 그 대답을 들은 니콜라이 1세는 이제는 자신이 직접 푸쉬킨의 작품을 검열하겠노라 공언했다. 막 유형에서 풀려나 자유를 만끽하려 했던 시인 푸쉬킨 앞에 이제 쇠창살은 없지만 더 지독하게 그를 옭아매고 고문할 무형의 감옥이 버티고 있었던 것이다. 황제가 푸쉬킨을 불러들인 이유는 데카브리스트를 무력으로 진압하는 과정에서 자신에게 등을 돌린 귀족들의 지지와 민심을 대시인의 명성을 이용해 되돌려 보고자 하는 데에 있었다. 시인을 정치적으로 이용할 목적이었던 그는 푸쉬킨이 가는 곳마다 비밀 정보국 '제3부'의 의장 벤켄도르프 백작으로 하여금 철저하게 감시하도록 명령함으로써 그의 감시망에서 벗어나지 못하게 했다.

황제의 꼭두각시가 될 위기에 처한 시인 푸쉬킨이었지만, 민중들은 위대한 시인의 귀향을 환호하며 반겼다. 그의 새 작품들이 출판되어 나오고, 예전의 작품들은 다시 출판되어 서점의 진열대를 채웠다. 그 작품들 중에서 시 「예언자」와 「시인」, 「아리온」등은 당시 푸쉬킨의 작품 경향을 잘 보여주는 서정시들이다. 푸쉬킨은 데카브리스트 봉기가 실패로 돌아간 것을 보고 정치적 반란이나 혁명이 한 순간에 세상을 변혁시키거나 사람들의 의식을 바꿔놓을 수는 없으며, 비록 혁명이 성공한다 하더라도 그것은 진정한 혁명이 아니라는 사실을 뼈저리게 절감했다. 그는 정치가 아닌 문학과 예술의 힘으로 인간 정신의 가장 본질로 파고들어가 인간의 영혼을 감동시킬 때에만 세상에서 진정으로 아름다운 변혁을 이뤄낼 수 있다고 생각했다. 그러기 위해서는 시인은 예술가로서의 자신의 사명을 깨닫고 군중들의 요구에 동요되지 않으면서 묵묵히 자신의 길을 가야만 했다.

그의 문학에도 새로운 변화들이 일고 있었다. 미하일로프스코예 마을에서부터 시작된 러시아 역사에 대한 그의 관심은 역사적 사료들을 바탕으로 한 작품들의 창작으로 이어졌다. 외증조부 아브라함 한니발에 관해 쓴 소설 『황제의 흑인 노예』와 표트르 대제의 위업을 칭송한 서사시 「폴타바」 등이 이 시기의 대표적인 작품들이다. 그의 작품에 짙게 깔려있던 낭만적 경향들이 조금씩 걷히면서 사실적이고 진중한 역사적 사회 인식이 작품에 새로운 분위기와 깊이를 더해주었다. 하지만 보이지 않는 황제의 족쇄가 영혼을 옥죄고 있었기에 심란했던 그는 수시로 모스크바를 떠나 정처 없이 다른 도시들을 떠돌아다니는 방랑의 생활을 멈추지 않았다.

예전의 명성을 되찾긴 했지만 하염없이 공허했던 그의 마음에 오래 전에 잊었던 감정이 새롭게 싹트고 있었다. 1828년 모스크바의 한 사교계 무도회에서 16살의 아름다운 나탈리야 곤차로바를 만났을 때 푸쉬킨의 나이 29살이었다. 시인은 보기 드문 미인인데다 묘한 매력을 발산하는 그녀에게 마음을 빼앗겼고, 이듬해 봄에 그녀에게 청혼을 했다. 그러나 나탈리야의 어머니는 그들의 결혼을 극구 반대했다. 그녀는 유명한 시인이긴 하지만 몰락해 가는 귀족가문인데다가 재산도 넉넉하지 않은 푸쉬킨을 사윗감으로 별로 탐탁해 하지 않았다. 그러나 푸쉬킨은 나탈리야를 포기할 수 없었고, 그녀를 향한 사랑은 더 깊어만 갔다. 그는 결국 두 번째 청혼 끝에 나탈리야가 지참금 없이 시집오는 조건으로 결혼 승낙을 얻어냈다.

나탈리야와 약혼한 해인 1830년 가을, 푸쉬킨은 부친으로부터 결혼 자금으로 받은 자신의 영지 볼지노로 떠났다. 그는 이곳에 잠시 머물다 갈

아내 나탈리야 니콜라예브나 푸쉬키나

생각이었지만 뜻하지 않은 일로 발목을 잡혔다. 갑자기 러시아 전역에 퍼진 콜레라로 인해 여행이 금지되었던 것이다. 이런 극한의 상황에서 그는 어느 시기보다도 작품 창작에 정열을 쏟았는데, 특히 산문 작가로서의 자신의 재능을 실험하는 많은 작품을 썼다. 중편소설 『벨킨 이야기』와 『고류히노 마을 이야기』등을 비롯하여, 『소(少)비극』, 민화들, 그리고 수많은 주옥같은 서정시를 창작했다. 거의 8여 년 동안 집필해온 운문소설『예브게니 오네긴』도 이곳에서 완성하게 된다. 이후 1833년에 푸쉬킨이 다시 볼지노를 찾아왔을 때도 작품의 영감이 그의 창작열을 뜨겁게 달구었다. 그는 뛰어난 심리 소설 『스페이드의 여왕』을 쓰기 시작했고, 서사시 「안젤로」와 「청동 기마상」과 민담들을 창작했다. 정치적으로 금기시되어 있던 민중봉기를 소재로 한 『푸가초프 반란사』도 이곳에서 탈고했다. 볼지노의 황금빛 가을은 푸쉬킨에게 영감의 원천이었고 그를 비방하고 음해하는 세력들로부터 받은 마음의 상처를 치유해 주었다.

1831년 2월에 푸쉬킨은 모스크바에서 나탈리야와 결혼했다. 지난 2세기 동안 러시아인들은 푸쉬킨의 아내 나탈리야를 두고 외모만 아름다웠을 뿐이지 무식하고 경박한 여인이었다고 폄하해 왔었다. 그들은 위대한 시인을 죽음으로 몰고 간 장본인으로 그녀를 지목하면서 온갖 모멸적인 언사를 퍼붓기를 서슴지 않았다. 나탈리야는 천성적으로 조용한 성품을 타고난 데다 말 수가 적고 낯을 많이 가리는 소심한 성격의 소유자였다. 16살 어린 나이에 푸쉬킨 같은 대시인을 만나 일방적인 사랑의 언어에 홀려 결혼하고, 그의 그림자에 가려 온갖 루머의 중심에서 고통을 감내해야 했던 여인이 바로 나탈리야였다. 그런 그녀를 변명해 줄 문건은 그로부터 160년이 지난 20세기 말에 와서야 겨우 일반인들에게 공개되었다. 1995년에 푸쉬킨 연구가 세레나 비탈리가 쓴 『푸쉬킨의 단추』에 공개된 단테스의 편지는 그 동안 알려지지 않았던 나탈리야의 내면세계와 그녀의 성품, 그리고 푸쉬킨의 죽음에 대한 그녀의 결백을 진술해 주고 있다. 푸쉬킨 탄생 200주년이 되던 해인 1999년에 러시아인들은 시인이 태어난 모스크바 아르바트 거리에 나탈리야와 푸쉬킨이 다정한 모습으로 나란히 서 있는 동상을 세우는 것으로 나탈리야에게 면죄부를 부여하고 새로운 시각으로 바라보기 시작했다.

푸쉬킨은 신혼을 리쩨이가 있었던 황제의 마을에서 보내며 창작에 몰두했다. 1832년에 장녀 마리야가, 그리고 다음해엔 장남 알렉산드르가 태어났다. 이후 차남 세르게이와 차녀 나탈리야가 태어나면서 그는 2남 2녀의 자녀를 두게 되었다. 그러나 가정의 평화는 그리 오래가지 않았다. 아름다운 아내 나탈리야가 사교계를 드나들면서 큰 인기를 누리게 되자 외출이 잦아졌고, 무도회에 필요한 장신구와 드레스를 마련하는 돈을 충당하느라 푸쉬킨은 빚을 져야 하는 형편이 되었다. 황제의 검열에 걸린 작품들을 출판할 수 없어 돈이 궁했던 그로서는 다른 방도가 없었다.

아내 나탈리야

두 번째 볼지노 방문에서 돌아온 푸쉬킨을 기다린 것은 청천벽력과 같은 소식이었다. 그 사이 아내는 눈부시게 아름다운 모습으로 사교계의 여왕이 되어 있었고, 그런 그녀에게 황제 니콜라이 1세가 관심을 보였던 것이다. 황제는 노골적으로 그녀를 향한 자신의 은밀한 욕망을 드러냈고 비밀 무도회에 그녀를 초대하기도 했다. 황족과 궁중 관료들만 참가할 수 있는 궁중 무도회에서도 그녀를 보길 원했던 황제는 푸쉬킨을 '시종보'에 임명할 것을 명했다. 시종보는 10대 어린 소년들이 고위관료와 귀부인들의 시중을 드는 직책이었으니 서른이 넘은 시인 푸쉬킨에게는 모욕적인 처사가 아닐 수 없었다. 게다가 궁중 관료의 부인이 된 나탈리야도 황제가 부르면 언제나 무도회에 참가해야만 했다. 황제는 푸쉬킨의 가정에 깊은 균열이 생기길 원했고, 동시에 진보주의 귀족들의 정신적 구심점이기도 했던 푸쉬킨의 자존심과 명예를 무참하게 짓밟아 그들의 의지를 꺾어보고자 했다.

이후 몇 년 동안 푸쉬킨은 온갖 정치적 음모와 술수의 소용돌이 속에서 살아야 했다. 하지만 그 무엇보다 그를 절망으로 치닫게 했던 것은 작품이 검열에 걸려 출판되지 못하는 것이었다. 서사시「청동 기마상」의 출판이 금지되고, 역사 소설의 중요한 사료를 제공받을 수 있었던 고문서국 출입도 통제되었다. 그는 1836년에 힘들게 문학잡지 발행 허가를 받고 『현대인』을 간행하면서 자신의 새로운 소설 『대위의 딸』을 잡지에 싣는 방식으로 숨구멍을 찾으려 했다. 그러나 잡지에 대한 대중들과 비평가들의 반응은 차가웠다. 푸쉬킨은 혼란한 외부 상황에도 불구하고 끊임없이 새로운 문학적 시도를 통해 창작의 틀을 바꿔가고 있었다. 그는 신선한 주제를 찾고 작품 구성도 다양성을 기하면서 세련된 작품을 쓰기 위해 혼신의 힘을 기울였다.

프랑스인 장교 단테스의 출현은 푸쉬킨의 자존심에 결정적인 일격을 가했다. 프랑스에서 정치적인 문제에 연루되었다가 러시아로 망명한 그는 페테르부르크 주재 네덜란드 공사 헤케른 남작의 양자로 이름을 올리고 사교계로 진출한 사내였다. 단테스는 수려한 외모와 호감을 끄는 신사적인 매너로 사교계 여인들의 인기를 독차지했다. 그는 러시아의 사교계에서 여왕으로 대접받는 나탈리야를 집요하게 따라다니면서 스캔들을 만들기 시작했다. 아내와 프랑스인 난봉꾼과의 추잡한 염문설은 푸쉬킨에게까지 전해졌고, 아내의 불륜을 암시하는 익명의 투서들이 그의 집으로 날아들었다. 아내의 명예를 더럽힌 단테스를 용서할 수 없었던 푸쉬킨은 그에게 첫 결투를 신청했다. 양아들이 위험에 처했다고 생각한 헤케른 대사는 이 일을 무마시키기 위해 단테스를 나탈리야의 언니 에카테리나와 결혼시켰다. 에카테리나가 이 잘 생긴 프랑스 장교를 오래 전부터 사모하는 걸 그가 알았던 것이다. 그러나 이제 사돈이 된 단테스는 더 노골적으로 나탈리야에게 접근해서 추태를 부렸고, 이런 일을 차마 보고 있을 수만 없었던 푸쉬킨은 두 번째 결투를 신청했다.

1837년 1월 27일, 푸쉬킨과 단테스는 서로의 가슴에 권총을 겨누었다. 푸쉬킨은 단테스가 쏜 총알에 치명적인 상처를 입고 피를 흘리며 쓰러졌다. 사람들은 부상당한 그를 집으로 급히 옮겨왔다. 그를 아꼈던 많은 문인들이 이 소식을 듣고 달려왔고, 그의 집 바깥에서는 수많은 인파들이 몰려와 그의 용태를 걱정하고 있었다. 출혈은 멈추지 않았고 시인은 서서히 죽어가고 있었다. 시인은 임종이 가까이 왔음을 감지하자 아내를 곁으로 불렀다. 그리고 자신은 아내의 무고함을 믿는다고 말하며 그녀를 위로해 주었다. 1월 29일 오후 2시 45분, 러시아의 위대한 시인 푸쉬킨은 38세의 나이로 생을 마감했다.

시인의 임종 소식이 전해지자 그가 죽음을 맞은 모이카 강변 집 부근으로 수천 명의 사람들이 몰려왔다. 인파들이 몰려들고 군중들의 술렁임이 일기 시작하자 황제 니콜라이는 푸쉬킨의 죽음이 거국적인 민중 봉기의 도화선이 되는 걸 두려워해 장례식을 최대한 간소하고 신속하게 치르도록 조치를 취했다. 그래서 대성당이 아닌 황실 마구간 부속 교회에서 장례식을 거행하고 참가 인원도 가족과 친지로 제한했다. 장례식을 치른 바로 그날 저녁에 시신은 어머니의 영지가 있는 프스코프 현 미하일로프스코예로 비밀리에 이송되어, 그곳 스뱌토고르스키 수도원의 묘지에 묻혔다.

하지만 그의 죽음으로 모든 것이 끝나진 않았다. 러시아 시인들과 문학인들은 그의 죽음을 애도하면서 그의 뜻을 이어갈 것을 맹세했고, 그들 중 젊은 시인 레르몬토프는 시 「시인의 죽음」을 통해 그를 죽인 것은 단테스 한 사람만이 아닌, 바로 사교계와 교활한 정치인들임을 폭로했다. 그리고 민중들의 발길은 시인이 마지막 숨을 거둔 장소로 그 후로도 오랫동안 이어졌다.

2. 작품의 시대적 배경

18세기 말에 일어난 프랑스 대혁명은 유럽 사회뿐만 아니라 러시아 사회 전반에도 큰 반향을 불러일으켰다. 대혁명의 기치인 자유, 평등, 박애의 사상은 러시아 귀족 출신의 인텔리겐치아들로 하여금 절대 왕정체제 아래서 농노제가 유지되고 있는 러시아 사회의 모순점들을 통렬하게 인식하게 만들었다. 프랑스 나폴레옹 군대의 러시아 침공으로 시작된 전쟁이 1812년에 러시아 군대의 승리로 종전되면서 그 어느 때보다도 드높아진 민족의식과 자긍심은 러시아 사회 변화의 커다란 원동력이 되었다. 전쟁에 참전한 귀족 장교들은 조국전쟁에서 승리를 거두긴 하였지만 목숨을 바쳐 조국을 지킨 러시아 민중들 대다수가 예전의 노예상태로 돌아갈 수밖에 없는 현실을 비판하면서 개혁 의지를 밝혔고, 그러한 움직임은 1825년 데카브리스트의 봉기로 표면화되었다.

19세기 초 러시아 문단의 문예사조 상에도 부조리한 현실을 부정하고 이상 세계와 자유를 지향하는 서구 낭만주의가 유입되면서 엄격한 규범을 중시하던 기존의 고전주의적 체계가 무너지고 있었다. 인간의 내면세계에 대한 관심은 18세기말 러시아 감상주의 문학에 이미 반영되었지만,

이러한 경향은 비현실적이고 눈물을 자아내는 감상성에 머물러 있었다. 그에 비해 인간 영혼에 대한 보다 본질적이고 고차원적인 해석과 현실과 이상 사이의 갈등을 주제로 다룬 낭만주의 문학은 변화하는 현실을 반영하는 새로운 문학 경향으로 자리 잡았다. 그러나 농노제와 전제정치의 왜곡된 현실에 저항하면서 자유와 변혁을 외쳤던 데카브리스트 운동이 실패하면서 비관주의와 회의주의가 만연하게 되자, 낭만주의 계열의 문학은 환멸과 절망의 경향을 띠게 된다. 현실과 이상의 괴리는 현실을 좀 더 객관적으로 인식할 필요성을 느끼게 만들었다. 그래서 문학상에도 역사에 대한 통찰과 인간에 대한 새로운 이해, 현실을 이상화 하지 않고 사실적으로 바라보고 묘사하려는 움직임이 일었고, 이런 경향은 냉철한 사회인식과 현실 인식을 반영한 리얼리즘 문학을 탄생시켰다.

이런 관점에서 볼 때 푸쉬킨의 중편소설 『벨킨 이야기』는 러시아 사실주의 문학의 단초가 된 작품이다. 푸쉬킨은 이 작품을 자신의 영지인 볼지노에서 1830년에 완성했다. 당시 전국에 콜레라가 창궐해 죽을 고비를 넘기는 극한 상황에서 그는 이 주옥같은 소설을 창작했다. 이 작품은 이전까지는 주로 시를 썼던 그가 산문장르에 관심을 가지고 시도한 첫 산문 작품이었다. 『벨킨 이야기』의 원래 제목은 『고 이반 페트로비치 벨킨의 이야기』이다. 이 작품에는 「발행인 서문」을 포함하여 「결투」, 「눈보라」, 「장의사」, 「역참지기」, 「말괄량이 귀족아가씨」 등 다섯 편의 단편소설이 액자소설의 형식을 빌려 하나의 시리즈로 엮여 있다. 이 소설들에는 다양한 계층의 인물들이 존재한다. 지주와 귀족 청년들, 귀족 아가씨, 군인, 기술자, 말단 공무원, 평민, 농민 등의 다양한 인간군상이 등장한다. 여기서 특이할 점은 19세기 전반기 문학에서 귀족 일색의 등장인물들 틈에서 좀처럼 찾아보기 힘든 인물들인 서민층과 소외 계층들이 비중 있는 등장인물로 다뤄지고 있다는 사실이다. 이러한 푸쉬킨의 파격적인 시도는 러시아 문학에 소위 '작은 인간'의 형상이라는 문학 전통을 만들어 냈고, 이후의 작가들도 이 전통을 이어가 러시아 리얼리즘 문학의 새로운 지평을 열었다.

푸쉬킨은 『벨킨 이야기』를 완성하고 난 후 3년 뒤인 1833년에 볼지노를 다시 찾아가서 또 한 편의 걸작인 『스페이드의 여왕』을 창작했다. 이 작품은 뛰어난 심리 소설로 이 후 도스토예프스키를 비롯한 많은 러시아 작가들에게 큰 영향을 준 작품이다. 『스페이드의 여왕』을 창작한 장소가 『벨킨 이야기』와 같을 뿐만 아니라 내용상으로도 상당히 밀접한 관련성을 가지고 있기 때문에 많은 러시아 연구자들이 이 두 작품을 비교 분석의 대상으로 삼았다.

러시아 리얼리즘 문학의 새로운 장을 연 작품이면서도 내용상의 많은 부분들이 낭만적인 경향을 띠고 있는 이 소설들은 복수를 위한 결투, 연인들의 사랑, 삶과 죽음, 부모와 자식의 사랑과 희생, 우연한 행운을 노리다 파멸하는 인간의 욕망 등 다양한 주제를 담고 있다. 그리고 이 작품들에서는 19세기 러시아의 결투와 도박 문화, 연예 문화, 예식 문화와 기념일 등 다채로운 문화와 풍습들이 소개된다. 독자들의 작품 이해를 돕기 위해 이러한 문화적 요소들에 대한 설명도 이 글에 제시해 두었다.

3. 작품 해설

『벨킨 이야기』

모순 속에서 발견하는 투명한 삶의 진실

「발행인 서문」

작가 푸쉬킨은 『벨킨 이야기』에서 다섯 편의 이야기를 쓴 가상의 작가로 벨킨이라는 인물을 내세웠다. 그러나 벨킨은 이미 고인이 된 사람이어서 독자들은 그에 대해 알 길이 묘연해진다. 이 때문에 작품의 서문에 '발행인'이 등장하여 그의 종적을 알아보기 위해 벨킨의 상속녀와 그의 이웃 지주인 한 신사에게 차례대로 연락을 취하는 방식으로 작가에 대한 중요한 정보를 얻어낸다. 신사의 서한을 게재한 후 발행인은 자신의 이름을 이니셜인 A.P.로 밝히고 있는데, 이 때문에 많은 연구자들과 독자들은 발행인이 알렉산드르 푸쉬킨 자신일 것이라고 추측했다.

하지만 푸쉬킨은 이 다섯 편의 이야기를 자신이 창작해 놓고도 왜 벨킨이라는 가상의 작가와 발행인 A.P.를 전면에 내세웠을까 하는 의문은 여전히 남는다. 이에 대해 당시 엄격했던 검열제도를 교묘하게 피하기 위한 일종의 문학적 장치라는 의견이 있다. 그리고 시인이었던 푸쉬킨이 첫 산문작품을 시도하면서 아직 익숙하지 않은 장르에 대한 자신의 미숙함을 감춰줄 장치로 가상의 작가를 등장시켰다는 의견도 있다. 그런데 또 다른 문제점은 벨킨마저도 이 다섯 편의 이야기의 원작가가 아니라 다른 사람들의 이야기를 듣고 옮겨 적은 대리 작가라는 것이다. 이것은 벨킨의 이웃 지주의 말을 통해서 알 수 있다.

이반 페트로비치의 말에 따르면 그 단편소설들은 대부분 실화에 근거를 두고 있고, 몇몇 특정인으로부터 들어서 알게 된 이야기라고 합니다. (실제로 벨킨의 원고에는 각각의 단편소설들마다 윗부분에 작가가 친필로 '이 이야기는 어떤 특정인(관등 혹은 신분과 이름, 성씨의 첫 글자를 표기)으로부터 들은 것이다'라는 문구가 적혀있다. 호기심 많은 탐색가들을 위해 적어두자면, 「역참지기」는 9등 문관인 A.G.N., 「결투」는 퇴역장교 I.L.P, 「장의사」는 점원 B.V., 「눈보라」와 「말괄량이 귀족 아가씨」는 K.I.T.라는 처녀가 그에게 들려준 것이다 - 발행인의 주)

벨킨 이웃의 진술에 따르면 '이야기들'을 들려준 최초의 화자들인 이들 4명의 이야기꾼들은 실제로 작품에 등장하는 화자와 동일 인물이다.

그렇다면 푸쉬킨은 왜 이렇게 복잡한 절차를 거쳐 최초의 화자의 이야기들을 독자들에게 전하려 한 것일까? 그것은 푸쉬킨이 산문 장르를 개척하면서 기존의 소설 작가들이 가지는 한계점을 인식하고 새로운 작가 형상을 설정하기 위한 참신한 시도로 해석해 볼 수 있다. 당시 푸쉬킨은 낭만주의 작품 경향의 한계를 인식하는 과정에서 현실 속에서 다양한 이야기 소재를 찾아야 할 필요성을 느꼈다. 그렇게 해서 모은 이야기 소재가 일차적 이야기 소재가 되었다면, 그 현실적 소재를 작가의 상상력을 발휘하여 글쓰기를 하는 과정에서 다양한 인간 군상들의 생각과 심리를 표현해 내야 하는 새로운 과제를 발견하게 되었다. 그런 과정에서 벨킨이라는 인물은 각양각색의 인물들의 심리 세계를 다각도로 비쳐볼 수 있는 유용한 프리즘 역할을 함과 동시에, 작가적 상상력을 발휘해 현실의 이야기 소재를 재구성해내고 자신만의 독특한 이야기 세계를 창조하는 작가적 임무를 수행하는 중요한 역할을 부여할 수 있는 적합한 인물이었다. 벨킨은 그의 의식 속에서 체험과 경험이 집적된 공간의 이미지를 상상력을 통해 새롭게 창조해내고 그것을 또 하나의 현실로 구현해내는 방식을 취함으로써 독자적인 창작의 공간을 만들어낼 수 있었고, 그로 인해 작가로서의 자신의 입지를 단단히 굳히게 되었다. 벨킨과 푸쉬킨 사이에는 최초의 화자들과의 관계에서와 마찬가지로 허구적 이야기 세계의 가상공간에 존재하는 벨킨과, 현실공간에 존재하는 푸쉬킨 자신, 그리고 이야기 세계 바깥의 현실 공간에서 허구세계를 조망하는 독자들과의 관계망이 형성된다.

이웃 지주의 서한에서 작가 벨킨은 다소 엉뚱하고 우스꽝스러운 모습으로 묘사되고 있다. 그는 한 번도 일면식이 없었던 친척 마리야 알렉세예브나에게 전 재산을 상속하고 죽었다. 영지 경영이 몹시 서툴렀던 그는 착실한 촌장을 해고하고 입담은 좋지만 계산에는 무능한 창고지기 노파를 그 자리에 앉히는가 하면, 농부들에게서 불평 듣는 게 싫어 막중한 부역의 의무를 가벼운 소작료로 대체해 주기도 하고, 살림살이에는 도통 관심이 없으며 여자들의 꽁무니를 쫓아다니는데 열성을 보이기도 하는 인물이다. 그가 감기열로 앓아누웠을 때 그를 치료한 의사는 티눈이나 각종 만성병 치료에 일가견이 있는 자였다. 게다가 이웃 지주는 작가인 그가 상상력이 부족했다고 핀잔까지 늘어놓는다.

이런 평가들은 어떤 타자의 눈을 통해 작가 벨킨을 바라볼 것인가 하는 문제를 제기하게 만든다. 만약 지주인 벨킨을 창고지기 노파나 농부들의 입장에서 본다면 평가는 완전히 달라질 것이다. 보수적인 성향의 귀족들의 입장에서는 그는 나태하고 무능한 지주이거나 위험한 급진사상을 가진 인물로 비칠 수도 있고, 반면 개혁적 성향을 지닌 진보주의자들에게는 개방적인 지식인으로 여겨질 수도 있다. 다양한 계층과 직업을 가진 독자들은 각자 자신의 입장에서 작가 벨킨을 다르게 해석할 수 있을 것이다.

독자들이 바로 이러한 해석상의 관점 차이를 염두에 두고 다섯 편의 이야기를 읽는다면, 이 이야기들의 등장인물들 각각의 내면의 모순들이 외부 현실과 어떻게 갈등을 일으키고 있는지, 그리고 그 문제를 해결하면서 그들이 얻어내는 긍정적인 혹은 부정적인 삶의 가치들이 무엇인지를 보다 쉽게 찾아낼 수 있을 것이다.

「결투」

삶과 죽음의 경계에서 벌어지는 결투는 낭만주의 작가들이 즐겨 작품에 다루었던 소재이다. 문학 작품 상에서 뿐만 아니라 19세기 러시아 귀족 청년들 사이에서 결투는 실제로 빈번하게 일어난 사건이었고, 작가 푸쉬킨 자신도 단테스와의 결투에서 죽음을 맞았다. 「결투」에서는 실비오와 백작이 벌인 두 번의 결투를 통해 당대 귀족 청년들의 의식과 심리 상태가 깊이 있게 다뤄지고 있다.

퇴역 장교가 화자로 등장하여 군대 시절에 만난 한 독특한 인물인 실비오에 대한 이야기를 해 준다. 화자는 사격의 명사수이고 비밀에 휩싸인 실비오에게 강한 매력을 느끼고 가까운 사이가 된다. 그는 우연한 기회에 실비오에게서 과거에 한 부유한 귀족 청년과 벌인 결투에 대해 듣게 된다. 연대에서 일인자를 자처하던 실비오는 눈이 부실 정도로 훌륭한 조건을 갖춘 귀족 장교를 질투하게 되고 무도회장에서 그에게 시비를 걸어 결투를 유도한다. 결투장에서 총구를 앞에 두고도 태연하게 버찌를 먹는 적수의 모습에 격분한 실비오는 자신이 쏠 한 방의 총알을 다음 기회에 쏘겠다고 말하고 결투를 연기한다. 몇 년 후 자신의 원수가 결혼한다는 소식을 전해 듣고는 유보시킨 그 한 발을 쏘기 위해 실비오는 그곳을 떠난다. 청년 장교는 그 이후로 그를 만나지 못했고, 그 얘기가 어떻게 끝났는지 모르고 있었다. 그런데 퇴역하고 자신의 영지에서 지내고 있을 때, 이웃 마을에 부유한 젊은 백작 내외가 영지를 방문하러 왔다는 소식을 듣고 만나러 갔다가 그들에게서 실비오에 대한 얘기를 듣게 되는데…….

19세기 러시아 귀족 청년들 사이에서 사랑하는 여인을 두고 두 연적이 벌이는 결투는 사랑을 위해 목숨도 아까워하지 않는 정열의 표현 방식으로써 상당히 낭만적인 행위로 여겨졌다. 그러나 심각한 언쟁이나 치욕적인 모욕을 당한 사람이 자신의 명예를 지키기 위해서, 혹은 어떤 고의적인 목적을 가지고 상대를 음해하고 제거하기 위해 결투를 벌인 경우에는 부상이나 죽음에 이르는 치명적인 결과를 초래할 수 있는 위험한 행위였다. 결투는 도전장을 직접 적수에게 보내서 승낙의 답변을 받거나 흰 장갑을 던져서 상대가 그것을 주우면 결투가 받아들여진 것이 된다. 모욕을 당했는데도 결투를 신청하지 않거나, 결투 도전장을 받고도 거절할 경우 겁쟁이나 용기가 없는 자로 몰려 수치를 당하는 걸 두려워한 젊은이들이 원치 않아도 결투에 응하는 경우도 많았다. 「결투」에서 R*** 장교에게 모욕당한 실비오가 그에게 결투를 신청하지 않는 것을 두고 젊은 장교들이 그의 명예가 더럽혀졌다고 생각한 것은 바로 이 때문이다.

결투가 성립되면 결투 당사자들이 정한 장소에서 입회인을 1명 이상 대동하고 약속 시간에 맞춰 만나게 된다. 입회인은 보통 신뢰할 만한 연장자나 친구들의 동의를 얻어 정하고, 양측의 입회인들은 결투를 벌이는 당사자들을 위해 공정한 결투 규칙을 숙지시켜주고 큰 걸음으로 열두 걸음을 걸어 사정거리를 정해준다. 첫 번째 결투에서 실비오는 3명의 입회인을 데려온 반면 백작은 한 명의 입회인만을 대동하고 온 데에서도 알 수 있듯이 실비오가 이 결투에 대해 얼마나 신중하게 생각했는지를 알 수 있다. 결투 당사자들은 열 두 걸음 양쪽 끝에 선다. 이 거리는 총을 맞으면 치명적인 부상을 입을 수도 있는 짧은 거리이다. 하지만 사격이 미숙하거나 흥분으로 인해 손이 떨리는 경우에는 총알이 빗나갈 수도 있어 당시 귀족 청년들은 정기적으로 총 사격 연습을 하고, 평소에도 손의 미세한 떨림을 방지하기 위해 무거운 지팡이를 가지고 다녔다고 한다.

총을 쏘는 선취권은 모욕을 당했다고 생각해 결투를 신청한 자에게 먼저 주어진다. 그러나 결투 현장에서 제비뽑기를 통해 누가 먼저 쏠지를 정할 수도 있다. 실비오는 자신에게 주어진 선취권을 포기하고 공평하게 제비뽑기를 할 것을 권한다. 그런 행동을 통해 자신의 태연함과 대범함을 보여주고자 한 것이다. 결투가 시작되면 상대방이 총을 쏠 때 몸을 약간 움직여 총알을 피할 순 있지만 자리에서 발을 떼는 것은 결투의 원칙에 어긋나는 행위였다. 가벼운 말다툼이나 언쟁일 경우 보통 결투 당사자들 중 먼저 쏘는 사람이 허공을 향해 총을 쏘아 자신은 상대를 쏠 의사가 없음을 보여줌으로써 적수로 하여금 마음을 누그러뜨리게도 했지만, 그렇지 않은 경우에는 상대에게 돌이킬 수 없는 상처를 입히고 죽음으로 몰고 갈 수도 있었다.

이 작품에는 세 명의 화자가 등장하는데, 퇴역 장교와 실비오, 백작이 각각 자신이 경험하고 목격한 사건을 설명하고 있다. 1인칭 관찰자 화자인 퇴역 장교는 명사수인 실비오에 대해 신비감을 느끼며 그의 평범한 행동도 과장시켜 전달하는 방식으로 자신의 '낭만적 상상력'을 충족시키는 이 인물을 우상처럼 생각한다. 그러나 불미스러운 일을 당하고도 결투를 신청하지 않는 실비오에게 크게 실망하여 자신만이 '그에게 다가가지 못하며' 그를 외면한다. 젊은 장교는 현실 세계와 상상의 세계를 혼동하는 전형적인 낭만적 인물의 유형을 잘 보여준다. 신비주의와 영웅주의, 악마성, 무모한 용기, 죽음에 대한 기대, 명예의 절대적 가치를 칭송하던 그는 실비오를 현실적 존재가 아닌 소설 속의 주인공으로 오인하고 있는 것이다.

또 한 명의 화자인 실비오는 이 작품에서 가장 중요한 인물이다. 그의 특이하고 '묘한 신비감'을 느끼게 하는 성격은 주변 사람들의 이목을 끌게 한다. 그러나 사실 그는 사소한 일로 복수를 꿈꾸는 자로, 모든 면에서 자신보다 월등한 인물이 연대에 나타나자 자존심에 상처를 입고 무모한 결투를 벌인 한량일 뿐이다. 그의 결투에 대한 집착은 그의 인생을 지배한다. 하지만 그는 두 번의 결투에서 선취권을 상대에게 허락할 만큼 관용과 배포도 지닌 인물이며, 나름대로 결투의 규칙을 철저하게 지키면서 집요하게 상대의 심리적 변화를 간파하려고 노력하는 인물이다.

한편 마지막 화자인 백작은 실비오와의 두 번에 걸친 결투에서 완전히 상반된 반응을 보이는 인물이다. 첫 번째 결투에서는 대담하고 태연한 모습으로 상대의 기를 죽이던 그는 두 번째 결투에서 죽음과 자신의 행복한 가정이 파괴될 위기 앞에서 인간적인 두려운 감정을 여과 없이 드러내고 있다.

실비오와 백작이 벌인 결투의 과정과 그것의 결과를 지켜보면서 독자는 19세기 초 변화하는 세계정세 속에서 정체성을 잃고 방황했던 러시아 귀족 청년들의 심리적 갈등과 그들이 추구했던 삶의 이상과 허상을 동시에 찾아 볼 수 있을 것이다.

「눈보라」

혹한의 추위에 눈보라까지 동반하는 매서운 날씨는 러시아의 전형적인 겨울 풍경이다. 「눈보라」에서는 불가항력의 자연현상 앞에서 인간들의 운명이 뒤바뀌고 얽히는 과정을 낭만적인 사랑이야기를 소재로 하여 그려지고 있다.

부유한 지주의 딸 마리야 가브릴로브나는 프랑스 소설을 탐닉하는 열일곱 살의 러시아 처녀이다. 그녀는 가난한 소위보 군인 블라디미르와 사랑에 빠진다. 그러나 그녀의 부모가 결혼을 반대하자 두 사람은 도망쳐서 시골 교회에서 혼례식을 올리기로 약속한다. 약속한 날 밤 블라디미르는 교회가 있는 자드리노 마을로 썰매 마차를 타고 마부도 없이 혼자 가다가 눈보라를 만나게 되고 결국 길을 잃게 된다. 우여곡절 끝에 다음날 새벽에 교회에 도착했을 때 그가 사제에게서 들은 얘기는 자신의 신부 마리야가 정체를 알 수 없는 한 남자와 혼례식을 올리고 어제 밤에 집으로 돌아갔다는 것이었다. 그 얘기를 들은 블라디미르는 거의 실성한 듯 정신을 못 차리고는 곧 고향을 떠나 전쟁터로 가서 전투 중에 전사한다. 그 날 밤 엉뚱한 남자와 혼례식을 올리고 몰래 집으로 돌아온 마리야는 심한 열병에 시달리게 되는데…….

여주인공 마리야를 중심으로 두 남자의 사랑과 운명을 다룬 이 작품의 중심에는 그들 삶의 변화에 있어 중요한 원동력이 되는 '눈보라'가 존재한다. 마리야와 블라디미르가 원했던 결혼식은 갑자기 불어 닥친 눈보라에 의해 저지된다. 눈보라로 대변되는 카오스의 세계는 등장인물들을 혼동에 빠뜨리면서 그들의 운명에 군림하기도 하고, 동시에 새로운 만남의 가능성도 열어줌으로써 선택의 갈림길에 서게 만든다.

이 작품에서 저항할 수 없는 초자연적인 힘인 자연현상이 등장인물들의 운명을 바꿔놓는 중요한 기제로 등장한다면, 인위적으로 발생된 부조리하고 혼란한 상태인 전쟁은 이들의 운명을 새로운 국면으로 들어서게 하는 또 다른 기제로 작용하고 있다. 등장인물들은 이 두 다른 현상 사이에서 방황하고 고뇌하면서 자신의 삶의 방향을 전환한다.

낭만적 사랑을 꿈꾸는 마리야에게 이러한 혼돈의 상황은 자신의 내부에서부터 발생하고 있다. 프랑스 소설을 즐겨 읽었던 그녀는 공상의 세계와 현실을 분간하지 못하고 스스로 소설 속의 주인공이 되기 위해 비밀 혼례식에 동의한다. 하지만 도주 전날 꾼 꿈속에서 내면의 갈등은 무서운 악몽으로 변하고, 악몽은 결국 눈보라로 인해 신랑이 뒤바뀌게 되는 상황과 블라디미르의 죽음으로 현실화된다. 교회에서 돌아와 앓아누운 그녀는 2주가 넘게 생사를 넘나드는 위험한 고비를 맞으면서 또 한 번의 격렬한 혼돈의 상황에 놓이게 된다. 이러한 과정을 거치면서 마리야는 정신적인 성숙에 이르게 되고, 착각으로 빚어진 혼돈은 서서히 조화로운 판단과 선택을 할 수 있는 지혜로 변모한다.

블라디미르는 눈보라와 전쟁의 가장 직접적인 피해자로 등장하는 인물이다. 가난하고 직급도 별로 볼품없는 소위보 군인이었던 그는 마리야와의 혼인을 성사시키기 위해 당시 문학 작품 속에서 유행하던 연인들의 야반도주를 꿈꾼다. 그러나 그는 눈보라로 인해 자신이 상상했던 결과와는 완전히 다른 상황에 봉착하게 되고 그로 인해 혼란에 빠진다. 마리야처럼 현실과 상상의 세계를 동일시하려다가 예상하지 못했던 거대한 현실의 벽에 부딪쳐 좌절하고 마는 그는 이 작품에서 가장 비극적인 인물이다.

거센 폭풍과 같은 혼란과 고통을 안겨주었던 전쟁이 러시아의 승리로 끝나고 나서 얼마 후, 마리야 앞에 장교 부르민이 나타난다. 그는 눈보라로 인해 그녀의 운명과 얽히게 된 또 다른 인물이다. 눈보라 때문에 길을 잃고 우연히 자드리노의 교회에 도착한 그는 영문도 모르는 결혼식에 참석한다. 그가 마리야와의 혼례식을 거절하지 않은 이유는 '신부가 꽤 미인이었다고' 말한 그의 말에서도 알 수 있듯이 바로 그의 낭만적 바람기 때문이었다. 순간적인 장난기로 인해 이름도 모르는 여인과 신 앞에서 혼인을 맹세한 그는 결국 4년 동안 장가도 가지 못하고, 사랑하는 여인과 결혼도 할 수 없는 난감한 자신의 처지 때문에 고뇌한다. 그 역시 자신의 내면의 모순으로 인해 스스로 운명의 노예가 된 인물이다.

인간의 운명이 어떤 예상치 않은 사건이나 현상으로 인해 스스로 원하는 방향이 아니라, 완전히 어긋난 방향으로 나아가는 경우가 더러 있다. 환상적이고 우연하게 이루어진 만남인 듯하지만, 이 이야기에 등장하는 인물들은 대부분 자신들 내부의 모순과 착각으로 인해 예상하지 않은 국면을 맞게 되고, 그로 인해 새로운 삶을 구축하게 되는데, 그런 과정에서 자연현상으로 대변되는 외부세계의 힘은 그들을 운명적으로 엮이게 한다.

19세기 초 러시아에서 결혼 적령기에 들어선 귀족 청춘 남녀들은 대부분 중매를 통해 결혼했다. 집안끼리 정략결혼을 하는 일도 흔했던 그 당시에 연애결혼은 그리 일반적이지 않았다. 귀족 사회의 모임인 사교계에서 열리는 무도회는 소위 '신부시장'으로 불릴 만큼 남자들이 신붓감이 될 만한 여자를 고르는 개방된 장소였다.

그 당시 러시아에서 여자는 시집을 가기 위해 반드시 혼인 지참금을 준비해야 했다. 지참금으로 많은 현금과 혼수, 영지를 준비한 신붓감은 청년들 사이에 인기가 높았다. 「눈보라」에 나오는 마리야는 좋은 집안 출신에 뛰어난 미모와 지성까지 갖춘 데다 아버지에게 물려받은 막대한 유산으로 인해 최고의 신붓감으로 여겨진다. 그러나 혼인 지참금을 마련하지 못한 당시 귀족 처녀들은 결혼을 하지 못하거나 결혼을 하더라도 나이가 많은 귀족 관료나 지주에게 시집을 가야 했다. 푸쉬킨이 사랑한 여인들 중에 안나 케른이 바로 이와 같은 경우이다. 뛰어난 재능과 미색을 갖추었지만 가난한 귀족 집안 출신이었던 안나는 18세의 나이에 52세의 고위직 귀족 관료에게 시집을 가서 불행한 결혼 생활을 해야 했다. 몰락한 귀족인 곤차로프 집안 출신이었던 푸쉬킨의 아내 나탈리야도 혼인 지참금을 가져오지 않는 조건으로 18살의 나이에 32세의 시인에게 시집을 왔다. 당시 혼인 지참금 제도는 남성 위주의 가부장 사회를 유지시키면서 여성들을 억압하고 그들의 행복을 가로 막는 족쇄와 같은 제도였다. 이후 톨스토이는 이러한 19세기 러시아 여성들의 삶을 주제로 장편소설 『안나 카레리나』를 썼다.

「장의사」

장의사라는 직업을 가진 등장인물의 삶의 한 단면을 그로테스크한 기법으로 그려낸 이 작품은 현실과 꿈의 세계, 삶과 죽음의 경계를 무너뜨리면서 사건을 진행시킨다.

장의사 아드리안 프로호로프는 예전에 살던 집을 세놓고 새로 산 누런 집으로 이사를 간다. 그가 비를 맞아 망가진 장례의상을 새 것으로 교체하는데 드는 비용 문제로 고민하고 있을 때, 이웃에 사는 독일인 제화공이 그의 집을 방문한다. 제화공이 자신의 은혼식에 장의사 가족을 초대할 뜻을 밝히자 아드리안은 흔쾌히 승낙하고는 다음날 두 딸을 데리고 그의 집으로 간다. 축배를 들며 파티가 한창 무르익을 때 손님들 중에 제빵공이 자신들에게 일감을 주는 고객들을 위해 건배를 하자고 제의한다. 직업이 장의사인 아드리안은 그 건배 제의에 상당히 불쾌해 하면서 폭음을 한다. 잔뜩 화가 난 채 집에 돌아온 그는 주변의 외국인 이웃들보다 자신의 고객들인 죽은 러시아 정교도 망자들에게 더 친밀감을 느낀다. 그래서 자신의 집들이에 정교도 망자들을 초대하겠노라고 큰 소리치고는 깊은 잠에 곯아떨어지는데…….

직업의 특성상 산 자들이 아닌 죽은 자들을 상대하는 장의사 아드리안에게 고객의 죽음은 곧 그의 삶의 기반과 터전을 마련해 주는 중요한 수입원이다. 그래서 그는 장례 의상 구입비용을 마련하기 위해 부유한 여자상인 트류히나가 빨리 죽기를 내심 바라고 있다. 자신이 살아가기 위해 죽음을 전제조건으로 하는 그는 일상생활에서도 삶과 죽음이 공존하는 공간에 거주한다. 그가 새로 이사한 '누런 집'의 부엌과 거실에는 '그릇 찬장이나 탁자, 소파' 등의 살림도구가 아닌 '장의용품'이 자리를 차지하고 있다. 망자들에게 관이 집이라면, 장의사 아드리안에게 집은 관과 같은 것이다. 이 작품에서 그의 '누런 집'은 꿈과 현실, 산 자와 죽은 자, 삶과 죽음, 현실 세계와 비현실 세계 등 서로 대립되고 모순되는 개념과 존재들이 교차하는 특수한 공간으로써 기능한다.

그가 이사 간 거리에 사는 이웃 사람들은 낯선 이방인들이다. 러시아인인 그가 이곳에서 만난 사람들은 자신의 가족들을 제외하고는 대부분 외국인들이다. 독일인 제화공과 그의 독일인 기술자 친구들과 가족들, 러시아에서 관리로 근무하고 있지만 핀란드인인 순경 유르코는 아드리안의 입장에서 봤을 때는 타지에서 온 이교도인들이다. 러시아에서 살면서도 정교도 러시아인들이 아닌 이방인들에게 둘러싸여 있는 그는 이 사회에 동화되지 못하고 겉돌기 시작한다. 결정적으로 이러한 이교도인들에게 자신의 직업에 대한 모욕적인 발언을 듣고 분노한 그는 친숙한 사람들인 러시아 정교도인들을 만나서 같이 축배를 들고 즐기고 싶은 욕망을 가지게 된다. 이러한 그의 욕망은 망자들을 자신의 집들이에 초대하는 엉뚱한 상상을 하게 만들고, 이것은 꿈이라는 환상의 공간에서 실제로 실현된다.

『벨킨 이야기』에 실린 다섯 편의 이야기 중에서 가장 짧으면서도, 삶과 죽음이라는 무거운 주제를 희화적으로 그리고 있는 이 작품에서 작가는 삶과 죽음의 의미와 그것을 대하는 인간들의 태도가 어떠해야 하는지에 대해 진지한 물음을 던지고 있다. 죽음을 사업 수단으로만 생각하고 망자의 관을 교묘하게 바꿔치기 해 부당하게 이익을 챙긴 아드리안은 꿈속에서도 모욕을 당하는 수모를 겪게 된다. 이는 외국인들 사이에서 죽은 자를 고객으로 하는 장의사 직업에 대해 조롱을 당한 그의 현실적 상황과 일맥상통하는 것이다. 작가는 죽음의 세계나 꿈의 세계도 삶과 현실의 세계와 무관하지 않으며, 어쩌면 상당히 근접해 있는 유사한 세계라는 것을 등장인물의 종적을 통해 보여주고 있다.

이 작품에서는 장례 예식과 은혼식, 집들이, 명명축일 등 다양한 형태의 예식과 기념일들이 소개되고 있는데, 이러한 작품 소재들은 삶과 죽음의 모티브를 구체적으로 형상화해 주는 장치로 쓰이고 있다. 현실에서 거행된 준장의 장례와 꿈속에서의 트류히나의 장례를 통해 두 번의 장례 예식이 행해진다. 아드리안은 현실에서 늘 하던 장례 절차를 꿈속에서도 똑같이 했기 때문에 꿈과 생시를 구분하지 못하고 꿈을 현실로 받아들이게 된다. 장례식은 삶의 영역에서 죽음의 영역으로 넘어가는 경계에서 이루어지는 예식이지만 죽음의 세계에 더 근접해 있다. 제화공 부부가 25년을 함께 가정을 꾸리며 살아 온 것을 기념한 은혼식은 이 작품에서 삶의 가장 환하고 아름다운 측면을 보여주는 기념일로 등장한다. 이에 비해 아드리안이 죽은 정교도 망자들을 초대한 집들이는 어둡고 음산한 죽음의 집의 이미지로 형상화된다. 이러한 점 때문에 아드리안의 '누런 집'은 '관'과 죽음의 세계와 연관성을 가지게 된다. 그러나 다음 날 아침이 밝고 아드리안이 잠에서 깨어났을 때 그의 집은 새로운 삶의 활기로 가득 차 있다. 하녀 악시니야는 그가 잠든 사이에 동네 경관이 찾아와서 오늘이 자신의 '명명축일'이라고 알리고 그를 초대했다는 소식을 전해주는데, 자신의 이름과 같은 성인을 기념하는 이 축일에 초대받은 아드리안은 지난 밤의 악몽을 털어버리고 새로운 하루를 시작한다.

「역참지기」

19세기 초 러시아 문단에서 활동한 작가들은 대부분 귀족 출신이었고, 그들의 문학작품에 등장하는 주인공들 역시 황족이나 귀족, 지주들이 대부분이었다. 반면 평민이나 말단관리, 농노출신 등 낮은 직급과 신분, 그리고 소외 계층의 인물들이 작품에서 주요 등장인물로 나오는 경우는 아주 드물었다. 그래서 푸쉬킨이 『벨킨 이야기』의 5편 이야기 중에 「장의사」와 「역참지기」 에서 이런 계층의 인물들의 심리를 심도 깊게 다룬 것은 당시로서는 상당히 파격적인 문학적 시도였다. 카람진의 감상주의 소설 『가련한 리자』 이후 푸쉬킨에 와서 새롭게 조명되는 이들 낮은 계층의 인물들은 러시아 문학사에서 소위 '작은 인간'이라는 중요한 형상을 만들어 내었기 때문에 이 작품은 러시아 리얼리즘 문학의 중요한 전범으로 여겨졌다.

「역참지기」에서는 보잘것없는 말단관리인 역참지기 브이린과 그의 딸 두냐의 이야기가 슬프게 그려진다. 자식에 대한 부모의 사랑과 희생, 그리고 집착과 원망의 마음이 브이린의 내면세계에 대한 섬세한 묘사로 표출된다.

화자는 여행 중에 머문 역참에서 역참지기 브이린과 그의 아름답고 영리한 딸 두냐를 만나게 된다. 두냐의 키스를 잊을 수 없었던 화자는 몇 년 후 이 두 부녀의 소식을 듣기 위해 다시 역참을 찾아 갔다가 역참지기로부터 딸을 잃은 가슴 아픈 사연을 듣게 된다. 브이린은 아내와 사별하고 예쁜 딸 두냐와 둘이서 역참에서 살고 있었다. 역참지기는 까다로운 여행자들을 능수능란하게 다루며 아버지를 힘든 상황에서 모면하게 해 주는 딸을 몹시 아끼고 사랑했다. 그런데 어느 날 이 역참에 들린 기병 대위 민스키가 아프다는 핑계를 대고 며칠을 역참에 묵은 후 딸 두냐를 유혹해서 페테르부르크로 데리고 떠나버리는 사건이 벌어졌다. 교회에서 돌아오지 않는 딸을 기다리던 역참지기는 뒤늦게야 자신이 속았다는 사실을 깨닫고 딸을 찾아 페테르부르크로 떠나는데…….

화자인 여행자가 이 역참에 들어왔을 때, 그의 눈길을 끈 그림들이 있었다. 그것은 성경에 나오는 '탕자의 이야기'를 그림으로 형상화 한 것으로, 이 이야기는 아버지에게 돈을 받아 집을 떠난 아들이 방탕한 생활을 하다가 결국 돈을 다 탕진하고 아버지에게 돌아와 용서를 구한다는 내용을 담고 있다. 이러한 '탕자의 이야기' 모티브는 「역참지기」에서 중요한 이야기 소재로 등장한다. 그러나 탕자의 회개라는 기독교적 교훈과 반성은 완전히 상반된 결과로 변형되고 패러디화 되어 나타난다. 집을 떠난 탕자인 딸 두냐는 아버지 살아생전에 다시 집으로 돌아오지 않고, 그녀를 직접 찾아나서는 건 아버지이다. 탕자의 방랑은 딸 두냐가 아닌 아버지가 딸을 찾아가는 과정으로 바뀌고, 집으로 귀환한 아버지는 결국 스스로 파멸해 간다. 그의 생각과는 달리 딸 두냐는 호화로운 집에서 사랑하는 남자의 품에 안겨 행복한 여인의 삶을 살아간다. 이런 식으로 탕자의 이야기는 독자의 기대와는 다른 방향으로 진행된다. 그렇다면 우리는 어떤 관점을 가지고 이 작품을 보아야 하는 것일까? 독자들이 이들 등장인물들을 어떤 시각에서 바라보느냐에 따라 그 평가는 완전히 달라질 수 있다.

아버지 브이린은 역참에 들리는 온갖 여행자들로부터 갖은 수모를 당하면서도 쾌활한 딸 덕분에 위기를 모면하며 사는 역참지기로, 그의 딸에 대한 사랑은 참으로 지극하다. 잃어버린 딸을 찾아 떠나는 그는 자신의 헌신적인 사랑과 딸을 한번이라도 보고 싶은 열망으로 그 긴 여정을 참고 견딘다. 민스키가 두냐의 몸값으로 치른 돈을 받았다가 바닥에 버릴 정도로 그는 자존심도 강한 사람이다. 기병 대위에게 철저하게 무시당하고 딸까지 그에게 빼앗긴 그는 불쌍한 수난자이고 피해자이다. 그러나 다른 한편 딸에 대한 그의 사랑은 지나친 집착으로 비쳐지기도 한다. '영리하고 민첩한 것이 제 죽은 어미를 꼭 닮았읍죠'라는 말에서 그의 딸이 사별한 아내를 대신하는 존재라는 것을 알 수 있다. 그는 민스키의 품에서 행복해하는 딸의 모습을 두 눈으로 확인하고도 그녀의 행복을 인정하려 들지 않고 자신을 배신한 딸을 용서하지 못해 미워하고 증오하며 '그 애가 그냥 죽어버렸으면 하는' 생각을 하는 등 이기적인 모습을 보인다.

그의 딸 두냐는 아름다운 외모에 사교성이 좋은 명랑한 아가씨로 홀아버지를 모시고 구김살 없이 살아간다. 아버지에게 순종적이던 그녀는 어느 날 기병 대위 민스키의 유혹에 넘어가 그와 도주한다. 아버지를 사랑하고 연민을 느끼면서도 사랑과 신분 상승의 욕구를 실현하기 위해 모험을 선택한 그녀는 페테르부르크에서 새로운 인생을 개척해 간다. 그러나 아버지를 배신하고 떠난 죄의식에서 벗어나지 못한다. 돌아온 탕자인 그녀가 아버지의 집으로 찾아왔을 때는 아버지가 이미 죽고 없을 때였다. 이 작품에서는 두냐의 내면세계에 대한 서술이 동양화의 여백처럼 남겨져 있다. 그녀의 대사는 작품에서 찾아보기 힘들고, 그녀의 행동만이 그림처럼 묘사되어 있다. 독자들은 자신의 상상을 통해서만 드러나지 않는 그녀의 심리 상태를 예측할 수 있다.

역참지기가 근무하는 역참은 제정 러시아 시대의 중요한 교통 통신기관이었던 곳이다. 당시 러시아의 여행객들은 이곳을 들러 말을 교체하고 휴식을 취한 뒤 다음 목적지로 이동했다. 출발지가 각기 다른 수많은 사람들이 자신들의 다음 여행지로 떠나가기 위해 지나치는 교차점이었던 이곳에서는 많은 만남들이 이루어지고, 또 새로운 사건들이 일어나기도 했다. 기병 대위 민스키는 체르케스를 여행하다 스몰렌스크를 거쳐 페테르부르크로 가는 길에 이 역참을 들린다. 그가 두냐를 데리고 간 도시 페테르부르크는 이 이야기의 등장인물들의 삶에 새로운 변화를 가져다주는 장소이다.

러시아 북서부 발트 해 연안에 있는 도시 상트 페테르부르크는 1703년 표트르 대제가 서구 유럽 문물을 유입하기 위해 네바 강변에 건설한 도시이다. 유럽의 발달한 건축 양식을 이용하여 화려하고 균형감 있게 지어진 아름다운 건축물들과 궁전, 운하들로 인해 이 도시는 지금까지도 '북방의 베니스'로 불리고 있다. 시골 마을에 살았던 두냐는 역참을 다녀간 귀부인들과 여행객들을 통해 이 도시에 대한 얘기를 들으면서 도시 생활에 대한 동경을 키웠을 것이다. 낙후하고 초라한 시골 마을의 역참에서 온갖 욕설을 퍼붓는 정체 모를 사람들의 고된 심부름을 힘겨워했던 그녀가 사랑하는 민스키를 따라 떠나온 이 대도시는 세련되고 화려한 꿈의 도시였을 것이다. 민스키는 두냐를 위해 페테르부르크의 가장 번화한 네프스키 대로에 있는 리쩨이나야 거리에 저택을 얻어준다. 당시 유행하는 드레스와 온갖 사치스러운 장신구를 두른 그녀는 이 화려한 도시 생활에 어느 정도 적응이 된 모습을 보인다.

하지만 그녀의 아버지 브이린의 눈에 이 도시는 매정하고 비정하게 비친다. 딸을 데려간 민스키에게 딸의 몸값을 받고 쫓겨나면서 심한 모욕을 받는가 하면, 다시 찾아간 그 집의 하인에게 문전박대를 당하기도 한다. 민스키가 준 돈 때문에 자존심이 몹시 상해 땅에 버렸다가, 잠시 후 생각을 바꿔 그 자리에 돌아갔을 때는 어떤 잘 차려 입은 청년이 그 돈을 주워 달아나는 모습을 목격하기도 한다. 그에게 이 도시는 부정한 인간들과 도둑놈의 소굴처럼 여겨진다.

「말괄량이 귀족 아가씨」

「말괄량이 귀족 아가씨」는 부모들이 앙숙관계에 있는 두 청춘 남녀의 사랑이야기를 다루고 있다. 이러한 스토리 구조는 『로미오와 줄리엣』의 비극적인 최후를 연상시키지만 돌연한 반전으로 상황이 뒤바뀌면서 소설을 읽는 독자는 신선한 충격을 경험하게 된다.

러시아의 한 현에 전통적인 러시아 관습만을 고수하는 지주 베레스토프와 영국 문물을 선호하는 지주 무롬스키가 살았는데, 서로 취향이 맞지 않는 그들은 원수지간으로 지낸다. 베레스토프에게는 대학을 갓 나온 아들 알렉세이가 있었고, 무롬스키에게는 영국식 교육을 받은 딸 리자가 있었다. 군 입대 문제로 알렉세이가 고향에 돌아오게 되자 시골 마을 귀족 처녀들 사이에 그에 대한 소문이 돌기 시작한다. 리자는 알렉세이를 만나보고 싶었지만 부모가 원수지간이라 그럴 수 없는 현실을 안타까워한다. 그래서 리자는 한 가지 좋은 묘안을 생각해내고는 농부 처녀로 변장해 그가 사냥을 다니는 숲으로 가기로 결심한다. 하녀 나스탸의 도움으로 완벽하게 농부 처녀로 변장한 리자는 투길로보 숲으로 가 알렉세이가 나타나기를 기다리는데…….

이 이야기에서는 집안 간의 갈등뿐만 아니라 세대 간의 갈등도 중요한 모티브가 되고 있다. 부모 세대인 베레스토프와 무롬스키는 당시 러시아 사회에서 반목하고 대립하고 있던 두 다른 사상의 성격들을 잘 보여준다. 베레스토프는 러시아의 민족주의와 보수주의의 대변자로 권위와 규범을 중요시하고 자식에게도 복종을 요구하는 인물이다. 이해타산이 빠르고 실리주의자인 그는 영지 관리와 가내 수공업을 잘 경영해 지방 유지로 존경을 받고 있다. 한편 그의 적수인 무롬스키는 외국문물에 대해 상당히 개방적인 인물로, 특히 영국문화에 심취해 있으며 비권위적이고 딸에게 다정한 아버지로 등장한다. 미적인 것을 향유하고 세련되고 새로운 것을 쉽게 받아들이긴 하지만, 허영심과 낭비벽이 심한 기분파이기도 하다. 이 두 인물은 당시 러시아 민족주의를 표방하던 보수주의자들과 서구 지향적이고 급진적인 개혁주의자들의 성향을 대변해 주고 있다.

이 두 다른 성향을 가진 인물들 사이에 태어난 자녀 세대들은 부모 세대의 문제를 그들 나름의 방식으로 극복하고 새로운 삶을 지향하는 모습을 보여준다. 리자는 자신 앞에 놓인 벽 앞에서 재치와 기지를 발휘하여 문제를 해결해 보려 한다. 그녀가 택한 방법은 농부 처녀로 변장을 해서 알렉세이를 만나는 계책이다. 리자는 농부 처녀 아쿨리나로 변장할 뿐만 아니라, 아버지의 초대에 응해서 온 베레스토프 부자 앞에서는 또 다른 모습으로 변장한 자신을 연기하기까지 한다. 그녀는 현실의 자신과 자신이 만들어낸 가상의 인물 사이를 오가는 과정에서 자신이 누구인지 혼동하기도 한다.

이러한 연극적 요소는 알렉세이의 모습에서도 나타난다. 그는 귀족 처녀들 앞에서는 '우수에 젖어 환멸에 겨운 고독한 인간'의 얼굴을 하고 있다가도, 시골 농부 처녀들에게는 장난기 많고 '짓궂은 도련님'으로 돌변한다. 이웃 지주 무롬스키의 집에 초대받아갔을 때도 리자가 나타나기 전에 '절도 있는 군인 같은' 얼굴 표정을 준비하는 그의 모습을 보면 그 역시 자신의 마스크를 바꿔가며 상황에 대처하는 인물이다. 그는 '역겨운 모습의 귀족 아가씨'를 냉담하게 대하면서도 그녀의 '앙증맞은 발'에는 호감을 느낀다.

가난한 농부 처녀의 발 앞에 알렉세이가 무릎을 꿇는 모습을 보고 싶은 리자의 욕망과 사랑을 위하여 아버지의 유산과 자신의 신분까지 버릴 결심을 하는 알렉세이 사이의 팽팽한 심리적 긴장감이 이야기를 흥미진진한 결론으로 이끌어 간다. 그러나 만약 귀족 청년 알렉세이가 사랑한 아쿨리나가 정말 농부 처녀였다면 그녀와 결혼하기로 결심한 알렉세이는 어떤 대가를 치러야 할까? 작가 푸쉬킨은 이 이야기에서 신분 차이로 인해 생겨난 남녀의 사랑의 비극과 문제점을 크게 드러나지 않게 제기하고 있다. 당시 러시아에서는 귀족 청년이 농부 처녀와 결혼을 원할 경우에 귀족 신분을 박탈당하고 평민의 신분으로 강등되어야 했다. 친지와 부모형제들로부터도 버림 받은 그는 일찍이 해 보지 않은 고된 노동을 해서 가족의 생계를 이어가야 하는 처지가 된다. 카람진의 감상주의 소설『가련한 리자』에서 농부 처녀 리자는 귀족 청년 에라스트의 사랑을 믿고 정을 나누지만 결국 그에게 배신당하고 물에 빠져 자살한다. 그러나 카람진의 소설이 18세기 후반의 러시아 분위기를 보여준다면, 19세기 전반기에 쓰인 푸쉬킨의 소설에서는 데카브리스트 봉기 이후에 변화한 귀족 청년들의 의식이 반영되어 있다. 농노제도를 폐지하고 평등한 세상을 만들고자 하는 푸쉬킨의 의지가 이들의 사랑을 해피엔딩으로 이끌어간다.

『스페이드의 여왕』

비극을 부르는 은밀한 석 장의 카드 패

푸쉬킨은 심리 소설인 『스페이드의 여왕』에서 도박으로 일확천금을 노리며 인생 대역전을 꿈꾸는 한 귀족 청년의 광적인 집착이 가져올 죽음과 파멸의 결과를 절제된 문장으로 치밀하게 그려냈다. 이 작품은 이후 도스토예프스키의 『죄와 벌』과 『도박사』를 비롯하여 많은 러시아 작가들의 작품 세계에 중요한 영향을 미치는 푸쉬킨의 수작으로 꼽힌다.

공병 장교인 게르만은 러시아로 귀화한 독일인 아버지가 남긴 적은 액수의 유산으로 가난한 삶을 연명해 가는 청년이다. 그는 도박에 지대한 관심을 보이지만 '공돈을 벌기 위해 필요한 돈을 희생시킬 수는 없는 처지'라고 말하며 노름판에 뛰어들지 않는다. 그러다가 어느 날 톰스키에게서 그의 할머니인 노백작부인이 젊은 시절에 석 장의 카드 패로 거액의 돈을 벌었다는 얘기를 듣게 된다. 그 비밀의 카드 패만이 자신에게 일시에 엄청난 부를 가져다 줄 수 있다고 믿은 게르만은 노백작부인에게서 그 비밀을 알아내고자 한다. 그는 노백작부인의 양녀인 리자에게 은밀히 접근해 유혹한 후, 노파의 침실로 잠입해 들어갈 기회를 호시탐탐 노리는데…….

이 작품에는 다양한 카드게임들이 등장한다. 특히 그 중에서 백작부인과 게르만이 벌인 카드 게임은 파라온 게임이다. 이 카드 게임에서는 한 사람의 물주와 한 명 이상의 카드를 거는 사람이 존재한다. 물주와 카드를 건 사람은 새 카드 두 묶음을 각각 한 묶음씩 나눠 갖는다. 먼저 물주가 된 사람이 카드 묶음을 뜯어 두 장의 카드를 뽑는다. 두 장의 카드를 각각 물주가 보는 방향에서 오른쪽에 한 장, 그리고 왼쪽에 한 장을 놓는다. 다음으로 카드를 건 사람이 자신의 카드 중에서 한 장의 카드를 뽑아 물주의 두 카드 중간에 내놓는다. 이 카드가 물주의 왼쪽 카드와 일치하면 카드를 건 사람이 이기고, 물주의 오른쪽 카드와 일치하면 물주가 이기게 된다. 『스페이드의 여왕』에서 게르만이 참가한 카드 게임 첫 판에서 물주인 체칼린스키는 오른쪽에 9점 패, 왼쪽에 3점 패 카드를 놓았다. 카드를 건 게르만은 물주의 왼쪽에 있는 패와 동일한 카드인 3점 패를 내놓음으로써 승리를 거두게 된다. 두 번째 승부도 그런 식으로 게르만에게 돌아간다. 그러나 마지막 승부에서 게르만은 물주의 오른쪽에 여왕이, 왼쪽에 에이스가 있을 거라고 짐작을 했으면서도 실수로 에이스가 아닌 스페이드의 여왕을 뽑아서 내놓는다. 그 때문에 게르만은 결국 자신의 전 재산과 이제껏 딴 돈을 다 잃게 된다. 당연히 에이스를 내 놓아야 이길 수 있을 텐데, 그는 왜 스페이드의 여왕을 내 놓은 것일까? 이 의문에 대한 답을 찾는 일은 독자의 몫으로 남게 된다.

게르만이 도박에 대한 억누를 수 없는 욕망을 느끼면서도 쉽게 도박판에 뛰어들지 않은 이유는 그의 실리주의적이고 이해타산적인 성격 때문이다. 그는 돈을 벌 수 있는 '확실한' 방법을 알기 전까지는 섣불리 도박을 하지 않는다. 그런 그에게 노백작부인의 비밀스런 '석 장의 카드 패'는 구원의 손짓과 같은 것이었다. 그러나 도박은 결코 예측할 수도 없고 속임수를 쓰지 않는 이상은 무조건 이길 수도 없는 비논리적인 게임이며 우연의 법칙만이 행운을 가져다 줄 수 있는 게임이다. 게르만은 자신의 욕망에 눈이 멀어 이러한 도박 세계의 원칙을 잊어버리고, 확실하게 승리를 보장하는 카드 패가 있다고 철석같이 믿고 있다.

톰스키는 게르만의 성격을 정확하게 꿰뚫고 있는데, 그가 적어도 세 가지 이상의 악행을 저지를 거라는 점과 '나폴레옹'과 '메피스토펠레스'의 영혼을 지닌 인물이라는 점을 지적한다. 개인성과 권력의 상징인 나폴레옹과 순결한 파우스트의 영혼을 죄악으로 물들인 메피스토펠레스적인 성격을 지닌 게르만은 노백작부인과 리자를 희생시켜 자신의 행복한 미래를 보장받으려 하지만 결국 자신이 파멸하는 결과를 불러온다.

게르만이라는 이름은 러시아 인의 이름이 아니라 독일인의 이름인 '헤르만'이다. 게르만의 아버지가 러시아에 귀화한 독일인이라는 점에서도 알 수 있듯이 그는 독일 태생의 청년이다. 이러한 점을 통해 알 수 있는 것은 작가 푸쉬킨은 『스페이드의 여왕』에서 독일인과 유럽인들이 주장하는 합리주의와 논리적 사고의 허점과 그러한 원칙이 천편일률적으로 적용되었을 때 발생할 수 있는 문제점을 도박의 모티브를 통해 희화화하고 있다.

이 작품의 여주인공인 리자는 노백작부인에게 구박 받고 자신에게 거짓 사랑을 고백한 게르만에게 이용당하는 가련한 인물로 나온다. 그러나 그녀는 여러 가지 점에서 게르만의 분신이라고 볼 수 있다. 그녀 역시 게르만처럼 부모도 없고 집도 없는 고아이다. 게르만이 가난에서 벗어나기 위해 도박을 한다면, 리자 역시 노백작부인의 구속에서 벗어나기 위해 알지도 못하는 남자의 사랑에 도박을 건다. 그런 점에서 게르만의 노파 살해에 그녀 역시 공모자의 역할을 하며 게르만의 그림자가 되는 것이다.

게르만이 실리적인 사람이라면, 백작부인이 죽은 후 부유한 청년에게 시집가는 그녀 역시 그 못지않게 실리적인 선택을 한다. 가난한 친척 계집아이를 맡아서 양육하는 리자의 모습에서 지난 과거를 보상받고자 하는 심리도 엿보인다.

푸쉬킨의 『스페이드의 여왕』에 등장하는 게르만과 노백작부인의 형상은 도스토예프스키의 『죄와 벌』의 주인공인 라스콜리니코프와 그가 살해한 전당포 노파의 모습에서 새롭게 변형되어 나타난다. 도스토예프스키의 『죄와 벌』에서 서구적 합리주의자이고 무신론자인 법대생 라스콜리니코프는 자신이 도출해낸 어떤 이념을 실현하기 위해 전당포 노파를 계획적으로 살해한다. 그는 비범한 인물인 나폴레옹이 저지른 살인은 역사적으로 정당화되었다는 점에 착안하여, 아무에게도 도움이 되지 않고 해만 끼치는 탐욕스런 전당포 노파를 자신이 죽이는 일은 정의를 위한 일이며 비범한 행동이라고 생각하고 자신의 의지를 행동으로 옮긴다. 살해의 과정과 살인 이후에 이 청년의 심리적 변화를 도스토예프스키는 치밀하고 예리하게 서술한다.

이처럼 『스페이드의 여왕』의 게르만과 『죄와 벌』의 라스콜리니코프는 많은 점에서 닮아 있다. 이 두 작품의 차이점은 여자 주인공으로 등장하는 리자와 소냐에서 드러난다. 리자가 철저하게 실리적인 이익을 찾아가면서 게르만의 존재를 잊어간다면, 소냐는 자신의 삶을 희생하면서까지 라스콜리니코프의 곁을 떠나지 않고 끝까지 그를 지켜주는 강인하고 신앙심 깊은 여성으로 등장한다.

작가 연보

작가 연보

알렉산드르 세르게예비치 푸쉬킨

1799년	5월 26일, 모스크바에서 600년의 유서 깊은 전통을 지닌 러시아 귀족 가문인 세르게이 르보비치 푸쉬킨과 나제즈다 오시포브나의 장남으로 출생.
1805년(6세)	처음으로 프랑스어로 시를 창작.
1811년(12세)	10월, '황제의 마을'에 개설된 귀족 기숙학교인 리쩨이에 입학. 6년간 수학.
1814년(15세)	서정시「시인 친구에게」를 모스크바 잡지『유럽 연보』에 발표.
1815년(16세)	시「황제 마을의 회상」을 당대의 대표적 시인인 데르좌빈 앞에서 낭송하여 격찬을 받음.
1817년(18세)	6월 9일, 리쩨이 졸업. 6월 13일, 외무부 외교원으로 임명 받음. 진보주의 문학 협회인 '아르자마스'에 임원으로 선출. 송시「자유」 창작.

푸쉬킨 자화상과 친필 서명

1818년(19세) 문학 서클 '녹색 램프'에 가입.

1819년(20세) 서정시「시골」 창작.

1820년(21세) 5월 25일, 불온한 정치 시를 유포한 혐의로 남부 지방으로 유형을 떠남. 인조프 장군이 이끄는 부대에 합류 예카테린부르그에 도착. 라예프스키 장군 가족들과 만남.
유형지에 있을 때 「루슬란과 류드밀라」가 출판됨.
9월, 키쉬뇨프로 이주.

1821년(22세) 서사시「카프카스의 포로」 완성.

1822년(23세) 서사시「카프카스의 포로」 출판. 서사시「가브릴리아다」 집필. 서사시「도적 형제」 완성.

1823년(24세) 5월 9일, 운문소설『예브게니 오네긴』 집필 시작.
오데사로 옮겨가 상관이 인조프에서 보론초프 장군으로 바뀜.
서사시「바흐치사라이의 분수」 완성.

1824년(25세) 서사시「집시」 집필 시작.
서사시「바흐치사라이의 분수」 출판.
8월 1일, 오데사를 떠나 새로운 유형지이자 어머니의 영지인 프스코프 현 미하일로프스코예 마을로 떠남.
8월 9일, 미하일로프스예 마을에 도착, 이곳에서 2년간 유배 생활.
서사시「집시」 완성.

1825년(26세) 서정시「삶이 그대를 속일지라도……」와 「경이로운 그 순간을 잊지 못하오」 외 다수의 서정시 창작.
비극「보리스 고두노프」완성.
서사시「눌린 백작」 집필.
12월 14일, 페테르부르크의 원로원 광장에서 데카브리스트들이 봉기를 일으킴.

1826년(27세) 8월, 유형에서 풀려나 모스크바로 귀환.
시「예언자」 창작.
9월 8일, 황제 니콜라이 1세와 단독 면담.

1827년(28세) 서사시「집시」 발표.
소설「표트르 대제의 흑노」(미완성) 집필.

1828년(29세) 서사시「폴타바」 집필.

1829년(30세) 3월, 나탈리야 곤차로바에게 청혼했으나 거절 당함.
카프카스로 떠남. 여행기「아르즈룸으로의 여행」 집필.

1830년(31세) 5월 6일, 나탈리야 곤차로바와 약혼.
8월 31일, 모스크바를 떠나 니즈니고르드 현에 있는 영지 볼지노로 출발.
9월 『예브게니 오네긴』완성.
10월, 『벨킨 이야기』 완성.
서사시「콜롬나의 작은 집」, 소비극과 소설「고류히노 마을의 역사」 (미완성) 및 서정시 다수 집필.

1831년(32세) 2월 18일, 모스크바의 한 교회에서 나탈리야 곤차로바와 결혼.
'황제의 마을'에서 신혼생활 시작.
단편소설「로슬라블레프」 집필.
페테르부르크로 이사하여 외무성에서 근무.

1832년(33세) 희곡「루살카」 집필
5월, 장녀 마리야 출생.
소설「두브로프스키」 집필.

1833년(34세) 9월, 소설『스페이드의 여왕』집필
『대위의 딸』 집필. 「두브로프스키」 완성.
장남 알렉산드르 출생.
농민반란 현장인 볼가강 유역과 남부 우랄 지방, 오렌

부르크와 카잔 현 여행,
볼지노에서 「푸가쵸프 반란사」완성.
서사시「청동 기마상」, 「안젤로」 등 집필.
시「가을」 창작.

1834년(35세) 소설『스페이드의 여왕』, 『대위의 딸』 완성.
12월 말, 궁중 시종보에 임명.
「푸가쵸프 반란사」 출판. 민화 「황금수탉 이야기」 등을 집필.

1835년(36세) 「이집트의 밤」 집필.
4월, 차남 그리고리 출생.

1836년(37세) 문학 계간지『현대인』 발행 시작.
5월, 차녀 나탈리야 출생.
시「기념비」 창작.

1837년(38세) 1월 10일, 단테스와 나탈리야의 언니 예카테리나 결혼.
1월 26일, 단테스에게 결투 신청.
1월 27일, '검은 개울가'에서 단테스와 벌인 결투에서 심각한 총상을 입음.
1월 29일, 오후 2시 45분, 페테르부르크 모이카에 있는 집에서 사망.

역주자 소개

조미경

1. 약력
   러시아 상트 페테르부르크 국립대학 러시아문학 박사
   현 계명대학교 Tabula Rasa College 교수

2. 저서와 역서
   『꿈속은 언제나 무지개였네: 우물을 들여다보는 아이 김동리』(공저)
   『구름에 달 가듯이: 나그네 시인 박목월』(공저)
   『러시아인들이 띄우는 사랑의 편지』(공역)
   『가련한 리자』(공역)

3. 주요논문
   「푸쉬킨과 그의 동시대 시인들의 서정시에 나타난 시인과 시의 테마 연구」
   「푸쉬킨의 서사시 〈루슬란과 류드밀라〉에 나타난 탈규범화 현상과 혁신의 문제」
   「푸쉬킨의 〈벨킨 이야기〉에 나타난 공간과 상상력의 연관성」 외 다수